我為愛而生，我為愛而寫

文字裡度過多少春夏秋冬

文字裡留下多少青春浪漫

人世間雖然沒有天長地久

故事裡火花燃燒愛也依舊

瓊瑤

瓊瑤經典作品全集

㉝

浪花

繁花盛開日，春光燦爛時

我生於戰亂，長於憂患。我瞭解人事時，正是抗戰尾期，我和兩個弟弟，跟著父母，從湖南家鄉，一路「逃難」到四川。六歲時，別的孩子可能正在捉迷藏，玩遊戲，我卻赤著傷痕累累的雙腳，走在湘桂鐵路上。眼見路邊受傷的軍人，被拋棄在那兒流血至死，也目睹難民爭先恐後，要從擠滿了人的難民火車外，從車窗爬進車內，車內的人，為了防止有人湧入，竟然拔刀砍在車窗外的難民手臂上。我們也曾遭遇日軍，差點把母親搶走，還曾骨肉分離，導致父母帶著我投河自盡……這些慘痛的經驗，有的我寫在《我的故事》裡，有的深藏在我的內心裡。在那兵荒馬亂的時代，我已經嘗盡顛沛流離之苦，也看盡人性的善良面和醜陋面。這使我早熟而敏感，堅強也脆弱。

抗戰勝利後，我又跟著父母，住過重慶、上海，最後因內戰，又回到湖南衡陽，然後到廣州，一九四九年，到了臺灣。那年我十一歲，童年結束。父親在師範大學教書，收入微薄。我和弟妹們，開始了另一段艱苦的生活。可喜的是，這段生活裡，沒有血腥，沒有別離，沒有遷徙，沒有朝不保夕的恐懼。我也在這時，瘋狂的吞嚥著讓我著迷的「文字」。中國的《西遊記》《三國演義》《水滸傳》……都是這時看的。同時，也迷上了唐詩宋詞，母親在家務忙完後，會教我唐詩，我在抗戰時期，就陸續跟著母親學的唐詩，這時，成為十一、二歲時的主要嗜好。

十四歲，我讀國二時，又鑽進翻譯小說的世界。那年暑假，在父親安排下，我整天待在師大圖書館，帶著便當去，從早上圖書館開門，看到圖書館下班，看遍所有翻譯小說，直到圖書館長對我說：「我沒有書可以借給妳看了！這些遠遠超過妳年齡的書，妳都通通看完了！」

愛看書的我，愛文字的我，也很早就開始寫作。早期的作品是幼稚的，模仿意味也很重。但是，我投稿的運氣還不錯，十四歲就陸續有作品在報章雜誌上發表，成為家裡唯一有「收入」的孩子。這鼓勵了我，尤其，那小小稿費，對我有大大的用處，我買書，看書，還愛上了電影。電影和寫作也是密不可分的，很早，我就知道，我這一生可能什麼事業都沒有，但是，我會成為一個「作者」！

這個願望，在我的成長過程裡，逐漸實現。我的成長，一直是坎坷的，我的心靈，經常是破碎的，我的遭遇，幾乎都是戲劇化的。我的初戀，後來成為我第一部小說《窗外》，發表在當時的《皇冠雜誌》，那時，我幫《皇冠雜誌》已經寫了兩年的短篇和中篇小說，和發行人平鑫濤也通過兩年信。我完全沒有料到，我這部《窗外》會改變我一生的命運，我和這位出版人，也會結下不解的淵源。我會在以後的人生裡，陸續幫他寫出六十五本書，而且和他結為夫妻。

這世界上有千千萬萬的人，每個人都有自己的一本小說，或是好幾本小說。我的人生也一樣。幫皇冠寫稿在一九六一年，《窗外》出版在一九六三年。也在那年，我第一次見到鑫濤，後來，他告訴我，他的一生貧苦，立志要成功，所以工作得像一頭牛。「牛」不知道什麼詩情畫意，更不知道人生裡有「轟轟烈烈的愛情」。直到他見到我，這頭「牛」突然發現了他的「織女」，顛覆了他的生命。**至於我這「織女」，從此也在他的安排下，用文字紡織出一部又一部的小說。**

很少有人能在有生之年，寫出六十五本書，十五部電影劇本，二十五部電視劇本（共有一千多集，每集劇本大概是一萬三千字，雖有助理幫助，仍然大部分出自我手。算算我寫了多少字？）我卻做到了！對我而言，寫作從來不容易，只是我沒有到處敲鑼打鼓，告訴大家我寫作時的痛苦和艱難。「投入」是我最重要的事，我早期的作品，因為受到童年、少年、青年時期的影響，大多是悲劇。**寫一部小說，我沒有自我，工作的時候，只有小說裡的人物。我化為女主角，化為男主角，化為各種配角。寫到悲傷處，也把自己寫得「春蠶到死絲方盡」。**

寫作，就沒有時間見人，沒有時間應酬和玩樂。我也不喜歡接受採訪和宣傳。於是，我發現大家對我的認識，是：「被平鑫濤呵護備至的，溫室裡的花朵。一個不食人間煙火的女子！」我聽了，笑笑而已。如何告訴別人，假若你不一直坐在書桌前寫作，你就不可能寫出那麼多作品！當你日夜寫作時，確實常常「不食人間煙火」，因為寫到不能停，會忘了吃飯！**我一直不是「溫室裡的花朵」，我是「書房裡的癡人」！因為我堅信人間有愛，我為情而寫，為愛而寫，寫盡各種人生悲歡，也寫到「蠟炬成灰淚始乾」**。

當兩岸交流之後，我才發現大陸早已有了我的小說，因為沒有授權，出版得十分混亂。一九八九年，我開始整理我的「全集」，分別授權給大陸的出版社。臺灣方面，仍然是鑫濤主導著我的「全部作品」。愛不需要簽約，不需要授權，我和他之間也沒有簽約和授權。從那年開始，我的小說，分別有「繁體字版」（臺灣）和「簡體字版」（大陸）之分。因為大陸有十三億人口，我的讀者甚多，這更加鼓勵了我的寫作興趣，我繼續寫作，繼續做一個「文字的織女」。

時光匆匆，我從少女時期，一直寫作到老年。鑫濤晚年多病，出版社也很早就移交給他的兒女。我照顧鑫濤，變成生活的重心，儘管如此，我也沒有停止寫作。我的書一部一部的增加，直到出版了六十五部書，還有許多散落在外的隨筆和作品，不曾收入全集。當鑫濤失智失能又大中風後，我的心情跌落谷底。鑫濤靠插管延長生命之後，我幾乎崩潰。然後，我又發現，我的六十五部繁體字版小說，早已不知何時開始，大部分的書，都陸續絕版了！簡體字版，也不盡如人意，盜版猖獗，網路上更是零亂。

我的筆下，充滿了青春、浪漫、離奇、真情……的各種故事，這些故事曾經絞盡我的腦汁，費盡我的時間，寫得我心力交瘁。我的六十五部書，每一部都有如我親生的兒女，從孕育到生產到長大，是多少朝朝暮暮和歲歲年年！到了此時，我才恍然大悟，我可以為了愛，犧牲一切，受盡委屈，奉獻所有，無需授權。卻不能讓我這些兒女，憑空消失！我必須振作起來，讓這六十幾部書獲得重生！這是我的使命。

所以，今年開始，我的全集經過重新整理，在各大出版社爭取之下，最後繁體版「花落城邦」，交由春光出版。城邦文化集團春光出版的書，都出得非常精緻和考究，深得我心。說來奇怪，我愛花和大自然，我的書名，有《金盞花》《幸運草》《菟絲花》《煙雨濛濛》《幾度夕陽紅》……等，和「春光出版」似有因緣。對於我，像是繁花再次的綻放。這套新的經典全集，非常浩大，經過討論，我們決定「分批出版」，第一批十二本是由我精選的「影劇精華版」，然後，我們會陸續把六十多本出全。**看小說和戲劇不同，文字有文字的魅力，有讀者的想像力。希望我的讀者們，能夠閱讀、收藏、珍惜我這套好不容易「浴火重生」的書，它們都是經過千淬百煉、嘔心瀝血而生的精華！那樣，我這一生，才沒有遺憾！**

瓊瑤　寫於可園

二〇一七年十一月十日

各界名人名家讚譽推薦

青澀歲月的每一個璀璨夢想裡，都有瓊瑤唯美浪漫的身影。

——知名譯者暨東美出版總編輯，李靜宜

瓊瑤的小說與電影負載了一整個時代的文化記憶，是許多人成長過程中溫馨的回憶。她的小說不止描寫愛情，還呈現出上一代離散經驗與下一代臺灣青年追求自我的衝突與諒解，更提出女性自覺與親情、愛情的糾葛。她描寫人性的複雜甚至黑暗，最後仍帶給我們希望與救贖。

——國立臺灣師範大學臺灣語文學系教授，林芳玫

經過半世紀歲月的淘洗，瓊瑤的小說非但未曾褪色，濃烈的愛情故事反而更加蕩氣迴

腸。一段段的情感糾葛，依舊刻骨銘心；一句句雋永溫潤的對白，依然讓人沉醉低迴。時間證明，瓊瑤果然是寫情寫愛的第一人！如果覺得當今的言情小說太過濫情、太過浮誇、太過淺薄，那就讀瓊瑤吧！

——新媒體工作者，范立達

如果愛情是人類的發明，對於二十世紀後半段的華人閱讀者來說，瓊瑤的小說創作如愛迪生發明了燈。

——知名音樂人，姚謙

曾經，那是一段林青霞、秦漢、秦祥林的電影被稱為「文藝愛情電影」的歲月，曾經，那是一段談情說愛的小說被稱為「文藝小說」的歲月，曾經，在那段歲月裡有個共通的名字：「瓊瑤」。這個名字，在我青澀的學生時期，占了極大的比重。

是的，我們都曾是文藝美少年、美少女，而瓊瑤的作品陪我們走過那段很文藝的美好時光。

當許多人說著瓊瑤的作品太過夢幻之時，我讀著以家暴性侵為主題的《失火的天堂》，看著挑戰禁忌師生戀的《窗外》，借腹生子的《碧雲天》，不懂為什麼即使放在現今社會依然鮮辣無比的小說會「太過夢幻」。

瓊瑤的作品一直被我認為是女性議題的起蒙者，並不因內裡華美的文字、柔弱的女主角，就讓這些真實的題材不再真實。若真有，也該說，在這現實的題材之外，瓊瑤以她柔美的筆調輕輕訴說，讓我們能較為順利地服下糖衣之下的苦，然後細細反思那滲出來的餘味。

當然，不只苦，也有甜，也有美，也有善良，也希望。

受盡壓迫的弱女子以強悍之姿回歸復仇，寡居的女人勇敢追尋真愛。

世界放了太多教條規範在女人身上，而瓊瑤在她的作品裡，一一打破。

她是我的啟蒙者，也是我最敬重的文壇前輩。

她在這個冷硬的世界裡，訴說著柔美而現實的真理。

這是一個我們永遠不會忘記的名字，一套值得我們再看一次的作品。

瓊瑤經典作品全集，推薦給您。

——暢銷作家，凌淑芬

最具跨時代影響力的傳奇言情作家，對我來說除了瓊瑤女士，沒有第二人。

——人氣作家，晨羽

一九六三年，瓊瑤出版《窗外》時，我是高二的學生，這本小說可能是我最早的文學啟蒙。稍後她完成《六個夢》時，我已經是歷史系的學生，那可能是一九六〇年代的傑出短篇小說，到今天仍然難忘。

——國立政治大學講座教授，陳芳明

一九六四，周旋於三兄弟之間的民初女子婉君，現身戒嚴臺灣；二〇一四，網路鄉民婉君，相繼出現在臺北市長選舉的不同陣營。幾度夕陽紅之後，當《六個夢》裡的婉君歸來，歸來的是什麼？是《窗外》在「開窗以後」啟動的論爭，有文學的雅俗問題，也有社會學的文化政治；歸來的也是「桌上孫文，抽屜瓊瑤」的記憶，那讀過三民主義一代人的青春。

——國立臺灣大學臺灣文學研究所助理教授，張俐璇我覺得我寫的歌詞最源頭的指引就是瓊瑤的愛情小說。

——知名音樂人，許常德

瓊瑤是七〇年代，臺灣藝文界的傳奇，也是最受人喜愛的作家。每一部新書的問世，洛陽紙貴，盛況空前，無人能敵。瓊瑤文學涵育深厚，天賦極佳，她的書寫是塵世間悲歡離合的歲月啟示錄，是無常生命、無礙人生的縮影。是青少年心理失衡的庇護所，也是苦悶芸芸眾生紓解壓力的藥方。

這位被美譽為華人世界最有天分、最美麗、最有內涵的美女作家，其用字、文采、風格，獨特出眾，輝煌四方，更有人拿西班牙的胡立歐，希臘的歌后娜娜來讚美瓊瑤的小說，皆是人生難得之心靈饗宴，一樣的美好，讓人彷彿置身於桃花源，人間淨土，純潔不染，渾然忘我。

——讀書共和國出版集團發行人，曾大福

瓊瑤作家所寫愛情小說，是臺灣人成長過程中必讀的國民文學，也是大眾文化研究學者無法迴避的經典。

——國立臺灣大學臺灣文學研究所教授兼所長，黃美娥年輕時對於愛情的嚮往來自於瓊瑤阿姨的小說及後來拍成的電影，至今再次讀起，還是依然浪漫如往昔，無人能超越。

——華文創總監製，葉如芬

瓊瑤不只在文學上成就非凡，她的名字在臺灣影史上就等於是一個類型。

——知名影評人，塗翔文

1

三月的黃昏。

夕陽斜斜的從玻璃門外射了進來，在藍色的地毯上投下一道淡淡的光帶。「雲濤畫廊」的咖啡座上幾乎都坐滿了人，空氣中瀰漫著濃郁而香醇的咖啡味。夕陽在窗外閃爍，似乎並不影響這兒的客人們喁喁細語或高談闊論，牆上掛滿的油畫也照舊吸引著人們的注意和批評。看樣子，春天並不完全屬於郊外的花季，也屬於室內的溫馨。賀俊之半隱在櫃檯的後面，斜倚在一張舒適的軟椅中，帶著份難以描述的，近乎落寞的感覺，望著大廳裡的人群，望著卡座上的情侶，望著那端盤端碗、川流不息的服務小姐們。他奇怪著，似乎人人興高采烈，而他卻獨自消沉。事實上，他可能是最不該消沉的一個，不是嗎？

「如果不能成為一個畫家，最起碼可以成為一個畫商！如果不能成為一個藝術家，最起碼可以成為一個鑑賞家！」

這是他多年以前就對自己說過的話。「藝術」要靠天才，不能完全靠狂熱。年輕的時候，他就發現自己只有狂熱而缺乏天才，他用了很長久的時間才強迫自己承認這一點。然後面對現實的去賺錢，經商，終於開了這家「雲濤畫廊」，不止賣畫，也附帶賣咖啡和西點，這是生意經。人類喜歡自命為騷人雅士，在一個畫廊裡喝咖啡，比在咖啡館中喝咖啡更有情調。何況「雲濤」確實布置得雅致而別出心裁，又不像一般咖啡館那樣黑濛濛暗沉沉。於是，自從去年開幕以來，這兒就門庭若市，成為上流社會的聚集之所，不但咖啡座的生意好，畫的生意也好，不論一張畫標價多高，總是有人買。於是，畫家們以在這兒賣畫為榮，有錢的人以在這兒買畫為樂。「雲濤那兒賣的畫嘛，總是第一流的！」這是很多人掛在嘴邊的話。賀俊之，他沒有成為畫家，也沒有成為藝術家，卻成了一個很成功的，他自己所說的那個「最起碼」！

「雲濤」是成功了，錢也越賺越多，可是，這份「成功」卻治療不了賀俊之的孤寂和寥落。在內心深處，他感到自己越來越空泛，越來越虛浮，像一個氫氣球，虛飄飄的懸在半空，那樣不著邊際的浮蕩著，氫氣球只有兩種命運，一是破裂，一是洩氣。他呢？將面臨哪一種命運？他不知道。只依稀恍惚的感到，他那麼迫切的想抓住什麼，或被什麼所抓住。氣球下面總該有根繩子，繩子的盡頭應該被抓得緊緊的。可是，有什麼力量能抓住他呢？雲濤？金錢？虛浮的成功？自己的「最起碼」？還是那跟他生兒育女，同甘共苦了二十年的婉琳，或是年輕的子健與珮柔？不，不，這一切都抓不住他，他仍然在虛空裡飄蕩，將不知飄到何時何處為止。

這種感覺是難言的，也沒有人能瞭解的。事實上，他覺得現代的人，有「感覺」的已經很少了，求「瞭解」更是荒謬！

朋友們會說他：

「賀俊之！你別貪得無饜吧！你還有什麼不滿足？成功的事業，賢慧的太太，優秀的兒女，你應有盡有！你已經占盡了人間的福氣，你還想怎麼樣？如果連你都不滿足，全世界就沒有該滿足的人了！」

是的，他應該滿足。可是，「應該」是一回事，內心的感觸卻是另外一回事。「感覺」是一種抽象的東西，它不會和你講道理。反正，現在，他的人雖然坐在熱鬧的「雲濤」裡，他的精神卻像個斷了線的氫氣球，在虛空中不著邊際的飄蕩。

電動門開了，又有新的客人進來了。他下意識的望著門口，忽然覺得眼前一亮。一個年輕的女人正走了進來，夕陽像一道探照燈，把她整個籠罩住。她穿著件深藍色的套頭毛衣，一條繡了小花的牛仔褲，披著一肩長髮，滿身的瀟脫勁兒。那落日的餘暉在她的髮際鑲了一條金邊，當玻璃門闔上的一剎那，無數反射的光點像雨珠般對她肩上墜落——好一幅動人的畫面！

賀俊之深吸了口氣！如果他是個畫家，他會捉住這一剎那。但是，他只是一個「最起碼」！

那女人逕直對著櫃檯走過來了，她用手指輕敲著檯面，對那正在煮咖啡的小李說：

「喂喂，你們的經理呢？」

「經理？」小李怔了一下。「哪一位經理？張經理嗎？」

「不是，是叫賀俊之的那個！」

哦，賀俊之一愣，不自禁的從他那個半隱藏的角落裡站了起來，望著面前這個女人：完全陌生的一張臉。一對閃亮的眼睛，挺直的鼻梁，和一張小巧的嘴，並不怎麼美，只是，那眼底眉梢，有那麼一股飄逸的韻味，使她整張臉都顯得生動而明媚。應該是夕陽幫了她的忙，浴在金色的陽光下，她確實像個閃亮的發光體。

賀俊之走了過去。

「請問妳有什麼事？」他問，微笑著。「我就是賀俊之。」

「哦！」那女人揚了揚眉毛，有點兒驚訝。然後，她那對閃爍的眸子就毫無顧忌的對他從頭到腳的掠了那麼一眼。這一眼頂多只有兩、三秒鐘，但是，賀俊之卻感到了一陣灼灼逼人的力量，覺得這對眼光足以衡量出他的輕重。「很好，」她說：「我就怕撲一個空。」

「貴姓？」他禮貌的問。

「我姓秦。」她笑了，嘴角向上一彎，竟有點兒嘲弄的味道。「你不會認得我。」她很快的說：「有人告訴我，你懂得畫，也賣畫。」

「我賣畫是真的，懂得就不敢說了。」他說。

她緊緊的盯了他一眼，嘴角邊的嘲弄更深了。

「你不懂得畫，如何賣畫？」她咄咄逼人的問。

「賣畫並不一定需要懂得呀！」他失笑的說，對這女人有了一份好奇。

「那麼，你如何去估價一幅畫呢？」她再問。

「我不估價。」他微笑著搖搖頭。「只有畫家本人能對自己的畫估價。」

她望著他，嘴邊的嘲弄消失了。她的眼光深不可測。

「你這兒的畫都是寄售的？」她掃了牆上的畫一眼。

「是的，」他凝視她。「妳想買畫？」

她揚了揚眉毛，嘴角往上彎，嘲弄的意味又來了。

「正相反！」她說：「我想賣畫！」

「哦！」他好驚奇。「畫呢？」

「就在門外邊！」她說：「如果你肯找一個人幫我搬一搬，你馬上就可以看到了！」

「哦！」他更驚奇了。「小李！」他叫：「你去幫秦小姐把畫搬進來！」他轉向那女人。

「妳請到後面的一間小客廳裡來，好嗎？」

她跟著他，繞過櫃檯，走進後面的一間客廳裡。這是間光線明亮、布置簡單的房間，米色的地毯，棕色的沙發，和大大的落地長窗，垂著鵝黃色的窗帘。平時，賀俊之都在這房裡會客，談公事，和觀賞畫家們的新作。

小李捧了一大疊油畫進來了，都只有畫架和畫布，沒有配框子，大約有十張之多，大小尺寸都不一樣。那位「秦小姐」望著畫堆在桌上，她似乎忽然有些不安和猶豫，她抬起睫毛，看了看賀俊之，然後，她大踏步的走到桌邊，拿起第一張畫，下決心似的，把畫豎在賀俊之的面前。

「賀先生，」她說：「不管你懂畫還是不懂畫，你只需要告訴我，你接不接受這樣的畫，在你的畫廊裡寄售。」

賀俊之站在那幅畫的前面，頓時間，他呆住了。

那是一幅巨幅的畫，整個畫面，是一片浩瀚的海景圖，用的是深藍的色調，海浪在洶湧翻滾，捲著浪花，浪花的盡頭接著天空，天空是灰暗的，堆積著暗淡的雲層，沒有陽光，沒有飛鳥，海邊，露著一點兒沙灘，沙灘上，有一段枯木，一段又老又朽又笨拙的枯木，好蕭索，好寂寞，好孤獨的躺在那兒，海浪半淹著它。可是，那枯木的枝椏間，竟嵌著一枝鮮豔欲滴的紅玫瑰。那花瓣含苞半吐，帶著一份動人心弦的豔麗。使那暗淡的畫面，平添了一種難言的力量，一種屬於生命的，屬於靈魂的，屬於感情的力量。這個畫家顯然在捕捉一些東西，一些並不屬於畫，而屬於生命的東西。「它」是一件令人震撼的作品！賀俊之緊緊的盯著這幅畫，好久好久，他不能動，也不能說話，而陷在一種奇異的，感動的情緒裡。半晌，他才在那畫布角落上，看到一個簽名：「雨秋」。

雨秋！這名字一落進他的眼簾，立即喚起他一個強烈的記憶。好幾年前，他曾看過這個名字，在一幅也是讓他難忘的畫上。他沉吟的咬住嘴唇，是了，那是在杜峰的家裡，他家牆上掛著一幅畫，畫面是個很老很老的鄉下老太婆，額上堆滿了層層疊疊的皺紋，面頰乾癟，牙齒脫落，背上揹著很沉重的一個菜籃，壓得她似乎已站不直身子；可是，她卻在微笑，很幸福很幸福的微笑著，眼光愛憐的看著她的腳下，在她腳下，是個好小好小的孩子，面孔胖嘟嘟的，紅潤潤的，用小手牽著她的衣襟。這幅畫的角落上，就是「雨秋」兩個字。當時，他也曾震撼過，也曾詢問杜峰：

「誰是雨秋？」

「雨秋？」杜峰不經心的看了那幅畫一眼。「是一個朋友的太太。怎樣？畫得很好嗎？」

「畫的本身倒也罷了，」他沉吟的望著那幅畫。「我喜歡它的意境，這畫家並不單純在用她的筆來畫，她似乎在用她的思想和感情來畫。」

「雨秋嗎？」杜峰笑笑。「她並不是一個畫家。」

談話彷彿到此就為止了，那天杜家的客人很多，沒有第二個人注意過那張畫。後來，他也沒有再聽杜峰談過這個雨秋。事實上，杜峰在牆上掛張畫是為了時髦，他自己根本不懂得畫。沒多久，杜峰家裡那張畫就不見了，換上了一張工筆花卉。當賀俊之問起的時候，杜峰說：

「大家都認為我在客廳掛一張醜老太婆是件很滑稽的事，所以我換了一張國畫。你看這國畫如何？」

賀俊之沒有答話，他懷念那個醜老太婆，那些皺紋，和那個微笑。

而現在，「雨秋」這個名字又在他面前出現了。另一張畫，另一張令人心靈悸動的作品。他慢慢的抬起眼睛來，望著那扶著畫的女人，她正注視著他，他們的眼光接觸了。那女人的黑眼珠深邃而沉著，她低聲說：

「這幅畫叫『浪花』。」

「浪花？」他喃喃的重複了一句，再看看畫。「是浪花，也是『浪』和『花』，這名字題得好，有雙關的意味。」他凝視那「秦小姐」。光潔的面頰，纖柔的下巴，好年輕，她當然不是「雨秋」。「朋友的太太」應該和他一樣，是個中年人了。也只有中年人，才畫得出這樣的畫，並不是指功力，而是指那種領悟力。「雨秋是誰？」他問：「妳的朋友？母親？」

她的睫毛閃了閃，一抹詫異掠過了她的面龐，然後，她微笑了起來。

「我就是雨秋，」她靜靜的說：「秦雨秋，本名本姓，本人。」

他瞪著她。

「怎麼？」她不解的揚揚眉。「我不像會畫畫嗎？」

「我只是——很意外。」他吶吶的說：「我以為雨秋是個中年人，妳——太年輕。」

「年輕？」她爽然一笑。坦率的看著他。「你錯了，賀先生，我並不年輕，不——」她側了側頭，一綹長髮飄墜在胸前，她把畫放了下來。「不很年輕，我已經三十歲了，不折不扣，上個月才過的生日。」

他再瞪著她。奇異的女人！奇異的個性！奇異的天分！他從不知道也有女性這樣坦白自己的年齡，但是，她看來只像個大學生，一個年輕而隨便的大學生！她不該畫出「浪花」這樣的畫，她不應該有那樣深刻的感受。可是，當他再接觸到那對靜靜的、深黝的眸子時，他知道了，她就是雨秋！一個奇異的，多變的，靈慧的女人！一個「不折不扣」的藝術家。

「妳知道——」他說：「這並不是我第一次看到妳的畫。」

「我知道。」她凝視著他。「你在杜峰家裡，看過我的一幅『微笑』。聽說，你認為那幅畫還有點味道，所以，我敢把畫帶到你這兒來！怎麼？」她緊盯著他，目光依舊灼灼逼人。

「你願意賣這些畫嗎？我必須告訴你，這是我第一次賣畫，我從沒想過要賣畫為生，這只是我的娛樂和興趣。但是，現在我需要錢用，畫畫是我唯一的技能，如果——」她又自嘲的微笑。「這能算是技能的話。所以，我決心賣畫了。」她更深的望著他，低聲的加了幾句：「我自視很高，標價不會便宜，所以，接受它以前，你最好考慮一下。」咬咬嘴唇，她很快的加了兩句：「但是，拒絕它以前，你最好也考慮一下，因為——我不大受得了被拒絕。」

賀俊之望著這個「雨秋」，他那樣驚奇，那樣意外，那樣錯愕……然後，一股失笑的感覺就從他心中油然升起，和這股感覺同時發生的，是一種嘆賞，一種驚服，一種欣喜。這個雨秋，她率直得出人意表！

「讓我再看看妳其他的畫好嗎？」他說。站在桌邊，他一張張的翻閱著那些作品。雨秋斜倚在沙發上，沉吟的研究著他的表情。他仔細的看那些畫：一張衰荷，在一片枯萎的荷田裡，飄蕩著殘枝敗葉及無根枯萍，卻有一個嫩秧秧的小花苞在風中飄蕩，標題竟是『生趣』。另一張寒雲滿天，一隻小小的鳥在翱翔著，標題是『自由』。再一張街頭夜景，一條好長好長的長街，一排路燈，亮著昏黃的光線，沒有街車，沒有路人，只在街的盡頭，有個小孩子在踽踽獨行，標題是『路』。他一張張翻下去，越看越驚奇，越看越激動。他發現了，雨秋迫切想抓住的，竟是『生命』本身，放下了畫，他慢慢的抬起頭來，深深的看著雨秋。

「我接受了它們！」他說。

她深思的看著他。

「是因為你喜歡這些畫呢？還是因為我受不了拒絕？」她問。

「是因為我喜歡妳的畫，」他清晰的說：「也是因為妳受不了拒絕！」

「哈！」她笑了起來，這笑容一漾開，她那張多變化的臉就頓時顯得開朗而明快。「你很有趣，」她熱烈的說：「杜峰應該早些介紹我認識你！」

「原來是杜峰介紹妳來的，為什麼不早說？」

「你並不是賣杜峰的面子而接受我這些畫的，是嗎？」

「當然。」

「那麼，」她笑容可掬。「提他幹嘛？」

「哈，」這回輪到他笑了。「妳很有趣，」他故意重複她的話。「杜峰真應該早些介紹我認識妳！」

她大笑了起來，毫無拘束，毫無羞澀，毫無造作的笑，這使他也不由自主的跟著笑。這樣一笑，一層和諧的、親切的感覺就在兩人之間漾開，賀俊之竟感到，他們像是認識了已經很多年很多年了。

笑完了，賀俊之望著她。

「妳必須瞭解，賣畫並不是一件很簡單的事，妳的畫能不能受歡迎，是誰也無法預卜的事。」

「我瞭解。」她說，斜倚在沙發裡，用手指繞著垂在胸前的長髮。她的臉色一下子鄭重了起來。「可是，如果你能欣賞這些畫，別人也能！」

「妳很有信心。」他說。

「我說過，我很自傲。」她抬起眼睛來，望著他。「我是靠信心和自傲來活著的，但是，信心和自傲不能換得生活的必需品，現實比什麼都可怕，沒有麵包，僅有信心和自傲是沒有用的，所以，我的畫就成為了商品。」

「我記得——」他沉吟著：「妳應該有人供養妳的生活，我是指——」

「我的丈夫？」她接口說：「那已經是過去式了，我離婚了，一個獨身的女人，要生活是很難的，你知道。」

「抱歉，我不知道妳已經離婚。」

「沒有什麼好抱歉的，」她灑脫的聳聳肩。「錯誤的結合，耽誤兩個人的青春，有什麼意義？我丈夫要一個賢妻良母，能持家，能下廚房的妻子，我拿他的襯衫擦了畫筆，又用洗筆的松節油炒菜給他吃，差點沒把他毒死，他說在我莫名其妙的把他弄死之前，還是離我遠遠的好些，我完全同意。不怪他，我實在不是個好妻子。」

他笑了。

「妳誇大其詞，」他說：「妳不會那樣糊塗。」

她也笑了。

「我確實誇大其詞。」她坦白的承認。「我既沒有用他的襯衫擦畫筆，也沒有用松節油毒他，但是，我不是個好妻子卻是真的，我太沉迷於夢想、自由，和繪畫，他實在受不了我，因此，他離我而去，解脫了他，也解脫了我。他說，他是劫難已滿。」她笑笑，手指繼續繞著頭髮，她的手指纖細、靈巧，而修長。「你瞧，我把我的事情都告訴了你！」

「妳的父母呢？」他忍不住往下探索。「他們不會忍心讓妳生活困難的吧？」

「父母？」她蹙蹙眉頭。「他們說我是怪物，是叛逆，是精神病，當我要結婚的時候，父母都反對，他們說，如果我嫁給那個渾球，他們就和我斷絕關係，我說戀愛自由，婚姻自主，我嫁定了渾球。結婚後，父母又都接受了那個渾球，而且頗為喜歡他。等我要離婚的時候，他們又說，如果我和這個優秀青年離婚，他們就和我斷絕關係。我說我和這個優秀青年生活在一起，等於慢性自殺，於是，我離了婚。所以，父母和我斷絕了兩次關係。我不懂……」她顰眉深思。「到底是我有問題，還是父母有問題？而且，我到現在也沒鬧清楚，我那個丈夫，到底是渾球，還是優秀青年！」

他再一次失笑。

「妳的故事都很特別。」他說。

「真特別嗎？」她問，深沉的看著他。「你不覺得，這就是人類的故事嗎？人有兩種，一種隨波逐流，平平穩穩的活下去就夠了，於是，他是正常的：正常的婚姻，正常的職業，正常的生活，正常的老，正常的死。另一種人，是命運的挑戰者，永遠和自己的命運作對，追求靈魂深處的真與美，於是，他就一切反常：愛的時候愛得要死，不愛的時候不肯裝模作樣，他忠於自己，而成了與眾不同。」她頓了頓，眼睛閃著光，盯著他。「你是第一種人，我是第二種。可是，第一種人並不是真正幸福的人！」

他一震，蹙起眉頭，他迎視著她的目光，這是怎樣的一個女人，她已經看穿了他，一直看進他靈魂深處裡去了。深吸了一口氣，他說：

「妳或者對，但是，第二種人，也並不是真正幸福的人！」

她愣了愣，驚愕而感動。

「是的，」她低低的說：「你很對。我們誰都不知道，人類真正的幸福在什麼地方？也都不知道，哪一種人是真正幸福的。因為，心靈的空虛——好像是永無止境的。」她忽然跳了起來，把長髮往腦後用力一摔，大聲說：「天知道，我怎麼會和你談了這麼多，我要走了！」

「慢一點！」他喊：「留下妳的住址、電話，還有，妳的畫——妳還沒有標價。」

「我的畫，」她怔了片刻。「它們對我而言，都是無價之寶，既然成了商品，隨你標價吧！」她飄然欲去。

「慢一點，妳的地址呢？」

她停住，留下了住址和電話。

「賣掉了，馬上通知我，」她微笑著說。「賣不掉，讓它掛著，如果結蜘蛛網了，我會自動把它搬回去的！」她又轉身欲去。

「慢一點，」他再喊。

「怎麼？還有什麼手續要辦嗎？」她問。

「是的，」他咬咬嘴唇。「我要開收據給妳！」

「免了吧！」她瀟灑的一轉身。「完全不需要，我信任你！」

「慢一點，」他又喊。

她站著，深思的看著他。

「我能不能——」他囁嚅著：「請妳吃晚飯？」

她望了他好一會兒，然後，她折回來，坐回沙發上。

「牛排？」她揚著眉問：「小統一的牛排，我聞名已久，只是吃不起。」

「牛排！」他熱烈的笑著說：「小統一的牛排，我馬上打電話訂位。在吃牛排以前，妳應該享受一下『雲濤』著名的咖啡。」

她微笑著，深靠進沙發裡。窗外的暮色已經很濃很濃了，是一個美好的，春天的黃昏。

2

這天早上，「雲濤」剛剛捲起了鐵柵，開始營業，就有一個少女直衝了進來。早上的生意一向清淡，九點半鐘開門，常常到十點多鐘才有兩三個客人，因此，這少女的出現是頗引人注目的。子健正在一個角落的卡座上念他的《心理學》。一早跑到「雲濤」來念書是他最近的習慣，躲開母親善意的嘮叨，躲開張媽那份過分的「營養早餐」。而安閒的坐在「雲濤」裡，喝一杯咖啡，吃兩個煎蛋和一片吐司，夠了。清晨的「雲濤」靜謐而清幽，即使不看書，坐在那兒沉思都是好的。他佩服父親有這種靈感，來開設「雲濤」。父親不是個平凡的商人，正像他不是個平凡的父親一樣。他沉坐在那兒，研究著人類「心理」的奧祕，這少女的出現打斷了他的閱讀及沉思。

一件紅色的緊身毛衣，裹著一個纖小而成熟的身子。一條黑色的、短短的迷你裙，露出兩條修長的腿，寬腰帶攔腰而繫，腰帶是紅橙黃綠藍靛紫各色都有，繫在那兒像一條彩虹，使那小小的腰肢顯得更加不盈一握。腳上，一雙紅色的長筒靴，兩邊飾著一排亮釦子。說不出的瀟脫，說不出的青春，她直衝進來，眼光四面八方的巡視著。子健情不自已，一聲口哨就衝口而出，那女孩迅速的掉頭望著他，子健一陣發昏，只覺得兩道如電炬，如火焰般的眼光，對他直射過來，看得他心中怦然亂跳。那女孩撇了撇嘴，不屑的把頭轉向一邊，自言自語的說：

「小太保！」

小太保？子健心裡的反感一下子冒了起來，生平還沒被人罵過是小太保，今天算開了張了。小太保！他瞪著那女孩，看她那身打扮，那份目中無人的樣子，她才是個小太妹呢！於是，他用手托著下巴，立即接了一句：

「小太妹！」

那女孩一愣，立刻，她像陣旋風般捲到他的面前，在他桌前一站，她大聲說：

「你在罵誰？」

「妳在罵誰？」他反問。

「我自言自語，關你什麼事？」她挑著眉，瞪著眼，小鼻頭翹翹的，小嘴巴也翹翹的。天哪，原來一個漂亮的女孩子，連生起氣來都是美麗的。子健不自禁的軟化在她那澄澈的眼光下，他微笑了起來。

「我也是自言自語呀！怎麼，只許妳自言自語，不許我自言自語？」

她瞪著他，然後，她緊繃著的臉就有些繃不住了，接著，她的神情一鬆，「噗哧」一聲就笑了起來，她這一笑，像是一陣春風的掠過，像朝陽初射的那第一道光芒，明亮，和煦，而動人。子健按捺不住，也跟著笑了起來。友誼，在年輕人之間，似乎是極容易建立的。女孩笑完了，打量著他，說：

「我叫戴曉妍，你呢？」

他拿起桌上的一張紙，寫下自己的名字「賀子健」，推到她的面前，微笑的說：

「戴小研？大小的小？研究的研？妳父母一定希望妳做一個小研究家。」

「胡說！」她坐下來，提起筆，也寫下自己的名字「戴曉妍」，推到他的面前。他注視著那名字，說：

「清曉最妍麗的顏色，妳是一朵早上的花！」

「算了，算了，算了！」她一疊連聲的說：「什麼早上的花，麻死了！我是早晨天空的顏色，如果你看過早晨天空的顏色的話，你就知道為什麼用這個妍字了。」

「太陽出來之前？」他問：「天空的顏色會像妳那條腰帶，五顏六色，而且燦爛奪目。」

「你很會說話。」她伸手取過他正看著的書，對封面望了望，她翻了翻白眼。「天！《普通心理學》！你準是T大的，只有T大的學生，又驕傲，又調皮，偏又愛念書！」她揚起眉毛。「T大心理系，對嗎？」

「錯了！」他說：「T大經濟系！」

「學經濟？」她把眼睛眉毛都擠到一堆去了。「那麼，你看心理學幹嘛？」

「小研一下。」他說。

「什麼？」她問：「你叫我的名字幹嘛？」

「我沒叫妳的名字，我說我在小小的研究一下。」

「哼！」她打鼻子裡哼了一聲，斜睨著他。「標準的T大型，就會賣弄小聰明。」

「大聰明。」他說。

「什麼？」

「我說我有大聰明，還來不及賣弄呢！」他笑著說，伸手叫來服務小姐。「戴曉妍，我請妳喝杯咖啡，不反對吧？」

「反對！」她很快的說：「我自己請我自己。」她翻弄著手中的一本冊子，子健這才發現她手裡拿著一本琴譜。她翻了半天琴譜，好不容易從中間找出一張十元的鈔票，她有些猶疑的說：「喂，賀子健，你知不知道這兒的咖啡是多少錢一杯呀？我這十塊錢還要派別的用場呢，算了！」她跳起來。「我不喝了！就顧著和你胡扯八道，連正事都沒有辦，我又不是來喝咖啡的！」

「那麼，妳是來做什麼的？」

「我來看畫的，這兒是畫廊，不是嗎？」她四面張望，忽然歡呼了一聲。「是了！在這兒！」她直奔向牆邊去。對牆上的一排畫仔細的觀賞著。子健相當的詫異，站起身來，他跟過去，發現戴曉妍正仰著頭，滿臉綻放著光彩，對那些畫發癡一般的注視著。她眼睛裡那種崇拜的，熱烈的光芒使他不自禁的也去看那些畫，原來那是昨天才掛上去，一個名叫「雨秋」的新畫家的畫。

「怎麼？」子健不解的說：「妳喜歡這些畫？」

「喜歡？」戴曉妍深抽了一口氣，誇張的喊：「豈止是喜歡！我崇拜它們！」她望著畫下的標價紙。「五千元！」她用手小心的摸摸那標籤，又摸摸那畫框，低聲的說：「不知道有沒有人買。」

「不知道。」子健搖搖頭。「這些畫是新掛上去的，還不曉得反應呢！」

曉妍看了他一眼。

「你對這兒很熟悉啊！」她說：「你又吃了那麼多東西，在這種地方吃東西！」她搖搖頭，咂咂嘴。「你一定是有錢人家的紈袴子弟！」

子健皺皺眉頭，一時間，頗有點兒不是滋味和啼笑皆非。他不知道該不該向這個新認識的女孩解釋自己和「雲濤」的關係。可是，曉妍已經不再對這問題發生興趣，她全副精神又都集中到畫上去了，她一張一張的看那些畫，直到把雨秋的畫都看完了，她才深深的、讚嘆的、近乎感動的嘆出一口氣來。看她對藝術如此狂熱，子健推薦的說：

「這半邊還有別的畫家的畫，我陪妳慢慢的看吧！」

「別的畫家！」曉妍瞪大眼睛。「誰要看別的畫家的畫？那些畫怎能和這些畫相比！」

「怎麼？」子健是更糊塗了，他仔細的看看雨秋的畫，難道這個雨秋已經如此出名了？怪不得父親一下子掛出一整排她的畫，倒像是在開個人畫展一般。「我覺得別的畫家也有好畫，妳如果愛藝術，不應該這樣迷信個人。」他坦白的說。

「管他應該不應該！」曉妍的眉毛抬得好高。「別的畫家又不是我的姨媽！」

「什麼？」子健喊了一句，瞪大了眼睛。「原來……原來這個雨秋是妳的姨媽？」

「是呀！」曉妍天真的仰著頭，望著他，眼睛裡閃爍著驕傲的光彩。「我姨媽會成為世界上最偉大的畫家，你信嗎？」她注視他，慢慢的搖搖頭。「我知道你不信，可是……即使她成不了世界上最偉大的畫家……」

「她也一定是世界上最偉大的姨媽！」子健接口說。

「哈哈！」曉妍開心的笑了起來。「你這個T大的紈袴子弟似乎已經把心理學讀通了！」

子健對她微笑了一下，實在不知道這句話對他是讚美還是諷刺。可是，曉妍的笑容那樣動人，眼光那樣清澈，渾身帶著那樣不可抗拒的少女青春氣息，竟使他迷惑了起來。在T

大，女同學多得很，美麗的也不在少數，他卻從沒有像現在這樣動心過。事實上，這個曉妍並不能算什麼絕世美人，只是，她渾身都是「勁兒」，滿臉都是表情，而又絲毫都不做作。對了，他發現了，她有那麼一股「真」與「純」，又有那麼一股「調皮」和「狂熱」，她是個具有強烈的影響力的女孩！

「雲濤」的客人慢慢上座了。小李煮的咖啡好香好香，整個空氣裡都瀰漫著咖啡香，以及西點、蛋糕的香味，曉妍深深的吸了吸鼻子，忽然說：

「賀子健，我想你從沒缺過錢用吧？」

「哦？」子健看著她，那小妮子眼珠亂轉，他不知道她有什麼花招。「是的，沒缺過。」

「那麼──」她伸舌尖潤了潤嘴唇。「我記得，剛剛你想請我喝咖啡。」

哦，原來如此。子健的眼珠也轉了轉。

「是的，可是已經被人拒絕了。」他說。

曉妍滿不在乎的聳聳肩。

「現在，我可以接受它了。因為──」她望著他，那眼光又坦率又真誠。「這香味太誘惑我，我生平就無法抵制食物的誘惑，我姨媽說，這準是受她的影響，她也是這樣的。我接受了你的咖啡，而且，如果你請得起的話，再來一塊蛋糕更好。因為──我還沒有吃早飯。」

子健笑了，他不能不笑，曉妍那種認真的樣子，那坦白的供認，和那股已經饞涎欲滴的樣子都讓他想笑，而最使他發笑的，是她把這項「吃」的本能，也歸之於姨媽的影響，那個雨秋，是人？還是神？他的笑使曉妍不安了，她蹙起了眉頭。

「你笑什麼？」她問：「我接受你請客，只因為覺得和你一見如故，並不是我不害羞，隨便肯接受男孩子的請客，不信你問我姨媽……哦，對了，你不認得我姨媽。不行，」她拚命搖頭。「你一定要認識我姨媽，她是世界上最最可愛的女人！」

「絕不是最最可愛的！」他說。

「你不知道……」

「我知道！」他笑著。「最最可愛的已經在我面前了，她頂多只能排第二！」

曉妍又「噗哧」一聲笑了。

「不要給我亂戴高帽子，」她笑著說：「因為……」

「因為妳不喜歡這一套！」他又接了口。

「哈哈！」她大笑。「你錯了。因為我會把所有的高帽子都照單全收！我是最虛榮的。」

子健驚奇的望著她，不信任似的搖頭微笑。

「妳是我所遇到的最坦白的女孩子！」他說：「來吧，戴曉妍，妳不該不吃早餐到處跑！」

他們折回到座位上。子健招手叫來了一位服務小姐，低低的吩咐了幾句話，片刻之後，一杯滾熱的咖啡送了過來，同時，一個托盤裡，放了四、五塊精緻的西點和蛋糕，花樣之別致，香味之撲鼻，使曉妍瞪大了眼睛。

「怎麼這麼多？」她問。

「每種一塊，這都是『雲濤』著名的點心，栗子蛋糕、草莓派、杏仁捲、椰子酥、核桃棗泥糕，妳每樣都該嚐嚐，吃不完，我幫妳吃！」他用小刀把每塊一切為二。「每塊吃一半，成了吧！」

曉妍把身子俯近他，悄聲問：

「貴不貴？」

他失笑了。

「反正已經叫了，妳別管價錢好嗎？」他說，真摯的看著她。「這是我第一次請妳吃東西，妳別客氣，下一次，我只請妳吃牛肉麵！」

「唔，」曉妍含了一口蛋糕，立刻口齒不清的嚷了起來：「我最愛吃牛肉麵，還有牛肉細粉，加一點辣椒，四川話叫作——」她用四川話說：「輕紅！」

她的活潑，她的嬌媚，她的妙語如珠，她的笑靨迎人，子健是真的眩惑了。抓住了機會，他說：

「明天晚上，我請妳去吃牛肉麵！」

「哦——」她沉吟了一下。「明天不行，我要陪我姨媽去辦事，這樣吧——」她考慮了一會兒。「後天晚上，怎麼樣？」

「一言為定！」他說：「妳住什麼地方？我去接妳！」他把剛剛他們互寫名字的紙條推到她面前。「給我妳的住址和電話。」

她含著蛋糕，不假思索的寫下了住址和電話。

「這是我姨媽的家，我跟我姨媽一起住。」她說：「這樣吧，後天晚上六點鐘，我們在『雲濤』見面，好不好？反正我會到這兒來——我要看看我姨媽的畫有沒有人買！」

「妳很關心妳姨媽？」他問。「妳怎麼住在姨媽家？妳父母呢？」

她的臉色一下子沉了下去。

「賀子健！」她板著臉說：「我並沒有調查你的家庭，對不對？請你也不要查我的戶口！」

「好吧！」子健瞪著她，後悔問了這一句，她準有難言之隱，可能是個孤兒。於是，他賠笑的說：「別板臉，行不行？」

「我就是這樣子，」她邊吃邊說：「我要笑就笑，要哭就哭，要生氣就生氣，我媽說，都是姨媽帶壞了我！」

「哦，」他不假思索的說：「原來妳有媽。」

「什麼話！」曉妍直問到他臉上來。「我沒媽，我是石頭裡變出來的呀！我又不是孫猴子！」

「噢，又說錯了！」子健失笑的說：「當然妳有媽，我道歉。」

「不用道歉。」她又嫣然而笑。「其實……」她側著頭想了想，忽然笑不可抑。「真的，我可能是石頭裡變出來的，我媽的思想，就和石頭一樣，走也走不通，搬也搬不動，一塊好大好大的石頭！我爸爸，哈！」她更笑得喘不過氣來了。「他更妙了，他根本是一座石山！」

從沒有聽人這樣批評自己的父母，而且，態度又那樣輕浮。子健蹙蹙眉，心中微微漾起一陣反感，對父母，無論如何應該保持一份尊敬。他的蹙眉並沒有逃過曉妍的注意，她收住了笑，臉色逐漸的沉重了起來。推開盤子，她垂下了眼瞼，用手指撥弄著桌上的菜單，好半天，她一語不發。子健覺得有點不對勁，他不解的問：

「怎麼了？」

曉妍很快的抬起眼睛來看了他一眼，她眼中竟蓄滿了淚水，而且已盈盈欲墜。這使子健大吃一驚，他慌忙拿了一塊乾淨的餐巾遞給她，急急的說：

「怎麼了？怎麼了？不是談得好好的嗎？妳——」他手足失措，不知該怎麼辦才好，如果他曾經交過女朋友，他或者知道該如何應付，偏偏他從沒和女孩子深交過。而且，即使交往過幾個女孩，也沒有一個像她這樣，第一次見面，就說哭就哭，說笑就笑的。他不知所措，心慌意亂了。「妳別哭，好嗎？」他求饒似的說：「如果是我說錯了話，請妳原諒，但是別哭，好嗎？」

她用餐巾蒙住了臉，一語不發，他只看到她肩頭微微的聳動。片刻，她把餐巾放下來，面頰是濕潤的，眼睛裡淚光猶存。可是，她唇邊已恢復了笑容，不再是剛剛那種喜悅的笑，而是一個無可奈何的、可憐兮兮的笑。

「別理我，」她輕聲說：「我是有一點兒瘋的，馬上我就沒事了。」她抬眼凝視他，那眼光在一瞬間變得好深沉，好難測。她在仔細的研究他。「你一定是個好青年，」她說：「孝順父母，努力念書，用功、向上、不亂交朋友，你一定是個模範生。」她嘆口氣，站起身來。「我要走了。後天，我也不來了。」

「喂！戴曉妍！」他著急的喊：「為什麼？我們不是已經認識了，是朋友了嗎？妳答應了的約會，怎能出爾反爾？」

她對他默默的搖搖頭。

「和我交朋友是件危險的事，」她說：「我會把你帶壞，我不願意影響你。而且，我不習慣和模範生做朋友，因為我又瘋又野，又不懂規矩。」

「我不是模範生，」他急急的說，自己也不瞭解為什麼那樣急迫。「我也不認為和妳交朋友有什麼危險，妳又善良又真純，又率直又坦白，妳是我認識過的女孩子裡最可愛的一個！」他衝口而出的說了一大串。

她盯著他，眼睛裡閃著光。

「你真的認為我這麼好？」她問。

「完全真的。」他急促的說。

她的臉發亮。

「所以，我更不能來了。」

「怎麼？」

「我要保留我給你的這份好印象。」她說，抓起自己的琴譜，轉身就向外走。

「喂喂，戴曉妍！」他喊，追了過去，客人都轉頭望著他們，服務小姐們也都在悄悄議論和發笑了，他顧不得這些，一直追到大門口，她已經走到街對面了，她的腳步可真快，他對著街對面喊：「不管妳來不來，我反正在這兒等妳！」

她頭也沒有回，那纖小的影子，很快的消失在街道的轉角處了。

3

畫紙上是一個長髮披肩，雙目含愁的女人，消瘦，略帶蒼白，綠色是整個畫面的主調，綠色的頭髮，綠色的眼睛，綠色的臉龐，綠色的毛衣，一片綠。這是一個帶著幾分憂鬱，幾分惆悵，幾分溫柔，又幾分落寞的綠色女郎。唯一打破這片綠的，是在那女人手中，握著一枝細莖的、柔弱的、可憐兮兮的小雛菊，那菊花是黃色的。雨秋握著畫筆，對那畫紙仔細凝視，再抬頭看看旁邊桌上的一面大鏡子，她對著鏡中的自己微笑，又對著畫紙上的自己皺眉，然後，提起筆來，她蘸了一筆濃濃的綠色顏料，在畫紙右上方的空白處，打破西畫傳統的提了兩句話：

「莫道不消魂，簾捲西風，人比黃花瘦。」

題完了，她又在畫的左下方題上：

「雨秋自畫像，戲繪於一九七一年春」

畫完了，她丟下畫筆，伸了一個懶腰，畫了一整天的畫，到現在才覺得累。看看窗外，暮色很濃了。她走到牆角，打開了一盞低垂的、有彩色燈罩的吊燈。拉起了窗紗，她斜倚在沙發中，對那幅水彩畫開始出神的凝思。

電話鈴驀然的響了起來，今天，電話鈴一直響個不停，她伸手接過話筒。

「喂！」她說：「哪一位？」

「對不起！我找戴曉妍聽電話！」又是那年輕的男孩子，他起碼打了十個電話來找曉妍了。

「哦，曉妍還沒回家呢！你過一會兒再打來好嗎？」她溫柔的說。

「噢！好的！」那男孩有點猶豫，雨秋正想掛斷電話，那男孩忽然急急的開了口：「喂喂，請問您是曉妍的姨媽嗎？」

「是呀！」她有些驚奇。「你是哪一位？」

「請您轉告曉妍，」那男孩堅定的說：「我是那個T大的小太保，告訴她，別想逃避我，因為她逃不掉的！」電話掛斷了。

雨秋拿著聽筒，對那聽筒揚了揚眉毛，然後掛上了電話。

T大的小太保！應該很合曉妍的胃口，不是嗎？一整天，她聽這個聲音的電話幾乎都聽熟了，偏偏曉妍一早就出去了，到現在還沒回來。她看看手錶，六點半，應該弄點東西吃了，這麼一想，她才覺得肚子裡一陣嘰哩咕嚕的亂叫，怎會餓成這樣子？是了，從中午就沒吃東西，不，是從早上就沒吃東西，因為中午才起床。最後一餐是昨晚吃的，怎能不餓？她跳起來，走到冰箱旁邊，看看能弄些什麼吃吧！打開冰箱，她就愣住了，除了那股撲面而來的冷氣之外，冰箱裡空無一物，連個菜葉子都沒有！她搖搖頭，把冰箱關上，幾天沒買菜了？誰知道呢？

大門在響，鑰匙聲，關門聲，是曉妍回來了。

「姨媽！姨媽！妳在家嗎？」

人沒進來，聲音已在玄關處揚了起來。

「在呀！」她喊：「幹嘛？」

曉妍「跳」了進來，她是很少用「走」的。她手裡抱著一大包東西，雨秋驚奇的問：

「是什麼？」

曉妍把紙包往桌上一放，打開來，她取出一條吐司麵包，一瓶果醬，一包牛油，和一袋雞蛋，還有一小包切好片的洋火腿。她笑著，得意的看著雨秋。

「我們來做三明治吃！」她說。「家裡什麼吃的都沒有了，如果我不買回來，妳畫出了神，準會餓死！」

「妳怎麼知道家裡什麼吃的都沒有了？而且，妳從什麼地方弄來的錢？」雨秋笑著問。

「我早上起床的時候，妳還在睡覺，」曉妍笑嘻嘻的。「是我把冰箱裡最後的一瓶牛奶和半包蘇打餅乾都吃掉了，我當然知道家裡沒東西吃了！至於錢嗎？我翻妳的每一件衣服口袋，發現妳或多或少都有一些零錢在口袋裡，這樣，我居然收集了五十多塊錢。有了這種意外之財，我們豈不該好好享受一番？所以呀，我就買了一大堆東西回來了。」

「好極了，」雨秋拿起一片麵包，先往嘴裡塞，曉妍一把按住麵包說：

「不行不行，等我攤好蛋皮，抹了牛油，夾了火腿再吃，否則妳破壞了我的計畫！」

「嗐！妳還有計畫！」雨秋笑著，拿起雞蛋來。「我來做蛋皮吧，妳別把手燙了。」

「好姨媽，」曉妍用手按著她。「妳燙手的次數比我多得多，妳別說嘴了！」

「可是，」雨秋忍不住笑。「妳會偷吃，妳一面做一面吃，等妳把蛋皮做完，妳也把它吃完了。」

「哎呀，」曉妍用手掠了掠滿頭亂糟糟的短髮。「叫我不偷吃，那我是做不到的！」

「所以，還是我來做吧！」雨秋滿屋子亂繞。「我的圍裙呢？」

「被我當抹布用掉了。」

雨秋「噗哧」一笑。

「曉妍，我們兩個這樣子過日子啊，總有一天，家都被我們拆光了。不過……」她在沙發上坐下來，抱著膝，突然出起神來。「沒關係，曉妍，妳不要怕，我們沒錢用，現在苦一點，將來總有出頭之日。等我賺了錢，第一件事就是給妳買一套漂亮衣服，妳心心念念的那套釘亮釦子的牛仔衣，然後，如果我賺了大錢，我就給妳買一架電子琴。哦！對了，妳今天去學琴了嗎？」

「去了，老師誇我呢，她說我很有才氣，而且，她說，學費晚一個月繳沒關係。」

「妳去告訴妳老師，等我賺了錢……」

雨秋的話沒說完，電話鈴又響了。雨秋忽然想起那個男孩來，她指著曉妍說：

「妳的電話，妳去接，一個T大的小太保，打了幾百個電話來，他要我轉告妳，他不會放過妳！」

曉妍的臉色倏然變白了，她猛烈的搖頭。

「不不，姨媽，妳去接，妳告訴他，我不在家！」

「不行！」雨秋搖頭。「我不能騙人家，妳有難題，妳自己去應付，如果要不理人家，為什麼要留電話號碼給人家呢？」

「我留電話號碼給他的時候，是準備和他做朋友的！」曉妍焦灼的解釋。

「那麼，有什麼理由要不和他做朋友呢？因為他是一個小太保嗎？」

「不是！就因為他不是小太保！」曉妍急得跺腳。「姨媽，妳不知道……」她求救似的看著雨秋，那鈴聲仍然在不斷的響著。「他是T大的，他是個好學生。」

雨秋緊盯著曉妍。

「那麼，妳更該和他做朋友了！」

「姨媽！」曉妍哀聲喊，祈求的望著雨秋，低聲說：「妳明知道我……」

「我知道妳是世界上最好的女孩子！」雨秋大聲的、堅決的、斬釘斷鐵的說。

「我不是！我不是！」曉妍拚命搖頭，淚水蒙上了眼睛。「姨媽，我不是！我不是好女孩……」

電話鈴停止了。曉妍也愣然的住了口。一時間，室內顯得好靜好靜，曉妍睜著她那對黑白分明的大眼睛，瞪視著雨秋。雨秋也靜靜的瞅著她，半晌，雨秋把手臂張開，那孩子立即投進了雨秋的懷裡。她們兩個差不多一樣高，曉妍把頭埋進了雨秋肩上的長髮裡，緊緊的閉上了眼睛。雨秋用手撫摸著她的背脊，在她耳邊，溫柔的、低聲的、一個字一個字的說：

「曉妍，妳美麗，妳純真，妳是一個好女孩！妳一定要相信這一點，要認識妳自己，過去的事早已過去了，別讓那個陰影永遠存在妳心裡，妳是個好女孩！曉妍，記住！妳是個好女孩！」

「姨媽，」曉妍輕聲說：「世界上只有妳一個人這樣認為的！」

「胡說！」雨秋撫摸她的頭髮。「妳是個人見人愛的女孩子。」

「只是外表。」

「內心更好！」

曉妍抬起頭來，不信任的望著雨秋。雨秋的眼光充滿了堅定的信賴，與熱烈的寵愛，因此，那孩子的面色漸漸的開朗了。她揚了揚眉，詢問的。雨秋眨了眨眼睛，答覆的。她搖了搖頭，懷疑的。雨秋點了點頭，堅定的。於是，曉妍笑了。

「姨媽，」她說：「妳才是世界上最好的人！」

「可能也只有妳這樣認為哦！」雨秋故意的說：「在一般人心目中，我好嗎？就拿妳母親來說吧，她是我的親姊姊，告訴我，她怎麼說我的？」

「瘋狂、任性、不負責任、胡鬧、倔強、自掘墳墓！……」曉妍一連串的背下去。

「夠了，夠了，」雨秋笑著阻止她。「妳瞧，曉妍，我們只能讓瞭解我們的人喜歡我們，對不對？那些不瞭解我們的人，我們也不必苛求他們。最重要的，是我們要認清楚自己的分量，不要受外界的左右，懂嗎？」

曉妍點點頭。

電話鈴再一次響了起來。這回，雨秋只對曉妍看了一眼，曉妍就乖乖的走到電話機旁邊，伸手拿起了聽筒。雨秋不想聽他們的談話內容，就乘機拿起桌上的雞蛋，走到廚房裡去，剛剛把蛋放下來，就聽到曉妍那如釋重負的，輕快的聲音，高高的揚起來：

「秦——雨——秋——小——姐——電——話！」

雨秋折回到客廳裡來，曉妍滿臉的笑，用手蓋在話筒上，她對雨秋說：

「男人打來的，準是妳的男朋友！」

雨秋瞪了曉妍一眼，接過聽筒。

「喂？哪一位？」她問。

「秦——雨秋？」對方有些猶豫的問。

「是的，我就是。」

「我是賀俊之，剛剛怎麼沒人接電話？」

「哦，賀先生。」她笑應著：「不知道是你。」

聽到了一個「賀」字，曉妍驚覺的回過頭來看著雨秋，雨秋絲毫沒注意到曉妍的表情，她正傾聽著對方充滿了愉快和喜悅的聲音。

「我必須恭喜妳，秦小姐，妳已經賣掉了兩張畫，一張是『浪花』，另一張是『路』。」

「真的？」她驚喜交集。「居然有人要它們！」

「妳吃過晚飯嗎？」賀俊之問。

「還沒有。」

「是不是值得出來慶祝一下？」賀俊之說，似乎怕她拒絕，他很快的又加了一句：「妳有一萬元的進帳，妳應該請我吃飯，對不對？」

「哈！」她笑著。「看樣子我非出來不可！」

「我馬上來接妳！」

「不用了，」她說：「你在『雲濤』嗎？」

「是的。」

「我過去吧！我也想看看那些畫，而且，我很懷念『雲濤』的咖啡！」

「那麼，我等妳，盡快！」

掛斷了電話，她歡呼了一聲，回過身子來，她一把抓住曉妍的肩膀，一陣亂搖亂晃，她喊著說：

「曉妍，妳姨媽發財了！一萬塊！妳知道一萬元有多少嗎？它相當於一本書的厚度！曉妍，妳知道嗎？妳姨媽是一個畫家！她的畫才掛出來幾天，就賣掉了兩張！以這樣的進展，十張畫一個月就賣光了！好了，曉妍，妳的電子琴有希望了，還有那套亮釦子的牛仔衣……」她忽然住了口，歉然的看著曉妍。「哎呀，我忘了，我們要吃三明治的，這一下，我又破壞了妳的計畫了……」

「姨媽！」曉妍的臉孔發光，眼睛發亮，她大吼著說：「去他的三明治！妳該去喝香檳酒！假若妳不是陪男朋友出去，我就要跟妳去了。」

「說真的，」雨秋的眼珠轉了轉。「妳就跟我一起去吧！」

「算了，我才不作電燈泡呢！」曉妍笑著說。「妳儘管去吧！我幫妳看家！不過……」她頓了頓，忽然懷疑的問：「姨媽，姓賀的人很多嗎？」

「哦，」雨秋不解的說：「怎麼？」

曉妍搖搖頭。

「沒有什麼，」她推著雨秋。「快去快去！別讓男朋友等妳！」

「小鬼頭！」雨秋笑罵著：「不要左一句男朋友，右一句男朋友的，那人並不是我的男朋友！」

「哦？」曉妍的眼珠亂轉。「原來那是一個女人！這女人的聲音未免太粗了！」

雨秋用手裡的手提包在曉妍的屁股上重重的揮了一下，罵了一句「小壞蛋」。然後，她停在剛剛完成的那張自畫像前面，對那畫像顰眉凝視，低低的說：

「明天，我要重畫一個妳！」

她往門口走去，剛走到玄關，門鈴響了，是誰？她可不希望這時間來客！她伸手打開門，出乎意外的，門外竟是一個陌生的年輕男人！他站在那兒，高高的身材，穿著件咖啡色的絨外套，黑襯衫，黑長褲，敞著衣領，很挺拔，很瀟灑，很年輕。濃濃的眉，烏黑的眼珠，挺直的鼻梁，很男性，很帥，很有味道。她心中暗暗喝采，一面問：

「找誰？」

「戴曉妍。」他簡短的回答。

哦！雨秋打量著他。

「T大的？」她問。

「T大的。」他回答。

「小太保？」她問。

「小太保。」他回答。

「很好，」她說：「你進去，裡面有個女孩子，她計畫要吃三明治，她的姨媽必須出去，不能陪她，你正好和她一起吃三明治，只是，她做蛋皮的時候，你最好站在廚房裡監視她，她很好吃——這是她姨媽的影響——」

「姨媽！」一個聲音打斷了雨秋的話頭，她回過頭去，曉妍不知何時已站在那兒，斜靠在牆上，眼睛望著那個男孩子。

雨秋聳了聳肩，讓開身子，她對那「小太保」說：

「你不進去，站在門口幹嘛？」

「謝謝妳，『姨媽』，」那男孩子微笑了起來，很禮貌，很機靈，很文雅。「我除了小太保以外，還有另外一個名字，我叫賀子健。」

賀子健？怎麼？姓賀的人很多嗎？雨秋有些愕然，可是，沒時間給她去研究這問題了，子健已經走進了玄關。雨秋出了門，把房門關上，把那兩個年輕人關進了房裡。好了，最起碼，曉妍不會過一個寂寞的晚上了。T大的？小太保？賀子健？她搖搖頭，有點迷糊，有點清楚，那張年輕的臉，似曾相識，賀子健，姓賀的人很多嗎？曉妍在哪兒認識他的？但是，管他呢？一個好學生，曉妍說的，他能喚起曉妍的自卑感，應該也可以治好曉妍的自卑感。讓他們去吧！不會有任何問題的，她甩甩頭，走下了公寓的樓梯。

這兒，曉妍仍然靠在牆上，斜睨著子健。

「誰許你來的？」她冷冷的問。

「不許我來，就不該留地址給我。」他說。

「哼！」她哼了一聲。「我說過不要理你！」

「那麼，妳就不要理我吧！」他說，逕自走進客廳，他四面打量著，然後，目光落在那幅畫像上，「沒想到妳姨媽這樣年輕，這樣漂亮，又這樣善解人意。本來，我以為我要面對一個母夜叉型的醜老太婆。」

「胡說八道！」曉妍嚷：「我姨媽是天下最可愛的人，怎麼會是母夜叉型的醜老太婆？」

子健倏然回過頭去，眼睛奕奕有神。

「妳不是不理我嗎？」他笑嘻嘻的問。

「哼！」曉妍發現上了當，就更重的哼了一聲，嘴裡又嘰哩咕嚕的，自言自語的說了一大串不知道什麼話，就賭氣跑到牆角的一張沙發上去坐著。用手托著下巴，眼睛向上翻，望著天花板發愣。

子健看了她一眼，也不再去理她。他四面張望，這房子實在小得可憐，一目瞭然的格局，整個大概不到二十坪的面積，裡面是臥房，客廳已經兼了畫室和餐廳兩項用途。但是，畢竟是個藝術家的家，雖然小，卻布置得十分雅致，簡單的沙發，屋角垂下的彩色吊燈，燈下是張小巧玲瓏的玻璃茶几，室內所有的桌子都是玻璃的，連餐桌也是張圓形的玻璃桌，四周放著幾把白色鏤花的靠背椅。由於白色和玻璃的透明感，房間就顯得相當寬敞。子健打量完了屋子，走到餐桌邊，他發現了那些食物。

「哦，」他自言自語的說：「我餓得吃得下一隻牛！」

曉妍悄眼看了看他，又去望天花板。

子健自顧自的滿屋散步，一會兒，他就走進了廚房裡。立刻，他大叫了起來：

「哈，有雞蛋，我來炒雞蛋吃！」

曉妍側耳傾聽。什麼？他真的打起蛋來了，男孩子會炒什麼蛋？而且，她是要攤了蛋皮做三明治的！她跳了起來，衝進廚房，大聲叫：

「你敢動那些雞蛋！」

「別小氣，」子健衝著她笑。「我快餓死了！」

「什麼？」她大叫：「你把蛋都打了嗎？」

「別嚷別嚷，」子健說：「我知道妳要做蛋皮，我也會做，讀中學的時候，我是童子軍隊長，每次烹飪比賽，我這組都得第一名！」

「騙人！」曉妍不信任的看著他。「憑你這個紈袴子弟，還會燒飯？」

「妳試試看吧！」他找著火柴，燃起了煤氣爐，把菜鍋放上去，倒了油，趁油沒有燒熱的時間，他調蛋，放鹽，再用鍋鏟把油往全鍋一鋪滿，把蛋倒進去一點點，拎起鍋柄一陣旋繞，一塊蛋皮已整整齊齊的鋪在鍋中。他再用鍋鏟把蛋翻了一面，稍烘片刻，就拿了起來，盛在盤子中。再去放油，倒蛋，旋鍋……曉妍瞪大眼睛，看得眼花撩亂。只一會兒，一盤蛋皮已經做好了。子健熄了火，收了鍋，丟了蛋殼，收拾妥當，曉妍還在那兒瞪著眼睛發愣。子健也不管她，就把蛋端到餐桌上，自顧自的拿麵包，抹牛油、夾火腿、夾蛋，接著就不住口的在說：

「唔，唔，唔，美味！美味！」

曉妍追進客廳裡來。

「你管不管我呀？」她其勢洶洶的問，瞪著那三明治，一連嚥了好幾口口水。

「不是我不管妳，是妳不理我。」子健微笑著說，把一塊夾好了的三明治送到她面前。她伸手去接，他卻迅速的用另一隻手握住了她的手，他的眼睛深沉的盯著她。「到底我什麼地方得罪了妳，能不能告訴我？」

她望著他，那樣明亮的眼睛，那樣誠懇的神情，那樣真摯的語氣……她悄然的垂下眼瞼，我完了！她心裡迅速的想著。一種畏怯的，要退縮的情緒緊抓住了她，她入定一般的站在那兒，不動也不說話。

他低嘆了一聲，放開了她的手。

「我並不可怕，曉妍，我也不見得很可惡吧？」

她悄悄的看了他一眼，他那樣溫和，那樣親切。她的畏怯消失了，恐懼飛走了，歡愉的情緒不自禁的布滿了她的胸懷，她笑了，大聲說：

「你現在很可惡，等我吃飽了，你就會比較可愛了。」於是，她開始大口大口的吃了起來。

4

早上，賀俊之坐在早餐桌上，習慣性的對滿桌子掃了一眼，又沒有子健，這孩子不知道在忙些什麼，常常從早到晚不見人影。或者，不能怪孩子，他看多了這類的家庭，父親的事業越成功，和子女接近的時間越少。往往，這是父親的過失，如果他不走進兒女的世界裡，他就無法瞭解兒女，許多父母希望兒女走入他們的世界，那根本是苛求，年輕人有太多的夢，有太多的狂想，有太多的熱情（中年人應該也有，不是嗎？只是，大部分的中年人，都被現實磨損得無光也無熱了。要命，這句話是雨秋說的）。年輕人沒有耐性來瞭解父母，他們太忙了，忙於去捕捉，去尋找，去開拓。他注視著珮柔，這孩子最近也很沉默。十九歲的女孩子，應該是天真活潑的啊！不過，珮柔一向就是個安安靜靜的小姑娘。

「珮柔！」他溫和的喊。

「嗯？」珮柔抬起一對迷迷濛濛的眼睛來。

「功課很忙嗎？」他純粹是沒話找話講。

「不太忙。」珮柔簡短的回答。

「妳那個朋友呢？那個叫——徐——徐什麼的？好久沒看到他了。」

「徐中豪？」珮柔說，睫毛閃了閃。「早就鬧翻了，他是個公子哥兒，我受不了他。」

鬧翻了，怪不得這孩子近來好蒼白，好沉靜。他深思的望著珮柔，還來不及說話，婉琳就開了口：

「什麼？珮柔，妳和徐中豪鬧翻了嗎？妳昏了頭了！那孩子又漂亮，又懂事，家庭環境又好，和我們家才是門當戶對呢……」

「媽，」珮柔微微蹙起眉頭，打斷了母親的話。「我和徐中豪從來沒有認真過，我們只是同學，只是普通朋友，妳不要這麼起勁好不好？要不然以後我永遠不敢帶男同學到我們家裡來玩，因為每一個妳都要盤問人家的祖宗八代，弄得我難堪！」

「哎呀！」婉琳生氣了。「聽聽！這是妳對母親說話呢！我盤問人家，還不是為了妳好。交男朋友，總要交一個正正經經，家世拿得出去的人……」

「媽！」珮柔又打斷了母親的話。「妳不要為我這樣操心好不好？我還小呢！我還不急著出嫁呢！」

「喲！」婉琳叫著說：「妳以為我不知道妳，三天兩天的換男朋友，你們這一代的孩子，什麼道德觀念都沒有，不急著出嫁，卻急著交男朋友，今天換一個，明天換一個，妳們以為妳們是思想開明，根本就是胡鬧！」

「媽媽！」珮柔的臉色發白了。「妳對我瞭解多少？妳知不知道，像徐中豪那種人，我們學校裡車載斗量，要多少個都有！我如果真交男朋友，絕不是妳想像中的人！」

「妳要交怎麼樣的男朋友，妳說！妳說！」婉琳氣呼呼的問。

「說不定是個逃犯！」珮柔低聲而穩定的說了出來。

「哎喲！俊之，你聽聽，你聽聽！」婉琳漲紅了臉，轉向俊之。「聽聽你女兒說些什麼？你再不管管她，她說不定會和什麼殺人犯私奔了呢！」

「婉琳，」俊之皺著眉，靜靜的說：「妳放心，珮柔絕不會和殺人犯私奔，妳少說兩句，少管一點。孩子們有他們自己的世界。真和一個逃犯戀愛的話……」他微笑的瞅著珮柔。「倒是件很刺激的事呢！那逃犯說不定正巧是《法網恢恢》裡的康理查！」

珮柔忍不住笑了出來，那張本來布滿烏雲的小臉上頓時充滿了陽光，她用熱烈的眸子回報她父親的凝視。婉琳卻氣得發抖：

「俊之！你護著她！從孩子們小時候起，你就護著他們，把他們慣得無法無天！子健從早到晚不在家，已經等於失蹤了，你也不過問……」

「媽！」珮柔插嘴說：「哥哥就是因為妳總是嘮叨他，他才躲出去的。他並沒有失蹤，他每天早上都在『雲濤』吃早飯、念書。他最近比較忙一點，因為他新交了一個很可愛的女朋友，他不願把女朋友帶回家來，因為怕妳去盤問人家的祖宗八代！現在，我已經把哥哥所有的資料都告訴了你們，他活得很好，很快樂，他自己說，他在最近才發現生命的意義。所以，媽，妳最好不要去管他！」

婉琳睜大了眼睛，愕然的望著珮柔，忽然覺得傷感了起來。

「兒子女兒我都管不著了，我還能管什麼呢？」

「管爸爸吧！」珮柔說。「根據心理學家的報導，四十幾歲的中年男子最容易有外遇！」

「珮柔！」俊之笑叱著：「妳信口胡說吧，妳媽可會認真的。」

婉琳狐疑的看看珮柔，又悄悄的看看俊之。

「你們父女兩個，是不是有什麼事在瞞著我呢？」她小心翼翼的問。

俊之跳了起來，不明所以的紅了臉。

「我不和妳們胡扯了，『雲濤』那兒，還有一大堆工作要做呢，我走了！」

「我也要上學去了。今天十點鐘有一節邏輯學。」珮柔說，也跳了起來。

「我開車送妳去學校吧！」俊之說。

「不用，只要送我到公共汽車站。」珮柔說，衝進屋裡去拿了書本。

父女兩個走出家門，上了車，俊之發動了馬達，兩人都如釋重負的鬆了口氣。俊之望望珮柔，忍不住相視一笑。車子滑行在熱鬧的街道上，一路上，兩人都很沉默，似乎都在想著什麼心事。半晌，俊之看了珮柔一眼，問：

「珮柔，有什麼事想告訴我嗎？」

「是的。」珮柔說：「真有一個康理查。」

俊之的車子差點撞到前面的車上去。

「妳說什麼？」他問。

「哦，我在開玩笑呢！」珮柔慌忙說。很不安，很苦惱。「你真怕我有個康理查，是不是？為什麼嚇成這樣子？假若我真有個康理查，你怎麼辦？接受？還是反對？」她緊盯了父親一眼，指指街角。「好了，我就在那個轉角下車。」

俊之把車開到轉角，停下來，他轉頭望著珮柔。

「不要開玩笑，珮柔，」他深思的說：「是不是真有個神祕人物？」

珮柔下了車，回過頭來，她凝視著父親，終於，她笑了笑。

「算了，爸爸，別胡思亂想吧！無論如何，這世界上根本沒有康理查，是不是？好了！爸爸！你快去辦你的事吧！」

俊之不解的皺皺眉頭，這孩子準有心事！但是，這街角卻不是停車談天的地方，他搖搖頭，發動了車子，珮柔卻又高聲的拋下了一句：

「爸爸！離那個女畫家遠一點，她是個危險人物！」

俊之剛發動了車子，聽了這句話，他立即煞住。可是，珮柔已經轉身而去。俊之搖搖頭，現在的孩子，你再也不能小窺他們了。他沉吟的開著車，忽然覺得心裡沉甸甸的，像壓著一塊好大好大的石頭。那個女畫家！他眼前模糊了起來，玻璃窗外，不再是街道和街車，而是雨秋那對靈慧的、深沉的、充滿了無盡的奧祕的眸子。

車子停在「雲濤」的停車場，他神思恍惚的下了車，走進「雲濤」的時候，他依然心神不屬。張經理迎了過來。平日，「雲濤」的許多業務，都是張經理在管。他望著張經理，後者笑得很高興，一定是生意很好！

「賀先生，」張經理笑著說：「您應該通知一下秦小姐，她的畫我們可以大量批購，今天一早，就賣出了兩張！最近，只有她的畫有銷路！」

「是嗎？」他的精神一振，那份恍惚感全消失了。「我們還有幾幅她的畫？」

「只剩三幅。」

「好的，我來辦這件事。」

走進了自己的會客室，他迫不及待的撥了雨秋的電話號碼，珮柔的警告已經無影無蹤，那份曾有過的、一剎那的不安和警覺心也都飛走了。他有理由，有百分之百的理由和雨秋聯繫，哪一個畫廊的主人能不認識畫家？

鈴響了很久，然後是雨秋睡夢朦朧的聲音：

「哪一位？」

「雨秋，」他急促的說：「我請妳吃午飯！」

對方沉默著。他忽然緊張起來，不不，請不要拒絕，請不要拒絕！他咬住嘴唇，心中陡然翻滾著一股按捺不住的浪潮，在這一瞬間，渴望見到她的念頭竟像是他生命中唯一追求的目標。不要拒絕！不要拒絕！他握緊了聽筒，手心中沁出了汗珠。

「聽著，雨秋，」他迫切的說：「妳又賣掉了兩張畫。」

「我猜到了。」雨秋安靜的聲音。「每賣掉一次畫，你就請我吃一頓飯，是不是？」

哦！他心裡一陣緊縮。是的，這是件滑稽的事情，這是個滑稽的藉口，而且是很不高明的！他沉默了，抓著那聽筒，他不知道該說什麼。只覺得自己又笨拙又木訥，今天，今天是怎麼了？

「這樣吧，」雨秋開了口：「我剛剛從床上爬起來，我中午也很少吃東西，我的外甥女兒和她的男朋友出去玩了，我只有一個人在家裡。」她頓了頓。「你從沒有來過我家，願不願意來坐坐？帶一點『雲濤』著名的點心來，我們泡兩杯好茶，隨便談談，不是比在飯館裡又吵又鬧的好得多？說坦白話，你的目的並不是吃飯吧？」

噢！雨秋，雨秋，雨秋！妳是天使，妳是精靈，妳是個古怪的小妖魔，妳對人性看得太透澈，沒有人能在妳面前遁形。他深抽了口氣，覺得自己的聲音竟不爭氣的帶著點兒顫抖。

「我馬上來！」

半小時後，他置身在雨秋的客廳裡了。

雨秋穿著一件印尼布的長袍，胸前下襬都是橘色的、怪異的圖案，那長袍又寬又大，還有大大的袖子。她舉手投足間，那長袍飄飄蕩蕩，加上她那長髮飄垂，悠然自得的神態，她看來又雅致，又飄逸，又隨意……而且，渾身上下，都帶著股令人難以抗拒的、浪漫的氣息。

她伸手接過了他手裡的大紙盒，打開看了看。

「你大概把『雲濤』整個搬來了。」她笑著說：「坐吧，我家很小，不過很溫暖。」

他坐了下去，一眼看到牆上掛著一幅雨秋的自畫像，綠色調子，憂鬱的，含愁的，若有所思的。上面題著：

「莫道不消魂，簾捲西風，人比黃花瘦。」

他凝視著那幅畫，看呆了。

雨秋倒了一杯熱茶過來。

「怎麼了？」她問：「你今天有心事？」

他掉轉頭來望著她，又望了望屋子。

「妳經常這樣一個人在家裡嗎？」他問。

「並不，」她說：「我常常不在家，滿街亂跑，背著畫架出去寫生，完全待在家裡的時間並不多。但是……」她凝視他。「如果你的意思是問我是不是很寂寞，我可以坦白回答你，是的，我常常寂寞，並不是因為只有一個人，而是因為……」她沉吟了。

「舉世滔滔，竟無知音者！」他不自禁的，喃喃的唸出兩句話，不是為她，而是自己內心深處，常唸的兩句話。是屬於「自己」的感觸。

她震動了一下，盯著他。

「那麼，你也有這種感覺了？」她說：「我想，這是與生俱來的。上帝造人，造得並不公平，有許多人，一輩子不知道什麼叫寂寞。他們，活得比我們快樂得多。」

他深深的凝視著她。

「當妳寂寞時，妳怎麼辦？」他問。

「畫畫。」她說：「或者，什麼都不做，只是靜靜的品嘗寂寞。許多時候，寂寞是一種無可奈何的感覺。」她忽然揚了一下眉毛，笑了起來。「發神經！」她說：「我們為什麼要談這麼嚴肅的題目？讓我告訴你吧，生命本身對人就是一種挑戰，寂寞、悲哀、痛苦、空虛……這些感覺是常常會像細菌一樣來侵蝕你的，唯一的辦法，是和它作戰！如果你勝不了它，你就會被它吃掉！那麼，」她攤攤手，大袖子在空中掠過一道優美的弧線。「你去悲觀吧，消極吧！自殺吧！有什麼用呢？沒有人會同情你！」

「這就是妳的畫。」他說。

「什麼？」她沒聽懂。

「妳這種思想，就是妳的畫。」他點點頭說：「第一次看妳的畫，我就被震動過，但是，我不知道為什麼被震動。看多了妳的畫，再接觸妳的人，我懂了。妳一直在灰色裡找明朗，在絕望裡找生機。妳的每幅畫，都是對生命的挑戰。妳不甘於被那些細菌所侵蝕，但是，妳也知道這些細菌並非不存在。所以，灰暗的海浪吞噬著一切，朽木中仍然嵌著鮮豔的花朵。妳的畫，與其說是在畫畫，不如說是在畫思想。」

她坐在他對面的沙發裡，她的面頰紅潤，眼睛裡閃著光彩，那對眼睛，像黑暗中的兩盞小燈。他瞪視著她，在一種近乎驚悸的情緒中，抓住了她眼底的某種深刻的柔情。

「你說得太多了。」她低語：「我記得，你告訴過我，你不懂得畫。」

「我是不懂得畫。」他迎視著這目光。「我懂得的是妳。」

「完全的嗎？」她問。

「不完全的，但是，已經夠多。」

「逃避還來得及，」她的聲音像耳語，卻依然清晰穩定。「我是一個危險的人物！」

他一震，珮柔說過的話。

「我生平沒有逃避過什麼。」他堅定的說。

她死死的盯著他。

「你是第一種人，我說過的那種，你應該有平靜的生活，成功的事業，美滿的婚姻。你應該是湖水，平靜無波的湖水。」

「如果我是平靜無波的湖水，」他啞聲說：「妳為什麼要交給我一張『浪花』呢？」

她搖頭。

「明天我可以再交給你一張『湖水』。」她說。

他也搖頭。

「老實說，我從來不是湖水，只是暫時無風的海面，巨浪是隱在海底深處的，妳來了，風也來了，浪也來了。妳再也收不回那張『浪花』，妳也變不出『湖水』，妳生命裡沒有湖水，我生命裡也沒有。」

她盯著他的眼睛，呼吸急促。然後，她跳了起來。

「我們出去吃飯吧！」她倉卒的說：「我餓了。」

「我們不出去吃飯，」他說：「妳並不餓，如果妳餓，可以吃點心。」

「你……」她掙扎著說：「饒了我吧！」

他望著她，然後，他一把握住了她的手，握得緊緊的，握得她發痛。

「妳求饒嗎？」他問：「妳的個性裡有求饒兩個字嗎？假若妳真認為我的出現很多餘，妳不要求饒，妳只需要命令，命令我走，我會乖乖的走，絕不困擾妳，但是，妳不用求饒，妳敢於對妳的生命挑戰，妳怎會對我求饒？所以，妳命令我好了！妳命令吧！立刻！」

她的眼睛瞪得大大的，裡面有驚惶，有猶豫，有掙扎，有苦惱，有懷疑，還有一種令人心碎的柔情。這是世界上最複雜的眼光，在述說著幾百種思想。然後，她的睫毛垂了下來，迅速的蓋住了那一對太會說話的眼珠；張開嘴來，她囁嚅著：「好……好吧！我……我……」

他忽然驚懼起來，這種冒險是不必須的，如果她真命令他走呢！不不，他已經等了四十幾年，等一個能與他思想交流，靈魂相通的人物！他已經找尋了四十幾年，追求了四十幾年，以前種種，都已幻化為灰燼，只是這一剎那，他要保存，他要抓住，哪怕他會抓住一把火焰，他也寧願被燒灼！於是，他很快的說：

「請妳忠於妳自己，妳說過，妳是那種忠於自己，追求靈魂深處的真與美的人！」

「我說過嗎？」她低聲問，不肯抬起眼睛來。

「妳說過！」

「可是，靈魂深處的真與美到底是什麼？」

「是真實。」

「你敢要這份真實？」

「我敢。」

她抬起睫毛來了，那對眼睛重新面對著他，那眼珠烏黑而清亮，眼神堅定而沉著。他望著她，試著從她眼裡去讀出她的思想，可是，他讀不出來，這眼光太深沉，太深沉，太深沉……像不見底的潭水，你探測不出潭水的底層有些什麼。

他再度感到那股驚懼的情緒，不不，不要再做一個飄蕩的氫氣球，不要再在虛空中作無邊無際的飄浮，他心中在吶喊，嘴裡卻吐不出絲毫的聲音，他凝視她，不自覺的帶著種惻然的、哀求的神情。於是，逐漸的，他發現那對清亮的眼睛裡浮上了一層水氣，那水氣越聚越濃，終於悄然墜落。他心中一陣強烈的抽搐，心臟就痙攣般的絞扭起來，疼痛，酸楚，不不，是喜悅與狂歡！他拉著她的手，把她輕輕的拉過來，好輕好輕，她衣袂飄飄，翩然若夢，像一隻蛺蝶，輕撲著翅膀，緩慢的飛翔……她投進了他的懷裡。

他緊擁著她，撫摸著她柔軟的髮絲，感到她瘦小的身子的輕顫，他吻著她的鬢角，她的耳垂，嗅著她髮際的幽香。他不敢說話，怕驚走了夢，不敢鬆手，怕放走了夢。好半晌，他抬起眼睛，牆上有個綠色的女郎，半含憂鬱半含愁，默默的瞅著他。莫道不消魂，簾捲西風，人比黃花瘦！他心痛的閉上眼睛，用嘴唇滑過她光滑的面頰，落在她柔軟的唇上。

5

下了課，珮柔抱著書本，沿著新生南路向前走，她不想搭公共汽車，也不想叫計程車，她只是緩緩的走著。夏日的黃昏，天氣燠熱，太陽依舊帶著炙人的壓力，對人燒灼著。她低垂著頭，額上微微沁著汗珠，她一步步的邁著步子，這條路，她已走得那樣熟悉，熟悉得背得出什麼地方有樹木，什麼地方有巨石，什麼地方有坑窪。走到和平東路，她習慣性的向右轉，「家」不在這個方向，呼喚的力量，卻在這個方向！她的康理查！她陡然加快了步子，向前急速的走著。

轉進一條窄窄的小巷，再轉進一條更窄的小弄，她停在一間木板房前面。從那半開的窗口看進去，小屋零亂，闃無人影，看看錶，六點十分！他可能還沒有做完工，從口袋裡掏出一把鑰匙，她打開了房門。

走進去，房裡好亂，床上堆著未摺疊的棉被，換下來的襯衫、襪子、長褲，還有報紙、書本、原子筆……天！一個單身漢永遠無法照顧自己。那張小小的木板釘成的書桌上，堆滿了亂七八糟的稿紙，未洗的茶杯、牛奶杯。菸灰缸裡的菸蒂盛滿了，所以，滿地也是香菸頭了，房裡瀰漫著香菸味、汗味，和一股強烈的汽油味。她走到桌邊，把書本放下，窗子打開，再把窗帘拉上。然後，她習慣性的開始著手來收拾這房間。可是，剛把稿紙整理了一下，她就看到檯燈上貼著一張紙條，伸手取下紙條，上面寫著：

「珮柔：三天沒有看到妳，一秒鐘一個相思，請妳細心的算算，一共累積了多少相思？

珮柔：抽一支菸，想一百遍妳，請數數桌上地下，共有多少菸蒂？

珮柔：我在寫稿，稿紙上卻只有妳的臉，我不能成為作家，唯妳是問！看看，我寫壞了多少稿紙？

珮柔：我不能永遠被動的等待，明天妳不來，我將闖向妳家裡！

珮柔：早知如此費思量，當初何必曾相遇！」

她握著紙條，淚水爬滿了一臉，她佇立片刻，然後把紙條小心的摺疊起來，放進衣服口袋裡。含著眼淚，桌上的一切變得好模糊，好半晌，她才回過神來。看看稿紙，頁數是散亂的，她細心的找到第一頁，再一頁頁收集起來，一共十八頁，沒有寫完，最後一頁只寫了兩行，字跡零亂而潦草，編輯先生看得懂才怪！她非幫他重抄一遍不可。她想著，手下卻沒有停止工作，把書籍一本本的收起來，床上也是書，地下也是書，她抱著書，走到牆邊，那兒，有一個「書架」。是用兩疊磚頭，上面架一塊木板，木板兩端，再放兩疊磚頭，上面再架一塊木板。這樣，架了五塊木板，每塊木板上都放滿了書。她把手裡的書也加入書架，排整齊了，再走向床邊。

用最快的速度，鋪床、疊被，把換洗衣服丟進屋角的洗衣籃裡，拉開壁櫥，找到乾淨的枕頭套和被單，把床單和枕套徹底換過。到洗手間拿來掃把和畚箕，掃去菸蒂，掃去紙屑，扶著掃把，下意識的去數了數菸蒂，再把菸灰缸裡的菸蒂倒進畚箕。老天！那麼多支菸，他不害肺癌才怪！掃完地，擦桌子，洗茶杯，一切弄乾淨，快七點了。扭亮檯燈，把電風扇開開，她在書桌前坐下來，開始幫他抄稿，剛寫下一個題目：

「地獄裡來的人」

她就愣了愣，卻繼續抄了下去：

「她是屬於天堂的，錯誤的，是她碰到了一個地獄裡來的人。」

她停了筆，用手支住額，她陷進深深的沉思中，而無法抄下去了。

一聲門響，她驚跳起來。門口，江葦站在那兒，高大、黝黑，一綹汗濕的頭髮，垂在寬寬的額前，一對灼灼逼人的眸子，緊緊的盯著她。他只穿著汗衫，上面都是油漬，襯衫搭在肩上。一條洗白了的牛仔褲，到處都是汙點。她望著他，立刻發出一聲熱烈的喊聲：

「江葦！」

她撲過去，投進他的懷裡，汽油味，汗味，男人味，混合成那股「江葦」味，她深吸了口氣，攀住他的脖子，送上她的嘴唇。

他手裡的襯衫落在地上，擁緊了她，一語不發，只是用嘴唇緊壓著她的嘴唇，饑渴的，需索的，熱烈的吻著她。幾百個相思，幾千個相思，幾萬個相思……都融化在這一吻裡。然後，他喘息著，試著推開她。

「哦，珮柔，我弄髒了妳。」他說。

「我身上都是汗水和油漬，我要去洗一個澡。」

「我不管！」她嚷著：「我不管！我就喜歡你這股汗味和油味！」

「妳卻清香得像一朵茉莉花。」他說，吻著她的脖子，用嘴唇揉著她那細膩的皮膚。

「妳擦了什麼？」

「你說對了，是一種用茉莉花製造的香水，爸爸的朋友從巴黎帶來的，你喜歡這味道嗎？」

他驟然放開了她。

「我想，」他的臉色冷峻了起來，聲音立刻變得僵硬了。「我是沒有什麼資格，來研究喜不喜歡巴黎的香水的！」

「江葦！」她喊，觀察著他的臉色。「我……我……」她囁嚅起來：「我以後再也不用香水。」

他不語，俯身拾起地上的襯衫，走到壁櫥邊，他拿了乾淨的衣服，往浴室走去。

「江葦！」她喊。他站住，回過頭來瞅著她，眼神是暗淡的。

「我在想，」他靜靜的說：「汗水味，汽油味，如何和巴黎的香水味結合在一起？」

「我說了，」她泫然欲涕。「我以後再也不用香水。你……你……」淚水滑下了她的面頰。「你要我怎麼樣？好吧！你有汽油嗎？」

「妳要幹什麼？」

「用汽油在我身上灑一遍，是不是就能使你高興了？」

他看著她，然後，他拋下了手裡的衣服，跑過來，他重新緊擁住她，他吻她，強烈的吻她，吻像雨點般落在她面頰上、眼睛上、眉毛上、淚痕上，和嘴唇上。他把她的身子緊攬在自己的胳膊裡，低聲的、煩躁的、苦惱的說：

「別理我的壞脾氣，珮柔，三天來，我想妳想得快發瘋了。」

「我知道，」她說：「我都知道。」

「知道？妳卻不來呵！」

「媽媽這兩天，盡在挑毛病，挑每一個人的毛病，下課不回家，她就盤問得厲害。」

「妳卻沒有勇氣，對妳的母親說：媽媽，我愛上了一個浪子，一個無家可歸的孤兒，一個修理汽車的工人，一個沒讀過大學，只能靠自己的雙手和勞力來生活的年輕人！妳講不出口，對不對？於是，我成為妳的黑市情人，公主與流氓，小姐與流浪漢，狄斯耐筆下的卡通人物！只是，沒有卡通裡那麼理想化，那麼完美，那麼圓滿！這是一幕演不好的戲劇，珮柔。」

「你不要講得這樣殘忍，好不好？」珮柔勉強的說：「你不是工人，你是技師……」

「我是工人！」他尖刻的說，推開她來，盯著她的眼睛。「珮柔，工人也不可恥呀！妳為什麼要怕『工人』這兩個字？聽著，珮柔，我靠勞力生活，我努力，我用功，我寫作，我力爭上游。我渾身上下，沒有絲毫可恥的地方，如果妳以我為榮，我們交往下去！如果妳看不起我，我們立即分手，免得越陷越深，而不能自拔！」

她凝視他，那對惱怒的眼睛，那張倔強的臉！那憤然的語氣，那嚴峻的神情。她瑟縮了，在她心底，一股委屈的，受侮的感覺，很快的湧升上來，蔓延到她的四肢百骸裡。自從和他認識，就是這樣的，他發脾氣，咆哮，動不動就提「分手」，好像她是個沒人要的，無足輕重的，自動投懷送抱的，卑賤的女人。為什麼要這樣？為什麼？那麼多追她的男孩子，她不理，卻偏偏要來受他的氣？為什麼？為什麼？

「江葦，」她憋著氣說：「如果我看不起你，我現在幹嘛要站在這裡？我是天生的賤骨頭，要自動跑來幫你收屋子，抄稿子！江葦！」眼淚湧進了她的眼眶。「你不要耍狠，你不要欺侮人，不是我看不起你，是你看不起我，你一直認為我是個養尊處優的嬌小姐！你打心裡面抗拒我，你不要把責任推在我身上，要分手，我們馬上就分手！免得我天天看你的臉色！」

說完，她轉身就向門口衝去，他一下子跑過來，攔在房門前面，他的臉色蒼白，呼吸急促。他閃亮的眼睛裡燃著火焰，燒灼般的盯著她。

「不許走！」他簡單而命令的說。

「你不是說要分手嗎？」她聲音顫抖，淚珠在睫毛上閃動。「你讓開！我走了，以後也不再來，你去找一個配得上你的，也是經過風浪長大的女孩子！」她向前再邁了一步，伸手去開門。

他立刻把手按在門柄上，站在那兒，他高大挺直，像一座屹立的山峰。

「妳不許走！」他仍然說，聲音暗啞。

她抬眼看他，於是，她看出他眼底的一抹痛楚，一抹苦惱，一抹令人心碎的深情，可是，那倔強的臉仍然板得那樣嚴肅，他連一句溫柔的話都不肯講呵！只要一句溫柔的話，一個甜蜜的字，一聲呼喚，一點兒愛的示意……她會融化，她會屈服，但是，那張臉孔是如此倔強，如此冷酷呵！

「讓開！」她說，色厲而內荏。「是你趕我走的！」

「我什麼時候趕妳走？」他大聲叫，暴躁而惱怒。

「你輕視我！」

「我什麼時候輕視過妳？」他的聲音更大了。

「你討厭我！」她開始任性的亂喊。

「我討厭我自己！」他大吼了一句，讓開房門。「好吧！妳走吧！走吧！永遠不要再來！與其要如此痛苦，還是根本不見面好！」

她愣了兩秒鐘，心裡在劇烈的交戰，門在那兒，她很容易就可以跨出去，只是，以後就不再能跨進來！但是，他已經下了逐客令了，她已沒有轉圈的餘地了。眼淚滑下了她的面頰，她下定決心，甩了甩頭，伸手去開門。

他飛快的攔過來，一把抱住了她。

「妳真走呵？」他問。

「難道是假的？」她啜泣起來。「你叫我走，不是嗎？」

「我也叫妳不要走，妳就不聽嗎？」他大吼著。

「你沒有叫我不要走，你叫我不許走！」她辯著。

他的手緊緊的箍著她的身子，她那含淚的眼睛在他面前放大，是兩潭蕩漾著的湖水，盛載著滿湖的哀怨與柔情。他崩潰了，倔強、任性、自負……都飛走了，他把嘴唇落在她的唇上，苦楚的、顫慄的吸吮著她的淚痕。

「我們在幹什麼？」他問：「等妳，想妳，要妳，在心裡呼喚了妳千千萬萬次。風吹門響，以為妳來了，樹影投在窗子上，以為妳來了，小巷裡響起每一次的腳步聲，都以為是妳來了。左也盼，右也盼，心不定，魂不定，好不容易，妳終於來了，我們卻亂吵起來，吵些什麼？珮柔，真放妳走，我就別想活著了。」

哦！還能希望有更甜蜜的語言嗎？還能祈禱有更溫柔的句子嗎？那個鐵一般強硬，鋼一般堅韌的男人！江葦，他可以寫出最動人的文字，卻絕不肯說幾句溫柔的言詞。他能說出這篇話，妳還能不滿足嗎？妳還能再苛求嗎？妳還敢再生氣嗎？她把臉埋在他那寬闊的胸前，哭泣起來。

她那熱熱的眼淚，濡濕了他的汗衫，燙傷了他的五臟六腑。他緊攬著她的頭，開始用最溫柔的聲音，輾轉的呼喚著她的名字：

「珮柔，珮柔，珮柔，珮柔！……」

她哭泣得更厲害，他心慌了。

「珮柔，別哭，珮柔，不許哭！」

聽他又用「不許」兩個字，珮柔只覺得心裡一陣激蕩，就想笑出來。但是，眼淚還沒乾，怎能笑呢？她咬著嘴唇，臉頰緊貼在他胸口，不願抬起頭來，她不哭了。

「珮柔，」他小心的說：「妳還生氣嗎？」

她搖搖頭。

「那麼，珮柔，」他忽然說：「跟我去過苦日子吧，如果妳受得了的話！」

她一驚，抬起頭來。

「你是什麼意思？」她問。

「結婚。」他清楚的說：「妳嫁我吧！」

她凝視他，然後，她伸出手來，撫摸他那有著鬍子碴的下巴，那粗糙的面頰，那濃黑的眉毛，和那寬寬的、堅硬的、能擔負千鈞重擔般的肩膀。

「你知道，現在不行。」她溫柔地說：「我太小，爸爸和媽媽不會讓我這麼小就結婚，何況，我才念大學一年級，我想，在大學畢業以前，家裡不會讓我結婚。」

「一定要聽『家裡』的嗎？」他問。

她垂下睫毛。

「我畢竟是他們的女兒，對不對？這麼多年的撫養和教育，我是無法拋開不顧的。江葦，」她再抬起眼睛來。「我會嫁你，但是，請你等我！」

「等多久？一個月？兩個月？」

「你明知道，等我大學畢業。」

他不講話，推開她的身子，他又去撿起他的內衣和毛巾，往浴室走去。珮柔擔憂的喊：

「江葦，你又在生氣了！」

江葦回過頭來。

「我不在乎等妳多久，」他清清楚楚的說：「一年、兩年、三年……十年都沒關係，但是，我不做妳的地下情人，如果妳覺得我是個不能公開露面的人物的話，妳就去找妳那個徐中豪吧！否則，我想見妳的時候，我會去找妳，我不管妳父母的看法如何！」

珮柔低下頭去。

「給我一點時間，」她說：「讓我把我們的事先告訴他們，好嗎？」

「妳已經有了很多時間了，我們認識已經半年多了。」他鑽進浴室，又伸出頭來。「妳父母一定會反對我，對不對？」

她搖搖頭，困惑的說：

「我不知道，我真的不知道。」

「我——」他肯定的說：「卻非常知道。」

他鑽進浴室去了。她沉坐在椅子裡，用手托著下巴，深深的沉思起來。是的，她不能再隱瞞了。是的，她應該把江葦的事告訴父母，如果她希望保住江葦的話。江葦，他是比任何男人，都有更強的自尊，和更深的自卑的。

晚上，珮柔回到家裡的時候，已經十點多鐘了。父親不在家，母親正一個人在客廳裡看電視，這是個好機會，假如她要說的話，母女二人，正好可以做一番心靈的傾談。她在母親身邊坐了下來。

「媽！」她叫。

「哦，」婉琳從電視上回過頭來，一眼看到珮柔，立刻心頭火冒。「妳怎麼回來這樣晚？女孩子，不好好待在家裡，整天在外面亂逛，妳找罵挨呢！」

「媽，」珮柔忍耐的說：「我記得，前兩天的早飯桌上，我們曾經討論過，關於我交男朋友的問題。」

「哦！」婉琳的精神全來了，她注視著珮柔。「妳想通了，是不是？」

「什麼東西想通了？」珮柔不解的問。

「媽說的話呀！」婉琳興奮的說，用手一把攬住女兒的肩膀。「媽的話不會有錯的，都是為了妳好。妳念大學，也是該交男朋友的年齡了，但是，現在這個社會，男孩子都太壞，妳一定要把人家的家庭環境弄清楚。妳的同學，考得上臺大，當然功課都不錯，家庭和功課是一樣重要，父親一定要是上流社會的人……」

「媽！」珮柔的心已經沉進了地底，卻依然勉強的問了一句：「什麼叫上流社會？」

「怎麼？」婉琳張大了眼睛。「像我們家，就是上流社會呀！」

「換言之，」珮柔憋著氣說：「我的男朋友，一定要有一個擁有『雲濤』這種事業的父親，是不是？妳乾脆說，我的男朋友，一定要家裡有錢，對不對？」

「哎呀，珮柔，妳不要輕視金錢，」婉琳說：「金錢的用處才大著呢！妳媽也是苦日子裡打滾打過來的。沒錢用的滋味才不好受呢！妳別傻，我告訴妳，家世好的孩子不會亂轉妳的念頭，否則呀……」她拉長了聲音。

「怎樣呢？」珮柔問。

「那些窮小子，追妳還不是衝著妳父親有錢！」

珮柔機伶伶打了個冷戰。

「媽，妳把人心想像得太現實了。妳這麼現實，當初為什麼嫁給一文不名的爸爸呢？」

「我看準妳爸爸不會窮的，」婉琳笑著說：「妳瞧，妳媽眼光不壞吧！」

珮柔站起身來，她不想和母親繼續談下去了，已經沒有談下去的必要了，她們之間，有一條不能飛度的深谷！她用悲哀的眼光望著母親，幽幽的說：

「媽，我為妳傷心。」

「什麼話！」婉琳變了色。「我過得好好的日子，要妳傷心些什麼？妳人長得越大，連話都不會說了！講話總得討個吉利，傷什麼心呢？」

珮柔一甩頭，轉身就向屋裡走，婉琳追著喊：

「妳急什麼急呀？妳還沒說清楚，晚上妳到哪裡去了？是不是和徐中豪在一起？」

「讓徐中豪滾進十八層地獄裡去！」珮柔大聲叫：「讓爸爸的錢也滾進十八層地獄裡去！」她跑走了。

婉琳愣了。呆呆的坐在那兒，想著想著，就傷起心來了。

「怪不得她要為我傷心呢！」她自言自語的說：「生了這樣的女兒，怎麼能不傷心呢！」

6

晚上，臺北是個不夜城，霓虹燈閃爍著，車燈穿梭著，街燈聳立著。「雲濤」門口，牆上綴滿了彩色的壁燈，也一起亮著幽柔如夢的光線。

子健衝進了「雲濤」，又是高朋滿座！張經理對他眨眨眼睛，小李對他扮了個鬼臉，兩人都把頭側向遠遠的一個牆角，他看過去，一眼看到曉妍正一個人坐在那兒，面前杯盤狼藉，起碼已吃了好幾盤點心，喝了好幾杯飲料。他笑著趕過去，在她對面坐下來，賠笑的說：

「對不起，我來晚了！」

曉妍不看他，歪過頭去望牆上的畫，那是一幅雨秋的水彩，一片朦朦朧朧的綠色原野，上面開著許多紫色的小野花，有個赤足的小女孩，正搖擺著在採著花束。

「對不起，別生氣，」他再說了一句：「我媽今天好不容易的抓住了我，問了幾百個問題，說什麼也不放我出來，並不是我安心要遲到。」

曉妍依舊不理他，仰起頭來，她望著天花板。

他也望望天花板。

「上面沒什麼好看的，只是木板和吊燈。」他笑嘻嘻的說：「如果妳肯把目光平視，妳對面正坐著一個英俊『稍』傻的青年，他比較好看。」

她咬住嘴唇，強忍住笑，又低頭去看自己的沙發，用手指在那沙發上亂畫著。

「沙發也沒什麼好看，」他再說：「那花紋看久了，就又單調又沒意思，絕不像妳對面那張臉孔那樣千變萬化，不信，妳抬起頭來看看。」

她把臉一轉，面對牆壁。

「怎麼，妳要參禪呀？還是被老師罰了？」

她一氣，一百八十度的轉身，面向外面，突然對一張桌子上的客人發起笑來，他回頭一看，不得了，那桌上坐著五、六個年輕男人，她正對他們大拋媚眼呢！這一驚非同小可，他慌忙說：

「曉妍，曉妍，不要胡鬧了，好不好？」

曉妍不理他，笑容像一朵花一般的綻開。該死！賀子健，你碰到了世界上最刁鑽最難纏的女孩子，偏偏你就不能不喜歡她。他深吸了口氣，忽然計上心來，他叫住了一個服務小姐：

「喂，我們『雲濤』不是新出品一種冰淇淋，就是好大好大一杯，裡面五顏六色有七、八種味道，有新鮮草莓，什錦水果，頂上還有那麼一顆鮮紅的櫻桃，那個冰淇淋叫什麼名字呀？」

「是雲濤特別聖代。」服務小姐笑著說。

「哦，對了，雲濤特別聖代，妳給我一客！」

曉妍迅速的回過頭來了，叫著說：

「我也要一客！」

子健長長的吐出一口氣來，笑著說：

「好不容易，總算回過頭來了，原來冰淇淋的魔力比我的魔力大，唉唉！」他假裝嘆氣。「早知如此，我一坐下來就給妳叫客冰淇淋不就好了，費了我這麼多口舌！」

曉妍瞪視著他，「噗哧」一聲笑了。笑完了，她又板起臉來，一本正經的說：

「我警告你，賀子健，以後你跟我訂約會，敢遲到一分鐘的話，我們之間就算完蛋！」

「是的，小姐。我遵命，小姐。」子健說，又嘆口氣，自言自語的再加了句：「真不知道是哪一輩子欠了妳的債。」

「後悔和我交朋友，隨時可以停止。」她說，嘟起了嘴唇。「反正我也不是好女孩。」

「為什麼妳總是口口聲聲說妳不是好女孩？」子健不解的問：「在我心目裡，沒有別的女孩可以和妳相比，如果妳不是好女孩，怎樣的女孩才是好女孩？」

「反正我不是好女孩！」她固執的說：「我說不是就不是！」

「好好好，」子健無可奈何的說：「妳不是好女孩，反正我也不是好男孩！壞女孩碰著了壞男孩，正好是一對！」

「呸！誰和你是一對？」曉妍說，卻不由自主的笑了起來。她的笑那樣甜，那樣俏皮，那樣如春花之初綻，如朝霞之初展，他又眩惑了。他總是眩惑在她的笑裡、罵裡、生氣裡、歡樂裡。他眩惑在她所有的千變萬化裡。他不知不覺的伸出手去，握住了她的手，嘆息的、深切的、誠摯的說：

「曉妍，我真形容不出我有多喜歡妳！」

曉妍的笑容消失了，她注視了他一會兒，然後悄悄的抽回了自己的手，默默的垂下了眼睫毛。子健望著她，他不懂，每回自己涉及愛情的邊緣時，她總是這樣悄然的靜默下來，如果他想做進一步的試探，她就迴避得比誰都快。平日她嘻嘻哈哈，快樂而灑脫，一旦他用感情的句子來刺探她，她就像個受驚的小鳥般，撲撲翅膀，迫不及待的要飛走，嚇得他只好適可而止。因此，和她交往了三個多月，他們卻仍然停止在友誼和愛情的那一條界線上。這，常帶給他一種痛楚的壓力，這股壓力奔竄在他的血管裡，時刻都想騰躍而出，但是，他不敢，他怕嚇走了她。誰能解釋，一個天不怕、地不怕的女孩子，卻會害怕愛情？

冰淇淋送來了，服務小姐在遞給子健冰淇淋的同時，也遞給他一張紙條，他打開紙條來，上面寫著：

「能不能帶你的女朋友到會客室來坐坐？

爸爸」

他沒料到這時間，父親還會在「雲濤」。他抬起頭，對服務小姐點頭示意，然後，他把紙條遞給曉妍。

曉妍正含了一大口冰淇淋，看到這紙條，她嚇了一大跳，瞪著一對略略吃驚的眸子，她看著子健。子健對她安慰的笑笑，說：

「妳放心，我爸爸並不可怕！」

曉妍費力的把那一大口冰淇淋嚥了下去。當然，她早已知道子健是「雲濤」的小老闆，也早已從姨媽嘴中，聽過賀俊之的名字。只是，她並不瞭解，姨媽和賀俊之，已超越一個畫家和畫商間的感情，更不知道，賀俊之對於她的身分，卻完全一無所知。

「你什麼時候告訴你爸爸，你認識我的？」她問。

「我從沒有對我爸爸提過妳，」他笑著說：「可是，我交了個漂亮的女朋友，這並不是個祕密，對不對？我早就想帶妳去我家玩了。妳也應該在我父母面前露露面了。」

「為什麼？」她天真的問。

為什麼？妳該死！他暗中咬牙。

「曉妍，」他深思的問：「妳對愛情認真過嗎？」

她怔了怔，然後，她歪著頭想了想。

「大概沒有，」她說：「說老實話，我到現在為止，還根本不知道什麼叫愛情。」

他緊盯著她。

「妳真不知道嗎？」他憋著氣問：「即使是在最近，妳心裡也從沒有要渴望見一個人，或者為他失眠，或者牽腸掛肚，或者……」

「喂喂！」她打斷了他。

「你再不吃，你的冰淇淋都化掉了。」

「讓它化掉吧！」他沒好氣的說，把杯子推得遠遠的。「我真不知道妳這種吃法，怎麼能不變成大胖子？如果妳的腰和水桶一樣粗，臉像燒餅一樣大，我可能也不會這樣為妳發瘋了。我現在希望妳馬上變成大胖子！最好胖得像豬八戒一樣！」

「喂喂，」她也把杯子推開。「你怎麼好好的咒我像豬八戒呢？你怎麼了？你在和誰發脾氣？」

「和我自己。」子健悶悶的說。

「好吧！」曉妍擦擦嘴。「我也不吃了，你又發脾氣，又咒人，弄得我一點胃口都沒有了。」

「妳沒胃口是因為妳已經吃了太多的蛋糕。」子健氣憤憤的衝口而出。

曉妍瞅著他，然後，她站起身來。

「如果我需要看你的臉色，我還是回家的好，我不去見你的老爸了！你的臉已經拉長得像一匹馬，你老爸的臉一定長得像一匹驢子！」

他一把抓住了她的手腕。

「妳非跟我去見爸爸不可！」他說。

「我不去！」她任性的脾氣發作了。

「妳非去不可！」他也執拗起來。

她掙脫了他，提高了聲音：

「你別拉拉扯扯的好不好？」

他重新抓住了她的手腕。

「跟我進去！」他命令的說。

「我不！」

「跟我進去！」

「我不！」

附近的人都轉過頭來看著他們了，服務小姐又聚在一塊兒竊竊私語。子健心中的火焰迅速的燃燒了起來，一時間，他覺得無法控制自己體內那即將爆發的壓力，從來沒有一個人讓他這樣又氣又愛又恨又無可奈何！不願再和她捉迷藏了，不願再和她遊戲了。他捏緊了她的胳膊，把她死命的往會客室的方向拉去，一面咬牙切齒的說：

「妳非跟我進去不可！」

「不去！不去！不去！」曉妍嘴裡亂嚷著，一面拚命掙扎，但是子健力氣又大，捏得她的胳膊其痛無比，她就身不由己的被他拉著走。她越掙扎，子健握得越緊，她痛得眼淚都迸了出來，但她嘴裡還在猛喊：「不去！不去！不去！」

就這樣，子健推開了會客室的門，把曉妍一下子「摔」進了沙發裡，曉妍還在猛喊猛叫，子健的臉色氣得發青，他闔上房門，大聲的說：

「爸爸，這就是我的女朋友，你見見吧！」

俊之那樣驚愕，驚愕得不知該如何是好，他站起身來，看看子健，又看看曉妍。曉妍蜷在沙發裡，被子健那一摔摔得七葷八素。她的頭髮蓬鬆而零亂，滿臉淚痕，穿著一件長袖的、緊身的藍色襯衫，一條繡花的牛仔褲；好熟悉的一身打扮，俊之盯著她。那張臉孔好年輕，不到二十歲，雖然淚痕狼藉，卻依然美麗動人，那翹翹的小鼻頭，那翹翹的小嘴，依稀彷彿，像那麼一個人。他看著她，一來由於這奇異的見面方式，二來由於這張似曾相識的臉和這身服裝，他呆住了。

曉妍縮在沙發裡，一時間，她心裡有點迷迷糊糊，接著，她就逐漸神思恍惚起來。許多畫面從她腦海裡掠過，許多久遠以前的記憶，許多痛楚，許多傷痕……她解開袖口的釦子，捲起衣袖，在她手腕上，被子健握住的地方，已經又紅又腫又瘀血，她用手按住那傷痕，淚珠迅速的滾下了她的面頰。她低低的、嗚咽著說：

「你看！你弄痛了我！我沒有做錯什麼，你……你為什麼要弄痛我？」

看到那傷痕，子健已經猛吸了一口冷氣，他生平沒有對任何人動過蠻，何況對一個女孩子？再看到曉妍淚痕滿面，楚楚可憐的模樣，他的心臟就絞痛了起來，幾百種後悔，幾千種憐惜，幾萬種難言的情愫一下子襲擊著他。他忘了父親，忘了一切，他眼裡只有曉妍，那可憐的、委屈的、嬌弱的曉妍！他撲了過去，跪在地毯上，一把握住曉妍的手，想看看那傷痕。可是，曉妍被他撲過來的動作嚇了一跳，就驚慌的縮進沙發深處，抬起一對恐懼的眼光，緊張而瑟縮的看著子健，顫抖著說：

「你——你……你要幹什麼？」

「曉妍！」他喊：「曉妍？」他輕輕握住她的手，心痛得頭發昏。「我不會再弄痛妳，我保證，曉妍。」他凝視她的眼睛，她怎麼了？她的眼神那麼恐懼，那麼畏怯，那麼瑟縮……這不是平日的曉妍了，這不是那飛揚跋扈、滿不在乎的曉妍了。他緊張了，冷汗從他額上沁了出來，他焦灼的看著她，急促的說：「曉妍，我抱歉，我抱歉，我抱歉！請原諒我！請原諒我！我沒有意思要弄傷妳！曉妍？曉妍？曉妍？妳怎麼了？妳怎麼了？」

俊之走了過來，他俯身看那孩子，曉妍緊緊的蜷在沙發裡，只是大睜著受驚的眸子，一動也不動。俊之把手按在子健肩上，說：

「別慌，子健，你嚇住了她，我倒一點酒給她喝喝，她可能就回過神來了。」

會客室裡多的是酒，俊之倒了一小杯白蘭地，遞給子健，子健心慌意亂的把酒杯湊到曉妍的唇邊。曉妍退縮了一下，驚慌的看著子健，子健一手拿著杯子，一手輕輕托起曉妍的下巴，他盡量把聲音放得好溫柔好溫柔：

「曉妍，來，妳喝一點！」

曉妍被動的望著他，他把酒傾進她嘴裡，她又一驚，猛的掙扎開去，酒一半倒進了她嘴裡，一半灑了她滿身，她立刻劇烈的嗆咳起來，這一咳，她的神志才咳回來了，她四面張望，陡然間，她「哇」的一聲放聲痛哭，用手蒙住臉，她像個孩子般邊哭邊喊：

「我要姨媽！我要姨媽！我要姨媽！」

子健是完全昏亂了，他喊著說：

「爸爸！請你打電話給她姨媽！」

「我怎麼知道她姨媽的電話號碼？」俊之失措的問。

「你知道！」子健叫著：「她姨媽就是秦雨秋！」

俊之大大的一震，他瞪著曉妍，怪不得她長得像她！怪不得她穿著她的衣服！原來她是雨秋的外甥女兒！子健急了，他喊著說：

「爸爸，拜託你打一下電話！」

俊之驚醒了，他來不及弄清楚這之間的緣由，曉妍在那兒哭得肝腸寸斷。他慌忙撥了雨秋的號碼，雨秋幾乎是立刻就接起了電話。

「雨秋！」他急急的說：「別問原因，妳馬上來『雲濤』的會客室，妳的外甥女兒在這裡！」

在電話中，雨秋也聽到了曉妍的哭泣聲，她迅速的摔下了電話，立即跑出房間，一口氣衝下四層樓。二十分鐘後，她已經衝進了那間會客室。曉妍還在哭，神經質的，無法控制的大哭，除了哭，只是搖著頭叫：

「姨媽！姨媽！姨媽！姨媽！」

雨秋一下子衝到曉妍身邊，喊著說：

「曉妍！」

曉妍看到雨秋，立即撲進了她懷裡，用手緊緊的抱著她的腰，把面頰整個藏在她衣服裡。她抽噎著，哽塞著，顫抖著。雨秋拍撫著她的背脊，不住口的說：

「沒事了，曉妍，姨媽在這兒！沒事了，曉妍，沒人會傷害妳！別哭，別哭，別哭！」

她的聲音輕柔如夢，她的手臂環繞著曉妍的頭，溫柔的輕搖著，像在撫慰一個小小的嬰孩。曉妍停止了哭泣，慢慢的、慢慢的平靜下來，但仍然抑制不住那間歇性的抽噎。雨秋抬起眼睛來，看了看子健，又看了看俊之。

「俊之，」她平靜的說：「你最好拿一杯冰凍的橘子汁之類的飲料來。」

俊之立刻去取飲料，雨秋望著子健。

「你嚇了她？」她問：「還是凶了她？」

子健苦惱的蹙起眉頭。

「可能都有。」他說：「她平常從沒有這樣。我並不是有意要傷害她！」

雨秋瞭解的點點頭。俊之拿了飲料進來，雨秋接過飲料，扶起曉妍的頭，她柔聲說：

「來吧，曉妍，喝點冰的東西就好了，沒事了，不許再哭了，已經不是小孩子了呢！」

曉妍俯著頭，把那杯橘子汁一氣喝乾。然後，她垂著腦袋，怯怯的用手拉拉雨秋的衣服，像個闖了禍的小孩，她羞澀的、不安的說：

「姨媽，我們回家去吧！」

子健焦灼的向前邁了一步，卻不知該說些什麼好。雨秋抬眼凝視著子健，她在那年輕的男孩眼中，清楚的讀出了那份苦惱的愛情。於是，她低下頭，拍拍曉妍的背脊，她穩重而清晰的說：

「曉妍，妳是不是應該和子健單獨談談呢？」

曉妍驚悸的蠕動了一下身子，抓緊了雨秋的手。

「姨媽，」她不肯抬起頭來，她的聲音低得像蚊子叫。「我已經出醜出夠了，妳帶我回家去吧！」

「曉妍！」子健急了，他蹲下身子，他的手蓋在她的手上，他的聲音迫切而急促：「妳沒有出醜，妳善良而可愛，是我不好。我今天整個晚上的表現都糟透了，我遲到，叫妳等我，我又和妳亂發脾氣，又強迫妳做妳不願做的事情，又弄傷了妳……我做錯每一件事情，那只是因為……」他衝口而出的說出了那句他始終沒機會出口的話：「我愛妳！」

聽到了那三個字，曉妍震動了，她的頭更深的低垂了下去，身子瑟縮的向後靠。但是，她那隻被子健抓著的手卻不知不覺的握攏了起來，把子健的手指握進了她的手裡。她的頭依然在雨秋的懷中，喉嚨裡輕輕的哼出了一句話，囁嚅，而猶疑：

「我……我……我不是個……好女孩。」

雨秋悄悄的挪開身子，把曉妍的另一隻手也交進了子健的手中，她說：

「讓子健去判斷吧，好不好？妳應該給他判斷的機會，不能自說自話，是不是？」

曉妍俯首不語，於是，雨秋移開了身子，慢慢的站起來，讓子健補充了她的空位。子健的雙手，緊緊的握著曉妍的，他的大手溫暖而穩定，曉妍不由自主的抬起睫毛來，很快的閃了子健一眼，那帶淚的眸子裡有驚怯，有懷疑，還有抹奇異的欣悅和乞憐。這眼光立刻把子健給擊倒了，他心跳，他氣喘。某種直覺告訴他，他懷抱裡的這個小女孩並不像他想像中的那樣簡單。但是，他不管，他什麼都可以不管，不管她做錯過什麼，不管她的家世，不管她的出身，不管她過去的一切的一切，他都不要管！他只知道，她可愛，又可憐，她狂野，又嬌怯。而他，他愛她，他要她！不是一剎那的狂熱，而是永恆的真情。

這兒，雨秋看著那默默無言的一對小戀人，她知道，她和俊之必須退去，給他們一段相對坦白的時間。她深思的看了看曉妍，這是冒險的事！可是，這也是必須的過程，她一定要讓曉妍面對她以後的人生，不是嗎？否則，她將永遠被那份自卑感所侵蝕，直到毀滅為止。子健，如果他是那種有熱情有深度的男孩，如果他像他的父親，那麼，他該可以接受這一切的！她毅然的甩了一下頭，轉身對那始終被弄昏了頭的俊之說：

「我知道你有幾百個疑問，我們出去吧！讓他們好好談談，我們也——好好談談。」

於是，他們走出了會客室，輕輕的闔上房門，把那一對年輕的愛人關進了房裡。

7

當雨秋和俊之走出了那間會客室，他們才知道，經過這樣一陣紊亂和喧鬧，「雲濤」已經是打烊的時間了。客人們正紛紛離去，小姐們在收拾杯盤，張經理在結算帳目，大廳裡的幾盞大燈已經熄去，只剩下疏疏落落的幾盞小頂燈，嵌在天花板的板壁中，閃著幽柔的光線，像暗夜裡的幾顆星辰。那些特別用來照射畫的水銀燈，也都熄滅了，牆上的畫，只看出一些朦朧的影子。很少在這種光線下看雲濤，雨秋佇立著，遲遲沒有舉步。俊之問：

「我們去什麼地方？妳那兒好嗎？」

雨秋回頭看了看會客室的門，再看看「雲濤」。

「何不就在這兒坐坐？」她說：「一來，我並不真的放心曉妍。二來，我從沒享受過『雲濤』在這一刻的氣氛。」

俊之瞭解雨秋所想的，他走過去，吩咐了張經理幾句話，於是，「雲濤」很快的打烊了。

小姐們都提前離去，張經理把帳目鎖好，和小李一起走了。只一會兒，大廳裡曲終人散，偌大的一個房間，只剩下了俊之和雨秋兩個人。俊之走到門邊，按了鐵柵門的電鈕，鐵柵闔攏，「雲濤」的門關上了；一屋子的靜寂，一屋子的清幽，一屋子朦朧的、溫柔的落寞。雨秋走到屋角，選了一個隱蔽的角落坐下來，正好可以看到大廳的全景。俊之卻在櫃檯邊，用咖啡爐現煮了一壺滾熱的咖啡。倒了兩杯咖啡，他走到雨秋面前來。雨秋正側著頭，對牆上一幅自己的畫沉思著。

「要不要打開水銀燈看看？」俊之問。

「不不！」雨秋慌忙說：「當你用探照燈打在我的畫上的時候，我就覺得毫無真實感，我常常害怕這樣面對我自己的作品。」

「為什麼？」俊之在她對面坐下來。「妳對妳自己的作品不是充滿了信心與自傲的嗎？」

她看了他一眼。

「當我這樣告訴你的時候，可能是為了掩飾我自己的自卑呢！」她微笑著，用小匙攪動著咖啡。她的眼珠在咖啡的霧氣裡，顯得深沉而迷濛。「人都有兩面，一面是自尊，一面是自卑，這兩面永遠矛盾的存在在人的心靈深處。人可以逃避很多東西，但是無法逃避自己。我對我的作品也一樣，時而充滿信心，時而毫無信心。」

「妳知道，妳的畫很引起藝術界的注意，而且，非常奇怪的一件事，妳的畫賣得特別好。最近，妳那幅『幼苗』是被一個畫家買走的，他說要研究妳的畫。我很想幫妳開個畫展，妳會很快的出名，信嗎？」

「可能。」她坦白的點點頭。「這一期的藝術刊物裡，有一篇文章，題目叫〈秦雨秋也能算一個畫家嗎？〉把我的畫攻擊得體無完膚。於是，我知道，我可能會出名。」她笑瞅著他：「雖然，你隱瞞了這篇文章，可是，我還是看到了。」

他盯著她。

「我不該隱瞞的，是不是？」他說：「我只怕外界的任何批評，會影響了妳畫畫的情緒，或左右了妳畫畫的路線。這些年來，我接觸的畫家很多，看的畫也很多，每個畫家都盡量的求新求變，但是，卻變不出自己的風格，常常兜了一個大圈子，再回到自己原來的路線上去。我不想讓妳落進這個老套，所以，也不想讓妳受別人的影響。」

「你錯了，」她搖搖頭。「我根本不會受別人的影響。那篇文章也有他的道理，最起碼，他的標題很好，秦雨秋也能算一個畫家嗎？老實說，我從沒認為自己是個畫家，我只是愛畫畫而已，我畫我所見，我畫我所思。別人能不能接受，是別人的事，不是我的事。我既不能強迫別人接受我的畫，也不能強迫別人喜歡我的畫。別人接受我的畫，我心歡喜，別人不接受，是他的自由。畫畫的人多得很，他盡可以選擇他喜歡的畫。」

「妳能這樣想，我很高興。」他微笑起來，眼底燃亮著欣賞與折服。「那麼，順便告訴妳，很多人說妳的畫，只是『商品』，而不是『藝術』！」

「哈哈！」她忽然笑了，笑得灑脫，笑得開心。「商品和藝術的區別在什麼地方？畢卡索的『藝術』是最貴的『商品』，張大千的『藝術』一樣是『商品』，只是商品的標價不同而已。我的畫當然是商品，我在賣它，不是嗎？有金錢價值的東西，有交易行為的東西就都是商品，我的願望，只希望我的商品值錢一點，經得起時間的考驗而已。如果我的畫，能成為最貴的『商品』，那才是我的驕傲呢！」

「雨秋！」他握住她那玩弄著羹匙的小手。「妳怎會有這些思想？妳怎能想得如此透徹？妳知道嗎？妳是個古怪的女人，妳有最年輕的外表，最深刻的思想。」

「不，」她輕輕搖頭。「我的思想並不深刻，只是有點與眾不同而已，我的外表也不年輕，我的心有時比我的外表還年輕。我的觀念、看法、作風、行為，甚至我的穿著打扮，都會成為議論的目標，你等著瞧吧！」

「不用等著瞧，」他說，「已經有很多議論了，妳『紅』得太快！」他注視她。「妳怕嗎？」他問。

「議論嗎？」她說：「你用了兩個很文雅的字，事實上，是挨罵，是不是？」

「也可以說是。」

她用手支著頭，沉思了一下，又笑了起來。

「知不知道有一首剃頭詩？一首打油詩，從頭到尾都是廢話，卻很有意思。」

「不知道。」

「那首詩的內容是——」她唸了出來：「聞道頭須剃，人皆剃其頭，有頭終須剃，不剃不成頭，剃自由他剃，頭還是我頭，請看剃頭者，人亦剃其頭。」

俊之笑了。

「很好玩的一首詩，」他說：「這和挨罵有什麼關係嗎？」

「有。」她笑容可掬。「世界上的人，有不挨罵的嗎？小時，被父母罵，念書時，被老師罵，做事時，被上司罵，失敗了，被人罵，成功了，也會被人罵，對不對？」

「很對。」

「所以，我把這首詩改了一下。」

「怎麼改的？」

她啜了一口咖啡，眼睛裡充滿了嘲弄的笑意，然後，她慢慢的唸：

「聞道人須罵，人皆罵別人，

有人終須罵，不罵不成人，

罵自由他罵，人還是我人，

請看罵人者，人亦罵其人！」

「哈哈！」俊之不能不笑。「好一句『罵自由他罵，人還是我人，請看罵人者，人亦罵其人。』雨秋，妳這首罵人詩，才把人真罵慘了！」他越回味，越忍俊不禁。「雨秋，妳實在是個怪物，妳怎麼想得出來？」

雨秋聳了聳肩。

「人就是這樣的，」她說：「罵人與挨罵，兩者皆不免！唯一的辦法，就是抱著『罵自由他罵，人還是我人』的態度，假若你對每個人的議論都要去注意，你就最好別活著！我也常對曉妍說這話，是了，曉妍……」她猛然醒悟過來。「我們把話題扯得太遠了，我主要是要和你談談曉妍。」

他緊緊的凝視著她。

「不管和妳談什麼，」他低聲的說：「都是我莫大的幸福，我願意坐在這兒，和妳暢談終夜。」

她瞅著他，笑容隱沒了，她輕輕一嘆。

「怎麼了？」他問。

「沒什麼，」她搖搖頭。「讓我和你談談曉妍，好嗎？我不相信你能不關心。」

「我很關心，」他說：「只是妳來了，我就不能抑制自己，似乎眼中心底，就只有妳了。」

他握緊了她的手，眼底掠過一抹近乎痛楚的表情。

「雨秋！」他低喚了一聲。「我想告訴妳……」

她輕輕抽出自己的手來。

「能不能再給我一杯咖啡？」她問。

他嘆了口氣，站起身來，給她重新倒了一杯咖啡。咖啡的熱氣氤氳著，香味瀰漫著。她的眼睛模糊而朦朧。

「很抱歉，俊之，」她說：「我第一次見到子健，聽他說出自己姓賀，我就猜到他是你的兒子。但是我並沒告訴你，因為，我想，他們的感情不見得會認真，交往也不見得會持久。曉妍，她一直不肯面對異性朋友，她和他們玩，卻不肯認真，我沒料到，她會對子健真的認真了。」

俊之疑惑的看著她。

「妳怎麼知道是她在認真？我看，是子健在認真呢！」

「你不瞭解曉妍，」她搖搖頭。「假若她沒有認真，她就不會發生今晚這種歇斯底里的症狀，她會嘻嘻哈哈，滿不在乎。」

「我不懂。」俊之說。

「讓我坦白告訴你吧，你也可以衡量一下，像你這樣的家庭，是不是能夠接受曉妍？如果你們不能接受曉妍，我會在悲劇發生之前，把曉妍遠遠帶走……」

「妳這是什麼意思？」俊之微微變了色。「如果我的兒子愛上了妳的外甥女兒，我只有高興的份，我為什麼不能接受她？」

「聽我說！」她啜了一口咖啡，沉吟的說：「她僅僅讀到高中畢業，沒進過大學。」

「不成問題，我從沒有覺得學歷有多重要！」

雨秋注視了他一段長時間。

「曉妍的母親，是我的親姊姊，我姊姊比我大十二歲，曉妍比我小十歲，我的年齡介乎她們母女之間。我姊姊生性孤僻，守舊，嚴肅，不苟言笑，和我像是兩個時代裡的人……」她頓了頓，望著咖啡杯。「現在的人喜歡講代溝兩個字，似乎兩輩之間，一定會有代溝，殊不知在平輩之間，一樣會有代溝。代溝兩個字，與其說是兩代間的距離，不如說是思想上的距離。我和姊姊之間，有代溝，我和曉妍之間，竟沒有代溝，你信嗎？」

俊之點點頭。

「曉妍是我姊姊的長女，她下面還有一個弟弟，一個妹妹。我姊夫和我姊姊是標標準準的一對，只是，姊夫比姊姊更保守，更嚴肅，他在一家公司裡當小職員，生活很苦，卻奉公守法，兢兢業業，一個好公民，每年的考績都是優等。」她側頭想了想。「我姊夫的年齡大概和你差不多，但是，你們之間，準有代溝。」

「我相信。」俊之笑了。

「曉妍從小就是家裡的小叛徒，她活潑、美麗、頑皮、刁鑽，而古怪。簡直不像戴家的孩子，她——有些像我，任性、自負、驕傲、好奇，而且愛藝術，愛音樂，愛文學。這樣的孩子，在一個古板保守的家庭裡，是相當受罪的，她從小就成為她父母的問題。只有我，每次挺身而出，幫曉妍說話，幫她和她父母爭執，好幾次，為了曉妍，我和姊姊姊夫吵得天翻地覆。因此，等到曉妍出事以後，姊姊全家，連我的父母在內，都說我該負一部分責任。」

「出事？」俊之蹙起了眉頭。

「四年前，曉妍只有十六歲，她瘋狂般的迷上了合唱團，吉他、電子琴、熱門音樂，她幾乎為披頭四發瘋。她參加了一群也熱愛合唱團的年輕朋友們，整天在同學家練歌、練琴、練唱。這是完全違背戴家的原則的，她父母禁止她，我卻堅持應該讓她自由發展她的興趣。曉妍的口頭語變成了『姨媽說可以！』於是，她經常弄得很晚回家，接著有一天，我姊姊發瘋般的打電話叫我去……」她頓了頓，望著俊之，清晰的、低聲的說：「曉妍懷孕了。」

俊之一震。他沒有接口，只是看著雨秋。

「十六歲！」雨秋繼續說了下去：「她只有十六歲，我想，她連自己到底做了什麼錯事都弄不清楚，她只是好奇。可是，我姊夫和我姊姊都發瘋了，他們鞭打她，用皮帶抽她，用最下流的字眼罵她，說她是蕩婦，是娼妓，說她下賤、卑鄙，丟了父母的人，丟了祖宗八代的人，說她是壞女孩，是天下最壞的女孩……當然，我知道，曉妍犯了如此的大錯，父母不能不生氣，可是，我仍然不能想像，親生父母，怎能如此對待自己的孩子！」

俊之動容的看著雨秋，他聽得出神了。

「我承認，曉妍是做了很大的錯事，但是，她只是個十六歲的孩子，尤其像曉妍那樣的孩子，她熱情而心無城府，她父母從沒有深入的瞭解過她，也沒有給她足夠的溫暖，她所需要的那份溫暖，她是比一般孩子需要得多的。事情已經發生了，應該想辦法彌補，他們卻用最殘忍和冷酷的手段來對付她，最使他們生氣的，是曉妍抵死也不肯說出事情是誰幹的。於是，整整一個禮拜，他們打她，揍她，罵她，不許她睡覺，把她關在房裡審她，直到曉妍完全崩潰了，她那麼驚嚇，那麼恐懼，然後，她流產了。流產對她，可能是最幸運的事，免得一個糊裡糊塗的，不受歡迎的生命降生。但，跟著流產而來的，是一場大病，曉妍昏迷了將近半個月，只是不停口的囈語著說：『我不是一個好女孩，我不是一個好女孩，我不是一個好女孩……』他父母怕丟臉，家醜不可外揚，竟不肯送她去醫院。我發火了，我到戴家去鬧了個天翻地覆，我救出了曉妍，送她去醫院，治好了她，帶她回我的家，從此，曉妍成了我的孩子、伴侶、朋友、妹妹、知己……雖然，事後，她的父母曾一再希望接她回去，可是，她卻再也沒有回到她父母身邊。」

俊之啜了一口咖啡，他注視著雨秋。雨秋的眼睛在暗沉沉的光線下發著微光，閃爍的、清幽的。

「那時候，我剛剛離婚，一個人搬到現在這棟小公寓裡來住，曉妍加入了我的生活，正好也調劑了我當時的落寞。我們兩個都很失意，都是家庭的叛徒，也都是家庭的罪人，我們自然而然的互相關懷，互相照顧。曉妍那時非常自卑，非常容易受驚，非常神經質，又非常怕接觸異性。我用了一段很長的時間來治療她的悲觀和消沉，重新送她去讀高中——她休學了半年。她逐漸又會笑了，又活潑了，又快樂了，又調皮了，又充滿了青春的氣息了。很久之後，她才主動的告訴我，那闖禍的男孩只有十七歲，他對她說，讓我們來做一個遊戲，她覺得不對，卻怕那男孩子笑她是膽小鬼，於是，他們做了，她認識那男孩子，才只有兩小時，她連他姓甚名誰都不知道。唉！」她深深嘆息。「我們從沒給過孩子性教育，是嗎？」

她啜了一口咖啡，身子往後靠，頭仰在沙發上，她注視著俊之。

「曉妍跟著我，這幾年都過得很苦，我離婚的時候，我丈夫留下一筆錢，他說我雖然是個壞妻子，他卻不希望我餓死，我們用這筆錢撐持著。曉妍一年年長大，一年比一年漂亮，我可以賣掉電視機、賣掉首飾，去給她買時髦的衣服，我打扮她，鼓勵她交男朋友。她高中畢業後，我送她去正式學電子琴，培植她音樂上的興趣。經過這麼多年的努力，她已經完全是個正常的、活潑的、快樂的少女了。只是，往日的陰影，仍然埋在她記憶的深處，她常常會突發性的自卑，尤其在她喜歡的男孩面前。她不敢談戀愛，她從沒有戀愛過，她也不敢和男孩子深交，只因為……她始終認為，她自己不是個好女孩。」

她停住了，靜靜的看著他，觀察著他的反應。

「這就是曉妍的故事。」她低語：「我把它告訴你，因為這女孩第一次對感情認了真，她可能會成為你的兒媳婦。如果你也認為她不是一個好女孩，那麼，別再傷害她，讓我帶她走得遠遠的，因為她只有一個堅強的外表，內在的她，脆弱得像一張玻璃紙，一碰就破，她禁不起刺激。」

俊之凝視著雨秋，他看了她很久很久。在他內心深處，曉妍的故事確實帶來了一股壓力。但是，人只是人哪！哪一個人會一生不犯錯呢？雨秋的眼睛清明如水，幽柔如夢，他想著她曾為那女孩所做過的努力，想著這兩個女人共同面對過的現實與掙扎。然後，他握著她的手，撫摸著她手上的皮膚，他只能低語了一句：

「我愛妳，雨秋。」

她的眼睛眨了眨，眼裡立即泛上了一層淚影。

「你不會輕視那女孩嗎？」她問。

「我愛妳。」他仍然說，答非所問的。

「你不會在意她失足過嗎？」她再問。

「我愛妳。」他再答：「妳善良得像個天使！別把我想成木鐘！」

淚光在她眼裡閃爍，她閉了閉眼睛，用手支著頭，她有片刻垂首不語，然後，她抬起眼晴來，又帶淚，又帶笑的望著他。

「你認為——」她頓了頓。「子健也能接受這件事實嗎？」

他想了想，有些不安。

「他們在房間裡已經很久了，是不是？」他問。

「是的。」

「妳認為曉妍會把這一段告訴子健？」

「她會的。」她說：「因為我已經暗示了她，她必須要告訴他。如果——她真愛他的話。」

「那麼，我們擔憂也沒用，是嗎？」俊之沉思著說：「妳不願離開『雲濤』，因為妳要等待那個答案，那麼，我們就等待吧，我想，很快我們就可以知道子健的反應。」

她看來心魂不定。

「你很篤定呵！」她說。

「不，我並不篤定。」他坦白的說：「在這種事情上，我完全沒有把握，子健會有怎樣的反應，我想，這要看子健到底愛曉妍有多深。反正，我們只能等。」他說，站起身來，他再一次為她注滿了熱咖啡。

「喝這麼多咖啡，我今晚休想睡覺了。」她說。

「今晨，」他更正她。「現在是凌晨兩點半。」

「哦，」她驚訝，更加不安了。「已經這麼晚了？」

「這麼早。」他再更正她。

她看著他。

「有什麼分別？」她問：「你只是在文字上挑毛病。」

「不是，」他搖頭。「時間早，表示我們還有的是時間，時間晚，表示妳該回去了。」

「我們——」她衝口而出：「本來就晚了，不是嗎？見第一面的時候就晚了。」

他的手一震，端著的咖啡灑了出來。他凝視她，她立刻後悔了。

「我和你開玩笑，」她勉強的說：「你別認真。」

「可是——」他低沉的說：「我很認真。」

她盯著他，搖了搖頭。

「你已經——沒有認真的權利了。」

他把杯子放下來，望著那氤氳的、上升的熱氣，他沉默了，只是呆呆的注視著那煙霧。

他的眉頭微蹙，眼神深邃，她看不出他的思想，於是，她也沉默了。一時間，室內好安靜好安靜。時間靜靜的滑過去，不知道滑了多久，直到一聲門響，他們兩人才同時驚覺過來。會客室的門開了，出來的是子健。雨秋和俊之同時銳利的打量著他，他滿臉的嚴肅，或者，他經過了一段相當難過的、掙扎的時刻，但是，他現在看來是平靜的，相當平靜。

「哦！」子健看到他們，吃了一驚。「你們沒有走？」他說：「怪不得一直聞到咖啡味。」

雨秋站起身來。

「曉妍呢？」她不安的問，再度觀察著子健的臉色。「我要帶她回家了。」她往會客室走去。

「噓！」子健很快的趕過來，低噓了一聲，壓低聲音。「她睡著了，請妳不要吵醒她。」

雨秋注視著子健，後者也定定的注視著她。然後，他對她緩緩的搖了搖頭。

「姨媽，」他說：「妳實在不應該。」

「我不應該什麼？」她不解的問。

「不應該不告訴我，」他一臉的鄭重，語音深沉。似乎他在這一晚之間，已經長大了，成熟了，是個大人了。「如果我早知道，我不會讓她面對這麼多內心的壓力。四年，好長的一段時間，妳知道她有多累？她那麼小，那麼嬌弱，卻要負擔那麼多！」他眼裡有淚光。「現在，她睡著了，請不要驚醒她，讓她好好的睡一覺，我會在這兒陪著她，妳放心，姨媽，我會把她照顧得好好的。」

雨秋覺得一陣熱浪衝進了她的眼眶，一種鬆懈的、狂喜的情緒一下子罩住了她，使她整個身子和心靈都熱烘烘的。她伸過頭去，從敞開的、會客室的門口看進去，曉妍真的睡著了。她小小的身子躺在那寬大的沙發上，身子蓋著子健的外衣。她的頭向外微側著，枕著軟軟的靠墊。她面頰上還依稀有著淚光，她哭過了。但是，她現在的唇邊是帶著笑的，她睡得好香好沉好安詳，雨秋從沒有看到她睡得這樣安詳過。

「好的，」她點點頭，對子健語重心長的說：「我把她交給你了，好好的照顧她。」

「我會的，姨媽。」

俊之走了過來，拍拍還在冒氣的咖啡壺，對子健說：

「你會需要熱咖啡，等她醒過來，別忘記給她也喝一杯。」

「好的，爸，」子健說：「媽那兒，你幫我掩飾一下，否則，一夜不歸，她會說上三天三夜。」

俊之對兒子看了一眼，眼光是奇特的。然後，他轉身帶著雨秋，從邊門走出了「雲濤」。迎著外面清朗的、夏季的、深夜的涼風，兩人都同時深吸了一口氣。

「發一下神經好不好？」他問。

「怎樣？」

「讓我們不要坐車，就這樣散步走到妳家。」

「別忘了，」她輕語：「你兒子還要你幫他掩飾呢！」

「掩飾什麼？」他問：「戀愛是正大光明的事，不需要掩飾的，我們走吧！」

於是，踏著夜色，踏著月光，踏著露水濡濕的街道，踏著街燈的影子，踏著凌晨的靜謐，他們手挽著手，向前緩緩的走去。

當曉妍醒來的時候，天早已大亮了，陽光正從窗帘的隙縫中射進來，在室內投下了一條明亮的、閃爍的、耀眼的金光。曉妍睜開眼睛，一時間，她有些兒迷糊，不知道自己正置身何處。然後，她看到了子健，他坐在她面前的地毯上，雙手抱著膝，睜著一對大大的、清醒的眸子，靜靜的望著她，她驚悸了一下，用手拂拂滿頭的短髮，她愕然的說：

「怎麼……我……怎麼在這兒？」

「曉妍，」他溫柔的呼喚了一聲，拂開她遮在眼前的髮鬈，抓住她的手。「妳睡著了，我不忍心叫醒妳，所以，我在這兒陪了妳一夜。」

她凝視他，眼睛睜得大大的，昨夜發生的事逐漸在她腦海裡重演，她記起來了。她已把所有的事都告訴了子健，包括那件「壞事」。她打了個冷戰，陽光那樣好，她卻忽然瑟縮了起來。

「啊呀，」她輕呼著：「你居然不叫醒我！我一夜沒回家，姨媽會急死了。」她翻身而起。

「別慌，曉妍。」他按著她。「妳姨媽知道妳在這兒，是她叫我陪著妳的。」

「哦！」她低應一聲，悄悄的垂下頭去，不安的用手指玩弄著牛仔褲上的小花。「我……我……」她囁嚅著，很快的掃了他一眼。「你……你……你一夜都沒有睡覺嗎？你……怎麼不回去？」

「我不想睡，」他搖搖頭。「我只要這樣看著妳。」他握緊她的手。「曉妍，抬起頭來，好嗎？」

她坐在沙發上，頭垂得更低了。

「不。」她輕聲說。

「抬起頭來！」他命令的說：「看著我！曉妍。」

「不。」她繼續說，頭垂得更低更低。她依稀記得昨晚的事，自己曾經一直述說，一直述說，一直述說……然後，自己哭了，一面哭，一面似乎說了很多很多的話，關於自己「有多壞，有多壞，有多壞！」她記得，他吃驚過，苦惱過，沉默過。可是，後來，他卻用手環抱住她，輕搖著她，對她耳邊低低的絮語，溫存而細緻的絮語。他的聲音那樣低沉，那樣輕柔，那樣帶著令人鎮靜的力量。於是，她鬆懈了下來，累了，倦了，她啜泣著，啜泣著……

就這樣睡著了。一夜沉酣，無夢無憂，竟不知東方之既白！現在，天已經大亮了，那具有催眠力量的夜早已過去，她竟不敢迎接這個白晝與現實了。她把頭俯得那樣低，下巴緊貼著胸口，眼睛看著襯衫上的釦子。心裡迷迷糊糊的想著：怎麼？她沒有失去他？怎麼？他居然不把她看成一個「墮落的、毀滅的、罪惡的」女孩嗎？怎麼可能？怎麼可能？怎麼可能??

「抬起頭來！」他再說，聲音變得好柔和。「曉妍，我有話要對妳說。」

「不，不，不。」她驚慌的低語：「不要說，不要說，不要說。」

「我要說的，」他用手托起了她的下巴，強迫她面對著自己。於是，他看到了一張那樣緊張而畏怯的小臉，那樣一對羞澀而驚悸的大眼睛。他的心靈一陣激蕩，一陣抽搐，一陣顫慄。噢，曉妍，他那天不怕、地不怕，終日神采飛揚的女孩，怎會變得如此柔弱？他深抽了口氣，低語著說：「我要說的話很簡單，曉妍，妳也非聽不可。讓我告訴妳：我愛妳！不管妳過去的歷史，不管一切！我愛妳！而且，」他一字一字的說：「妳是個好女孩！天下最好的女孩！」

她瞪著他，不信任的瞪著他。

「我會哭的。」她說，淚光閃爍。「我馬上要哭了，你信不信？」

「妳不許哭！」他說：「昨晚，妳已經哭了太多太多，從此，妳要笑，妳要為我而笑。」

她瞅著他，淚盈於睫。唇邊，卻漸漸的漾開一個笑容，一個可憐兮兮的、楚楚動人的笑容。那笑容那樣動人，那樣柔弱，那樣誘惑……他不能不迎上去，把自己的嘴唇輕輕的，輕輕的，輕輕的蓋在那個笑容上。

她有片刻端坐不動，然後，她喉中發出一聲熱烈的低喊，就用兩手緊緊的箍住了他的脖子，她的身子從沙發上滑了下來，他們滾倒在地毯上。緊擁著，他們彼此懷抱著彼此，彼此緊貼著彼此，彼此凝視著彼此……在這一剎那，天地俱失，萬物成灰，從亙古以來，人類重複著同樣的故事，心與心的撞擊，靈魂與靈魂的低語，情感與情感的交融。

半晌，他抬起頭來。她平躺在地上，笑著，滿臉的笑，卻也有滿臉的淚。

「我說過，不許再哭了！」他微笑的盯著她。

「我沒哭！」她揚著眉毛，淚水卻成串的滾落。「眼淚嗎？那是笑出來的！」她的手重新環繞過來，攬住了他的脖子，她的眼珠浸在淚霧之中，發著清幽的光亮。「可憐的賀子健！」她喃喃的說。

「可憐什麼？」他問。

「命運讓你認識了我這個壞女孩！」她低語。

「命運帶給了我一生最大的喜悅！讓我認識了妳這個——壞女孩！」

他再俯下頭來，靜靜的，溫柔的吻住了她，室內的空氣暖洋洋的，陽光從窗隙中射進來，明亮，閃爍，許多跳躍的光點。終於，她翻身而起。興奮、活躍、喜悅，而歡愉。

「幾點鐘了？」她問。

他看看手錶。

「八點半，張經理他們快來上班了。」

「啊呀，」她叫了一聲：「今天是星期幾？」

「星期三。」

「我十點鐘要學琴！」她用手掠了掠頭髮。「不行，我要走了！你今天沒課嗎？」

「別管我的課，我送妳去學琴。」他說。

她站在他面前，用手指撫摸他的下巴，她光潔的面龐正對著他，眼光熱烈而愛憐的凝視著他。

「你沒刮鬍子，」她低語：「你的眼睛很疲倦，你一夜沒有睡覺，我不要你陪我去學琴，我要你回家去休息。」她把面頰在他胸前依偎了片刻。「我聽到你的心在說話，它在和我強辯！它在說：我不累，我一點都不累，我的精神好得很！哦，」她輕笑著，抬起睫毛來看著他，她眼底是一片深切的柔情，和一股慧黠的調皮。「你有一顆很會撒謊的心，一顆很壞很壞的心！」

「這顆很壞很壞的心裡，什麼都沒有，只裝著一個很好很好的女孩！」他說，低下頭去，很快的捉住她的唇，然後，他把她緊擁在懷裡。「天！」他說：「宇宙萬物，以及生命的意義，在這一刻才對我展示，它只是一個名字：戴曉妍！」

她用手指玩弄著他的衣鈕。

「我還是不懂，你為什麼選擇了我？」她問：「在你那個杜鵑花城裡，不是有很多功課好，學問好，品德好，相貌好，各方面都比我好的女孩子嗎？」

「只是，那些好女孩中，沒有一個名叫戴曉妍。」他說，滿足的低嘆。「命運早就安排了人類的故事，誰叫妳那天早上，神氣活現的跑進『雲濤』？」

「誰叫你亂吹口哨？」

「誰叫妳穿迷你裙？」

「姨媽說我有兩條很好看的腿，她賣掉了一個玉鐲子，才給我買了那套衣服。」

「從今以後，請妳穿長褲。」他說。

「為什麼？」

「免得別人對妳吹口哨。」

她望著他，笑了。抱緊了他，她把頭在他胸前一陣亂鑽亂揉，她叫著說：

「再也沒有別人了，再也不會有別人了！我心裡，不不，我生命裡，只能有你一個！你已經把我填得滿滿滿滿了！哦！子健！」她喊：「我多愛你！多愛你！多愛你！多愛你！我是不害羞的，因為我會狂叫的！」她屏息片刻，仰起頭來，竟又滿面淚痕。「子健，」她低語：「我曾經以為，我這一生，是不會戀愛的。」

給她這樣坦率的一叫一鬧，他心情激蕩而酸楚，淚光不自禁的在他眼裡閃亮。「曉妍，」他輕喚著她的名字。「曉妍，妳注定要戀愛，只是，要等到遇見我以後。」

他們相對注視，眼睛，常常比人的嘴巴更會說話，他們注視了那麼久，那麼久，直到「雲濤」的大門響了，張經理來上班了，他們才驚覺過來。

「我們走吧！」子健說。

走出了「雲濤」，滿街耀眼的陽光，車水馬龍的街道，熱鬧的人群，蔚藍的天空，飄浮的白雲……世界！世界怎能這樣美呢？曉妍仰望著天，有一隻鳥，兩隻鳥，三隻鳥……哦，好多好多鳥在飛翔著，她喜悅的說：

「子健，我們也變成一對鳥，加入牠們好嗎？」

「不好。」子健說。

「怎麼？」她望著他。

「因為，我不喜歡鳥的嘴巴，」他笑著低語：「那麼尖尖的，如何接吻呢？」

「啊呀！」她叫：「你真會胡說八道！」

他笑了。陽光在他們面前閃耀，陽光！陽光！陽光！他想歡呼，想跳躍，歡呼在陽光裡，跳躍在陽光裡。轉過頭來，他對曉妍說：

「讓我陪妳去學琴吧！」

「不行！」她搖頭，固執的。「你要回家去睡覺，如果你聽話，晚上我們再見面，六點鐘，我到『雲濤』來，你請我吃咖哩雞飯。」

「妳很堅持嗎？」他問：「一定不要我陪嗎？」

「我很堅持。」她揚起下巴。「否則，我一輩子不理你！」

他無可奈何的聳聳肩。

「我怕妳。」他說：「妳現在成為我的女神了。好，我聽話，晚上一定要來！」

「當然。」她嫣然一笑，好甜好甜。然後，她招手叫了一輛計程車。對他揮了揮手，她的笑容漾在整個的陽光裡，鑽進車子，她走了。

目送她的車子消失在街道的車群中，再也看不見了，他深吸了口氣。奇怪，一夜無眠，他卻絲毫也不感到疲倦，反而像有用不完的精力，在他體內奔竄。他轉過身子，沿著人行道向前走去，吹著口哨。電線桿上掛著一個氣球，不知是哪個孩子放走了的。他跳上去，抓住了氣球，握著氣球的繩子，他跳躍著往前走，行人都轉頭看著他，他不自禁的失笑了起來，鬆開手，那氣球飛走了，飛得好高好高，好遠好遠，飛到金色的陽光裡去了。

回到家裡，穿過那正在灑水的花園，他仍然吹著口哨，「跳」進了客廳。迎面，母親的臉孔一下子把他拉進了現實，婉琳的眼光裡帶著無盡的責備，與無盡的關懷。

「說說看，子健，」婉琳瞪著他。「一夜不回家是什麼意思？如果你有事，打個電話回來總可以吧？說也不說，就這樣失蹤了，你叫我怎麼放心？」

「哦！」子健錯愕的「哦」了一聲，轉著眼珠。「難道爸爸沒告訴妳嗎？」

「爸爸！」婉琳的眼神凌厲，她的面孔發青。「如果你能告訴我，你爸爸在什麼地方，我或者可以去問問他，你去了什麼地方？」

「噢！」子健蹙起眉頭，有些弄糊塗了。「爸爸，他不在家嗎？」

「從他昨天早上出去以後，我就沒有看到過他！」婉琳氣呼呼的說：「你們父子到底在做些什麼？你最好對我說個明白，假若家裡每個人都不願意回家，這個家還有什麼意義？你說吧！你爸爸在哪裡？」

子健深思著，昨晚是在「雲濤」和父親分手的，不，那已經是凌晨了，當時，父親和雨秋在一起。他蹙緊眉頭，咬住嘴唇。

「說呀！說呀！」婉琳追問著：「你們父子既然在一起，那麼，你爸爸呢？」

「我不知道爸爸在哪裡。」子健搖了搖頭。「真的不知道。」

「那麼，你呢？你在哪裡？」

「我……」子健猶豫了一下。這話可不是三言兩語說得清楚的。「哦，媽，我一夜沒睡覺，我要去睡一下，等我睡醒再說好嗎？」

「不行！」婉琳攔在他面前，眼眶紅了。「子健，你大了，你成人了，我管不著你了，只是，我到底是你媽，是不是？你們不能這樣子……」她的聲音哽塞了。「我一夜擔心，一夜不能睡，你……你……」

「哦，媽！」子健慌忙說：「我告訴妳吧！我昨夜整夜都在『雲濤』，並沒有去什麼壞地方。」

「『雲濤』？」婉琳詫異的張大眼睛。「『雲濤』不是一點鐘就打烊了嗎？」

「是的。」

「那你在『雲濤』做什麼？」

「沒做什麼。」子健又想往裡面走。

「站住！」婉琳說：「不說清楚，你不要走！」

「好吧！」子健站住了，清清楚楚的說：「我在『雲濤』，和一個女孩子在一起，剩下的事，妳去問爸爸吧！」

「和一個女孩子在一起？」婉琳尖叫了起來：「整夜嗎？你整夜單獨和一個女孩子在『雲濤』？你發瘋了！你想闖禍是不是？那個女孩子沒有家嗎？沒有父母嗎？沒有人管的嗎？肯跟你整夜待在『雲濤』，當然是個不正經的女孩子了！你昏了頭，去和這種不三不四的女孩子胡鬧？如果闖了禍，看你怎麼收拾……」

她的話像倒水一般，滔滔不絕的傾了出來。

「媽！」子健喊，臉色發白了。「請不要亂講，行不行？什麼不三不四的女孩子，我告訴你，她是我心目中最完美、最可愛的女孩。妳應該準備接受她，因為，她會成為我的妻子！」

「什麼？」婉琳的眼睛瞪得好大好大。「一個和你在『雲濤』鬼混了一夜的女孩子……」

「媽！」子健大聲喊，一夜沒睡覺，到現在才覺得頭昏腦脹。「我們沒有鬼混！」

「沒有鬼混？那你們做了些什麼？」

「什麼都沒做！」

「一個女孩子，和你單獨在『雲濤』過了一夜，你們什麼都沒做！」婉琳點點頭。「你以為你媽是個白癡，是不是呀？那個小太妹……」

「媽！」子健盡力壓抑著自己要爆發的火氣。「妳沒見過她，妳不認得她，不要亂下定語，她不是個小太妹！我已經告訴妳了，她是世界上最完美的女孩！」

「最完美的女孩絕不會和你在外面單獨過夜！」婉琳斬釘截鐵的說：「你太小了，你根本不懂得好與壞，你只是一個小孩子！」

「媽，我今年二十二歲，妳二十二歲的時候，已經生了我了。」

「怎麼樣呢？」婉琳不解的問。

「不要再把我看成小孩子！」子健大吼了一句。

婉琳被他這聲大吼嚇了好大的一跳，接著，一種委屈的、傷心的感覺就排山倒海般的對她捲了過來，她跌坐在沙發裡，怔了兩秒鐘，接著，她從脅下抽出一條小手帕，摀著臉，就嗚嗚咽咽的哭了起來。子健慌了，他走過來，拍著母親的肩膀，忍耐的、低聲下氣的說：

「媽，媽，不要這樣，媽！我沒睡覺，火氣大，不是安心要吼叫，好了，媽，我道歉，好不好？」

「你……你大了，珮柔……也……也大了，」婉琳邊哭邊說，越說就越傷心了。「我……我是管不著你們了，你……你爸爸，有……有他的事業，你……你和珮柔，有……有你們的天地，我……我有什麼呢？」

「媽，」子健勉強的說：「妳有我們全體呀！」

「我……我真有嗎？」婉琳哭訴著：「你爸爸，整天和我說不到三句話，現……現在更好了，家……家都不回了，你……你和珮柔，也……也整天不見人影，我……我一開口，你們都討厭，巴不得逃得遠遠的，我……我有什麼？我只是個討人嫌的老太婆而已！」

「媽，」子健說，聲音軟弱而無力。「妳是好媽媽，妳別傷心，爸爸一定是有事耽擱了，事實上，我和爸爸分開沒有多久……」他沉吟著，跳了起來。「我去把爸爸找回來，好不好？」

婉琳拿開了搗著臉的手帕，望著子健。

「你知道你爸爸在什麼地方？」

「我想……」他賠笑著。「在『雲濤』吧！」

「胡說！」婉琳罵著。「你回來之前，我才打過電話去『雲濤』，張經理說，你爸爸今天還沒來過呢！」

「我！我想……我想……」他的眼珠拚命轉著。「是這樣，媽，昨晚，有幾個畫家在『雲濤』和爸爸討論藝術，妳知道畫家們是怎麼回事，他們沒有時間觀念，也不會顧慮別人……他們都是……都是比較古怪、任性、和不拘小節的人，後來他們和爸爸一起走了，我想，他們準到哪一個的家裡去喝酒，暢談終夜了。媽，妳一點也不要擔心，爸爸一夜不回家，這也不是第一次！」

「不回家也沒什麼關係，」婉琳勉強接受了兒子的解釋。「和朋友聊通宵也不是沒有的事情，好歹也該打個電話回家，免得人著急呀！又喜歡開快車，誰知道他有沒有出事呢？」

「才不會呢！」子健說：「妳不要好端端的咒他吧！」

「我可不是咒他，」婉琳是迷信的，立刻就緊張了起來。

「我只是擔心！他應該打電話回來的！」

「大概那個畫家家裡沒電話！」子健說：「妳知道，畫家都很窮的。」

婉琳不說話了，低著頭，她只是嘟著嘴出神。子健乘此機會，悄悄的溜出了客廳。離開了母親的視線，他才長長的吐出一口氣來。站在門外，他思索了片刻，父親書房裡有專線電話，看樣子，他必須想辦法把父親找回來。他走向父親的書房，推開門走了進去。

一個人猛然從沙發中站起來，子健嚇了一跳，再一看，是珮柔。他驚奇的說：

「妳在爸爸書房裡幹什麼？」

珮柔對牆上努了努嘴。

「我在看這幅畫。」她說。

他看過去，是雨秋的那幅「浪花」，這畫只在「雲濤」掛了一天，就被挪進了父親這私人的小天地。子健注視著這畫，心中電光石火般閃過許許多多的念頭：父親一夜沒有回家，昨夜雨秋和父親一起走出「雲濤」，雨秋的畫掛在父親書房裡，他們彼此熟不拘禮，而且直呼名字……他怔怔的望著那畫，呆住了。

「你也發現這畫裡有什麼了嗎？」珮柔問。

「哦，」他一驚。「有什麼？」

「浪花。」珮柔低聲唸。

「當然啦，」子健說：「這幅畫的題目就是浪花呀！」

「新的浪衝激著舊的浪，」珮柔低語：「浪花是永無止歇的，生命也永不停止。所以，朽木中嵌著鮮花，成為強烈的對比。我奇怪這作者是怎樣一個人？」

「一個很奇異，很可愛的女人！」子健衝口而出。

珮柔深深的看了子健一眼。

「我知道，那個女畫家！那個危險的人物，哥哥，」她輕聲的說：「我們家有問題了。」

子健看著珮柔，在這一剎那，他們兄妹二人心靈相通，想到的是同一問題。然後，珮柔問：

「你來爸爸書房裡幹什麼？」

「我要打一個電話。」

「不能用你房裡的電話機？」珮柔揚起眉。「怕別人偷聽？那麼，這必然是個私人電話了？我需不需要迴避？」

子健做了一個阻止的手勢，走過去鎖上了房門。

「妳留下吧！」他說。

「什麼事這麼神秘？」

子健望望珮柔，然後，他逕自走到書桌邊，撥了雨秋的電話號碼，片刻後，他對電話說：

「姨媽，我爸爸在妳那兒嗎？」

「是的，」雨秋說：「你等一下。」

俊之接過了電話。子健說：

「爸爸，是我請你幫我掩飾的，但是，現在我已經幫你掩飾了。請你回來吧！好嗎？」

掛斷了電話，他望著珮柔。

「珮柔，」他說：「妳戀愛過嗎？」

珮柔震動了一下。

「是的。」她說。

「正在進行式？還是過去式？」他問。

「正在進行式。」她答。

「那麼，妳一定懂了。」他說：「我們請得回爸爸的人，不見得請得回爸爸的心了。」

9

俊之回到了家裡。

同樣的，他有個神奇的、不眠的夜。散步到雨秋的家，走得那麼緩慢，談得那麼多，到雨秋家裡時，天色已經濛濛亮了。雨秋泡了兩杯好茶，在唱機上放了一疊唱片，他們喝著茶，聽著音樂，看著窗外曉色的來臨。當朝陽突破雲層，將綻未綻之際，天空是一片燦爛的彩色光芒，雨秋突然說，她要把這個黎明抓住。於是，她迅速在畫板上釘上畫紙，提起筆來畫一張水彩。這是他第一次看她作畫，他不知道她的速度那樣快，一筆筆鮮明的彩色重疊的堆上了畫紙，他只感到畫面的零亂，但是，片刻後，那些零亂都結合成一片神奇的美。當她畫完，他驚奇的說：

「我不知道妳畫畫有這樣的速度！」

「因為，黎明稍縱即逝，」她微笑著回答：「它不會停下來等你！」

他凝視她，那披散的長髮，襯衫，長褲，她瀟灑得像個孩子。席地而坐，她用手抱著膝，眼底有一抹溫柔而醉人的溫馨，她開始說：

「從小我愛畫，最小的時候，我把牆壁當畫紙，不知道挨了父母多少打。高中畢業，考進師大藝術系，如願以償，我是科班出身。但是，我的畫，並不見得多好，我常想抓住一個剎那，甚至，抓住一份感情，一支單純的畫筆，怎能抓住那麼多東西？但，我非抓住不可。這就是我的苦惱，創作的過程，並不完全是喜悅，往往，它竟是一種痛苦，這，是很難解釋的。」

「我瞭解。」他說。

她凝視他。

「我畫了很多畫，你知道嗎？俊之，你是第一個真正瞭解我的畫的人！當你對我說，我的畫是在畫思想，是在灰色中找明朗，在絕望中找希望，當時，我真想流淚。你應該再加一句，我還經常在麻木中去找感情！」

他緊緊的盯著她。

「找到了嗎？」他問。

「你明知道的。」她答：「那個黃昏，我走進『雲濤』，你出來迎接我，我對自己說：完了！他太世俗，他不會懂得妳的畫！當你對我那張浪花發呆的時候，當你眼睛裡亮著光彩的時候，我又對自己說：完了！他太敏銳，他會看穿妳的畫和妳的人。」她仰望他，把手指插進頭髮裡，微笑著。「俊之，碰到了你，是我們的幸運還是不幸？」

「怎麼講？」

「告訴你，我一生命運坎坷，我不知道是我不對勁，還是這個世界不對勁，小時候，父母說我是個小怪物，小瘋子，哥哥姊姊都不喜歡我。我是叛徒！長大了，我發現我和很多人之間都有距離——都有代溝，甚至和我的丈夫之間。我丈夫總對我說：別去追尋虛無縹緲的夢好不好？能吃得飽，穿得暖就不錯了！我卻偏不滿足於吃得飽，穿得暖的日子。於是，我離了婚，你瞧，我既不容於父母，又不容於兄姊，再不容於丈夫，我做人是徹徹底底的失敗了。但是，我不肯承認這份失敗，我仍然樂觀而積極，追尋，追尋，在絕望中找希望，結果，我遇到了你。」

他瞅著她。

「雨秋，」他說：「我知道妳所想的，妳怕妳抓住的只是一片無根的浮萍，妳怕我禁不起妳的考驗。妳找希望，真有了希望，妳卻害怕了，雨秋，人類沒有希望就不會有失望，是不是？妳不能斷定，這番相遇，到底會有怎樣的結果，是不？」

她默然片刻，然後，她笑了。

「你把我要講的話都講掉了，我還講什麼？」她問。

「妳已經講了太多的話，」他低語：「別再講了，雨秋，我只能對妳說一句：我要給妳一個希望，絕不給妳一個失望。」

她顫慄了一下，低下頭去。

「我就怕你講這句話。」她說。

「怎麼？」

她抬眼看他。

「答應我一件事。」

「什麼事？」

「你先答應我，我再告訴你。」

「不。」他搖頭。「妳先告訴我，我才能答應妳。」

「不行，你一定要先答應我！」她固執的說。

「妳不講理，如果妳要我做一件我做不到的事，我怎麼能答應妳？」

「你一定做得到的事！」

「妳不是在刁難我吧？」

「我是那種人嗎？」

「那麼，好吧，」他說：「我答應妳。」

她凝視他，眼光深沉。

「我見過子健，」她說：「他是個優秀的孩子，我沒見過珮柔，我猜她一定也是個可愛的女孩，我也沒見過你的妻子……」她頓了頓。「可是，我知道，你有一個幸福的家庭。最起碼，在外表上，在社會的觀點上，是相當幸福的。我只請求你一件事，不論在怎樣的情形下，你不要破壞了這份幸福，那麼，我就可以無拘無束的，沒有負擔的和你交朋友了。」

他緊盯著她。

「這篇話不像妳講出來的。」他說。

「因為我是一個叛徒？」她問：「不要以為我是一個叛徒，我就會希望我身邊每個人都成為叛徒！」

他注視著她，默然沉思。

「雨秋，事情並不像妳想像的那樣簡單。」

「我不和你辯論，」她很快的說：「你已經答應了我，請你不要違背你的諾言！」

「妳多矛盾，雨秋！」他說：「妳最恨的事情是虛偽，妳最欣賞的是真實，為了追求真實，妳不惜於和社會作戰，和妳父母親人作戰，而現在，妳卻要求我——不要去破壞一份早已成為虛偽的幸福？妳知不知道，為了維持這份虛偽，我還要付出更多的虛偽？因為我已經遇到了妳！我不能再變成以前的我，我不能……」

「俊之！」她輕聲的喚了一聲，打斷了他的話頭，她眼裡有份深切的摯情。「有你這幾句話，對我而言，已是稀世珍寶。我說了，我不辯論，我也不講道理。俊之，你一個人的虛偽，可以換得一家人的幸福，你就虛偽下去吧！人生，有的時候也需要犧牲的。」

「妳是真心話嗎？」他問：「雨秋，妳在試探我，是不是？妳要我犧牲什麼？犧牲真實？」

「是的，犧牲真實。」她說。

「雨秋，妳講這一篇話，是不是也在犧牲妳的真實？」他的語氣不再平和。「告訴我，妳對愛情的觀點到底是怎樣的？」

她瑟縮了一下。

「我不想談我的觀點！」

「妳要談！」

「我不談！」

他抓住她的手臂，眼睛緊盯著她，試著去看進她的靈魂深處。

「我以為，愛情是自私的，」他說：「愛情是不容第三者分享的！妳對我做了一個奇異的要求，要求我不對妳做完整的……」

電話鈴響了，打斷了俊之的話，雨秋拿起聽筒，是子健打來的，她把聽筒交給俊之，低語了一句：

「幸福在呼喚你！」

掛斷電話以後，他看著雨秋，雨秋也默默的看著他。他們的眼睛互訴著許許多多難言的言語。然後，雨秋忽然投進了他的懷裡，環抱著他的腰，她把面頰緊貼在他胸前，他垂下眼睛，望著那長髮披瀉的頭顱，心裡掠過一陣苦澀的酸楚，他撫摸那長髮，把自己的嘴唇緊貼在那黑髮上。

片刻，她離開他，抬起頭來，她眼裡又恢復了爽朗的笑意，打開大門，她灑脫的說：

「走吧！我不留你了！」

「我們的話還沒有談完，」他說：「我會再來繼續這篇談話。」

「沒意思，」她搖搖頭。「下次你來，我們談別的。」

她關上了大門，於是，他回到了「家」裡，回到了「幸福」裡。

婉琳在客廳裡阻住了他。

「俊之，」她的臉色難看極了，眼睛裡盛滿了責備和委屈。「你昨夜到哪裡去了？」

「在一個朋友家，」他勉強的回答：「聊了一夜的天，我累了，我要去躺一下。」

他的話無意的符合了子健的謊言，婉琳心裡的疙瘩消失了一大半，怒氣卻仍然沒有平息。

「為什麼不打電話回來說一聲？讓人家牽腸掛肚了一整夜，不知道你出了什麼事情？現在你是忙人了，要人了，應酬多，事情多，工作多，宴會多……你就去忙你的事情吧，這個家是你的旅館，高興回來就回來，不高興回來就不回來，連打個電話都不耐煩。其實，就算是旅館，也沒有這麼方便，出去也得和櫃檯打個招呼。你整天人影在什麼地方，我是知都不知道。有一天我死在家裡，我相信你也是知都不知道……」

俊之靠在沙發上，他帶著一種新奇的感覺，望著婉琳那兩片活躍的、蠕動的、不斷開闔著的嘴唇。然後，他把目光往上移，注視著她的鼻子、眼睛、眉毛、臉龐，和那燙得短短的頭髮。奇怪，一張你已經面對了二十幾年的臉，居然會如此陌生！好像你從來沒有見過，從來沒有認識過！他用手托著頭，開始仔細的研究這張臉孔，仔細的思索起來。

二十幾年前，婉琳是個長得相當漂亮的女人，白皙，纖柔，一對黑亮的眸子。在辦公廳裡當會計小姐，弄得整個辦公廳都轟動起來。她沒有什麼好家世，父親做點小生意，母親早已過世，她下面還有弟弟妹妹，她必須出來做事賺錢。他記得，她的會計程度糟透了，甚至弄不清楚什麼叫借方？什麼叫貸方？什麼叫借貸平衡？但是，她年輕，她漂亮，她愛笑，又有一排好整齊的白牙齒。全辦公廳的單身漢都自動幫她做事，他，也是其中的一個。

追求她並不很簡單，當時追求她的人起碼有一打。他追求她，與其說是愛，還不如說是好勝。尤其，杜峰當時說過一句話：

「婉琳根本不會嫁給你的！你又沒錢，又沒地位，又不是小白臉，你什麼條件都沒有！」

是嗎？他不服氣，他非追到婉琳不可。一下決心，他的攻勢就又猛又烈，他寫情書，訂約會，每天有新花樣，弄得婉琳頭昏腦脹，終於，他和婉琳結了婚。新婚時，他有份勝利的欣喜，卻沒有新婚的甜蜜。當時，他也曾問婉琳：

「婉琳，妳愛我嗎？」

「不愛怎麼會嫁你？」婉琳衝了他一句。

「愛我什麼地方？」他頗為興致纏綿。

「那——我怎麼知道？」她笑著說：「愛你的傻裡傻氣吧！」

他從不認為自己傻裡傻氣，被她這麼一說，他倒覺得自己真有點傻裡傻氣了。結婚，為什麼結婚？他都不知道。然後，孩子很快的來了，他辭去公務員的職位，投身於商業界，忙碌，忙碌，忙碌，每天忙碌。奔波，奔波，奔波，每天奔波。他再也沒問過婉琳愛不愛他，談情說愛，似乎不屬於夫婦，更不屬於中年人。婉琳是好太太，謹慎持家，事無鉅細，都親自動手。中年以後，她發了胖，朋友們說，富泰點兒，更顯得有福氣。他注視著她，白皙依然，卻太白了。眉目與當初都有些兒走樣，眼睛不再黑亮，總有股懶洋洋的味兒，眼皮浮腫，下巴鬆弛……不不，你不能因為一個女人，跟你過了二十幾年的日子，苦過、累過、勞碌過，生兒育女過，然後，從少女走入了中年，不復昔日的美麗，你因此就不再愛她了！他甩甩頭，覺得自己的思想又卑鄙又可恥。但是，到底，自己曾經愛過她哪一點？到底，他們在思想上，興趣上，什麼時候溝通過？他凝視著她，困惑了，出神了。

「喂喂，」婉琳大聲叫著：「我和你講了半天話，你聽進去了沒有？你說，我們是去還是不去？」

他驚醒過來，瞪著她。

「什麼去還是不去？」他愕然的問。

「哎呀！」婉琳氣得直翻眼睛。「原來我講了半天，你一個字都沒聽進去？你在想些什麼？」

「我在想……」他吶吶的說：「婉琳，妳跟了我這麼些年，二十幾？二十三年的夫妻了，妳有沒有想過，妳到底愛不愛我？」

「啊呀！」婉琳張大了眼睛，失聲的叫，然後，她走過來，用手摸摸俊之的額角。「沒發燒呀，」她自言自語的說：「怎麼說些沒頭沒腦的話呢！」

「婉琳，」俊之忍耐的，繼續的說：「我很少和妳談話，妳平常一定很寂寞。」

「怎麼的呀！」婉琳扭捏起來了。「我並沒有怪你不和我談話呀！老夫老妻了，還有什麼好談呢？寂寞？家裡事也夠忙的，有什麼寂寞呢？我不過喜歡嘴裡叫叫罷了，我知道你和孩子們都各忙各的，我叫叫，也只是叫叫而已，沒什麼意思的。你這樣當件正經事似的來問我，別讓孩子們聽了笑話吧！」

「婉琳，」他奇怪的望著她，越來越不解，這就是和他共同生活了二十三年的女人嗎？「妳真的不覺得，婚姻生活裡，包括彼此的瞭解和永不停止的愛情嗎？妳有沒有想過，我需要些什麼？」

婉琳手足失措了。她看出俊之面色的鄭重。

「你需要的，我不是每天都給你準備得好好的嗎？早上你愛吃豆漿，我總叫張媽去給你買，你喜歡燒餅油條，我也常常叫張媽買，只是這些日子我不大包餃子給你吃，因為你總不在家吃飯……」

「婉琳！」俊之打斷了她。「我指的不是這些！」

「你……你還需要什麼？」婉琳有些囁嚅：「其實，你要什麼，你交代一聲不就行了？我總會叫張媽去買的！要不然，我就自己去給你辦！」

「不是買得來的東西，婉琳。」他蹙緊了眉頭。「妳有沒有想過心靈上的問題？」

「心靈？」婉琳的眼睛瞪得更大了，微張著嘴，她看來又笨拙又癡呆。「心靈怎麼了？」她困惑的問：「我在電視上看過討論心靈的節目，像奇幻人間啦，我……我知道，心靈是很奇妙的事情。」

俊之注視了婉琳很長很長的一段時間，閉著嘴，他只是深深的、深深的看著她。心裡逐漸湧起一陣難言的、銘心刻骨般的哀傷。這哀傷對他像一陣浪潮般淹過來，淹過來，淹過來……他覺得快被這股浪潮所吞噬了。他眼前模糊了，一個女人，一個和他共同生活了二十三年的女人！二十三年來，他們同衾共枕，他們製造生命，他們生活在一個屋頂底下。但是，他們卻是世界上最陌生的兩個人！代溝！雨秋常用代溝兩個字來形容人與人間的距離。天，他和婉琳，不是代溝，溝還可以跳過去，再寬的溝也可搭座橋樑，他和婉琳之間，卻有一個汪洋大海啊！

「俊之，俊之，」婉琳喊：「你怎麼臉色發青？眼睛發直？你準是中了暑，所以淨說些莫名其妙的話，臺灣這個天氣，說熱就熱，我去把臥室裡冷氣開開，你去躺一躺吧！」

「用不著，我很好，」俊之搖搖頭，站起身來。「我不想睡了，我要去書房辦點事。」

「你不是一夜沒睡嗎？」婉琳追著問。

「我可以在沙發上躺躺。」

「你真的沒有不舒服嗎？」婉琳擔憂的說：「要不要我叫張媽去買點八卦丹？」

「不用，什麼都不用！」他走到客廳門口，忽然，他又回過頭來。「還有一句話，婉琳，」他說：「當初妳為什麼在那麼多追求者中，選擇了我？」

「哎呀！」婉琳笑著。「你今天怎麼盡翻老帳呢？」

「妳說說看！」他追問著。

「說出來你又要笑。」婉琳笑起來，眼睛瞇成了一條縫。「我拿你的八字去算過，根據紫微斗數，你命中注定，一定會大發，你瞧，算命的沒錯吧，當初的那一群人裡，就是你混得最好，虧得沒有選別人！」

「哦！」他拉長聲音哦了一句。然後，轉過身子，他走了。走出客廳，他走進了自己的書房裡，關上房門，他默默的在書桌前坐了下來。

他坐著，一直坐著，沉思著，一直沉思著。然後，他抬起頭來，看著對面牆上，掛著的那張「浪花」，雨秋的浪花，用手托著下巴，他對那張畫出神的凝視著。半晌，他走到酒櫃邊，倒了一杯酒，折回到書桌前面，啜著酒，他繼續他的沉思。終於，他拿起電話聽筒，撥了雨秋的號碼。

雨秋接電話的聲音，帶著濃重的睡意。

「喂？哪一位？」

「雨秋，」他說：「我必須打這個電話給妳，因為我要告訴妳，妳錯了。」

「俊之，」雨秋有點愕然。「你到現在還沒睡覺嗎？」

「睡覺是小問題，我要告訴妳，妳完全錯了。」他清晰的、穩重的、一字一字的說：「讓我告訴妳，在我以往的生命裡，從來沒有獲得過幸福，所以，我如何去破壞幸福？如何破壞一件根本不存在的東西？」

「俊之！」她低聲喊：「你這樣說，豈不殘忍？」

「是殘忍，」他說：「我現在才知道，我一直生活在這份殘忍裡。再有，我不準備再付出任何的虛偽，我必須面對我的真實，妳——」他加強了語氣。「也是！」

「俊之。」她低語：「你醒醒吧！」

「我是醒了，睡了這麼多年，我好不容易才醒了！雨秋，讓我們一起來面對真實吧！妳不是個弱者，別讓我做一個懦夫！行嗎？」

雨秋默默不語。

「雨秋！」他喊：「妳在聽嗎？」

「是的。」雨秋微微帶點兒哽塞。「你不應該被我所傳染，你不應該捲進我的浪花裡，你不應該做一個叛徒！」

「我早已捲進了妳的浪花裡。」他說：「從第一次見到那張畫開始。雨秋，我早已捲進去了。」他抬眼，望著牆上的畫。「而且，我永不逃避，永不虛偽，永不出賣真實！雨秋，」他低語：「妳說，幸福在呼喚我，我聽到幸福的聲音，卻來自妳處！」說完，他立即掛斷了電話。

佇立片刻，他對那張「浪花」緩緩的舉了舉杯，說了聲：

「乾杯吧！」

他一口氣喝乾了自己的杯子。

10

一連兩個星期左右的期終考，忙得珮柔和子健都暈頭轉向，教授們就不肯聯合起來，把科目集中在兩、三天之內考完，有的要提前考，有的要延後考，有的教授，又喜歡弄一篇論文或報告來代替考試，結果學生要花加倍的時間和精力去準備。但是，無論如何，總算是放暑假了。

早上，珮柔已經計畫好了，今天無論如何要去找江葦，為了考試，差不多有一個星期沒看到他了。江葦，他一定又在那兒暴跳如雷，亂發脾氣。奇怪，她平常也是心高氣傲的，不肯受一點兒委屈，不能忍耐一句重話，只是對於江葦，她卻一點辦法也沒有。他的倔強，他的孤高，他的壞脾氣，他的任性，他的命令的語氣……對她都是可愛的，都具有強大的吸引力的，她沒辦法，別的男性在她面前已如糞土，江葦，卻是一座永遠屹立不倒的山峰。

下樓吃早餐的時候，早餐桌上既沒有父親，也沒有子健，只有母親一個人孤零零的坐在那兒發愣。一份還沒打開的報紙，平放在餐桌上，張媽精心準備的小菜點心，和那特意為父親買的豆漿油條，都在桌上原封未動。珮柔知道，子健近來正和秦雨秋的那個外甥女兒打得火熱，剛放暑假，他當然不肯待在家裡。父親呢？她心裡低嘆了一聲，秦雨秋，秦雨秋，妳如果真像外傳的那樣灑脫不羈，像妳的畫表現的那麼有思想和深度，妳就該鼓勵那個丈夫，回到家庭裡來呵！

一時間，她對母親那孤獨的影子，感到一份強烈的同情和歉意，由於這份同情和歉意，使她把平日對母親所有的那種反感及無奈，都趕到九霄雲外去了。媽媽，總之是媽媽，她雖然嘮叨一點，雖然不能瞭解妳，雖然心胸狹窄一些，但她總是媽媽！一個為家庭付出了全部精力與心思的女人！珮柔輕蹙了一下眉，奇怪，她對母親的尊敬少，卻對她的憐憫多。她甚至常常懷疑，像母親這種個性，怎會有她這樣的女兒？

「媽！」珮柔喊了一聲，由於那份同情和憐憫，她的聲音就充滿了愛與溫柔。「都一早就出去了嗎？」她故作輕快的說：「爸爸最近的工作忙得要命，『雲濤』的生意實在太好。哥哥忙著談戀愛，我來陪妳吃飯吧！」

婉琳抬眼看了女兒一眼。眼神裡沒有慈祥，沒有溫柔，卻充滿了批判和不滿。

「妳！」她沒好氣的說：「妳人在這兒，心還不是在外面，穿得這麼漂亮，妳不急著出門才怪呢！妳為什麼把裙子穿得這麼短？現在的女孩子，連羞恥心都沒有了，難道要靠大腿來吸引男人嗎?我們這種家庭……」

「媽媽!」珮柔愕然的說:「妳在說些什麼呀?我的裙子並不短,現在迷你裙是流行,我比一般女孩子都穿得長了,妳到西門町去看看就知道了。」

「我就看不慣妳們露著大腿的那副騷樣子!怪不得徐中豪不來了呢,大概就被妳這種大膽作風給嚇跑了?」

「媽!」珮柔皺緊了眉頭。「請妳不要再提徐中豪好不好?我跟妳講過幾百遍了,我不喜歡那個徐中豪,從他的頭髮到他的腳尖,從他的思想到他的談吐,我完全不喜歡!」

「人家的家世多好,父親是橡膠公司的董事長……」

「我不會嫁給他的家世!也不能嫁給他的橡膠對不對?」珮柔開始冒火了,聲音就不自禁的提高了起來:「我不喜歡徐中豪,妳懂嗎?」

「那麼,妳幹嘛和人家玩呢?」

「哦,」珮柔張大了眼睛。「只要和我玩過的男孩子,我就該嫁給他是不是?那麼,我頭一個該嫁給哥哥!」

「妳在胡說八道些什麼怪話呀!」婉琳氣得臉發青。

「因為妳從頭到尾在說些莫名其妙的怪話,」珮柔瞪著眼睛。幾分鐘前,對母親所有的那份同情與憐憫,都在一剎那間消失無蹤。「所以,我只好和妳說怪話!好了,妳弄得我一點胃口也沒有了，早飯也不吃了，讓妳一個人吃吧！」抓起桌上的報紙，她往客廳跑去。

「妳跑！妳跑！妳跑！」婉琳追在後面嚷：「妳等不及的想跑出去追男孩子！」

「媽！」珮柔站定了，她的眉毛眼睛都直了，憤怒的感覺像一把燎原的大火，從她胸腔裡迅速的往外冒。「是的，」她點點頭，打鼻孔裡重重的出著氣。「我要出去追男孩子，怎麼樣？」

「啊呀！」婉琳嚷著，下巴上的雙下巴哆嗦著，她眼裡浮起了淚光。「這是妳說的呢！這是妳說的！瞧瞧，我到底是妳媽，妳居然用這種態度對我，就算我是個老媽子，就算是對張媽，你們都客客氣氣的。但是，對我，丈夫也好，兒子也好，女兒也好，都可以對我大吼大叫，我……我……我在這家庭裡，還有什麼地位？」她抽出小手帕，開始嗚嗚咽咽的哭泣起來。

珮柔的心軟了，無可奈何了，心灰氣喪了，她走過去，把手溫柔的放在母親肩上，長嘆了一聲。

「媽媽，妳別難過。」她勉強的說：「我叫張媽準備一桌菜，妳去約張媽媽、杜媽媽她們來家裡，打一桌麻將散散心吧，不要整天關在家裡亂操心了。」

「這麼說……」婉琳囁嚅著：「妳還是要出去。」

「對不起，媽，」她歉然的說：「我非出去不可。」

就是這樣，非出去不可！一清早，俊之說他非出去不可，然後，子健說他非出去不可，現在，輪到珮柔非出去不可。唯一能夠不出去的，只有她自己。婉琳蕭索的跌坐在沙發裡，呆了。珮柔站在那兒，一時間，有些不知該如何是好，馬上出去，於心不忍，留在這兒，等於是受苦刑。正在這尷尬當兒，張媽走進來說：

「小姐，有位先生找妳！」

準是徐中豪，考最後一節課的時候，他就對她說了，一放假就要來找她。她沒好氣的說：

「張媽，告訴他我不在家！」

「太遲了！」一個聲音靜靜的接了口：「人已經進來了！」

珮柔的心臟一下子跳到了喉嚨口，她對門口看過去，深吸了一口氣，江葦！他正站在門口，挺立於夏日的陽光之中。他穿著件短袖的藍色襯衫，一條牛仔褲，這已經是他最整齊的打扮。他的濃髮仍然是亂蓬蓬的垂在額前，一股桀驁不馴的樣子。他那被太陽曬成古銅色的皮膚，在陽光下發亮，他額上有著汗珠，嘴角緊閉著，眼光是陰鬱的、熱烈的、緊緊的盯著她。珮柔喘口氣，喊了一聲：

「江葦！」

衝到門前，她打開玻璃門，急促而有些緊張的說：

「你……你怎麼來了？進……進來吧！江葦，你——見見我媽媽。」

江葦跨進了客廳，撲面而來的冷氣，使他不自禁的聳了聳肩。珮柔相當的心慌意亂，實在沒料到，他真會闖了來，更沒料到，是這個時間，他應該在修車廠工作的，顯然，他請假了。他就是這樣子，他要做什麼就做什麼，妳根本料不到，他就是這樣子，我行我素而又不管後果。她轉頭看著母親，由於太意外，太突然，又太緊張，她的臉色顯得相當蒼白。

「媽，」她有些困難的說：「這是江葦，我的朋友。」她回頭很快的掃了江葦一眼。「江葦，這是我媽。」

婉琳張大了眼睛，瞪視著這個江葦，那濃眉，那亂髮，那陰鬱的眼神，那高大結實的身材，那褐色的皮膚，那毫不正式的服裝，以及那股撲面而來的、刺鼻的「江葦」味！天哪，這是個野人！珮柔從什麼地方，去認識了這樣的野人呀！她呆住了。

江葦向前跨了一步，既然來了，他早就準備面對現實。他早已想突破這「侯門」深深深幾許的感覺，他是珮柔的男朋友，他必須面對她的家庭，他倒要看看，珮柔的父母，是怎樣三頭六臂的人物？為什麼珮柔遲遲不肯讓他露面？他盯著婉琳，那胖胖的臉龐，胖胖的身材，細挑眉，白皮膚，年輕時一定很漂亮。只是，那眼光，如此怪異，如此驚恐，她沒見過像自己這種人嗎？她以為自己是來自太空的怪物嗎？無論如何，她是珮柔的母親！於是，他彎了彎腰，很恭敬的說了一聲：

「伯母，您好。」

婉琳慌亂的點了點頭，立刻把眼光調到珮柔身上。

「珮柔，妳──妳──」她結舌的說：「妳這朋友，家住在哪兒呀？」

「我住在和平東路。」江葦立刻說，自動在沙發上坐了下來。「租來的房子，一小間，木板搭的，大概只有這客廳三分之一大。」他笑笑，露了露牙齒，頗帶嘲弄性的。「反正單身漢，已經很舒服了。」

婉琳聽得迷迷糊糊，心裡只覺得一百二十個不對勁。她又轉向珮柔。

「珮柔，妳──妳這朋友在哪兒讀書呀？」

「沒讀書，」江葦又接了口：「伯母，您有什麼話，可以直接問我。」

「哦！」婉琳的眼睛張得更大了，這男孩子怎麼如此放肆呢？他身上頗有股危險的、讓人害怕的、令人緊張的東西。她忽然腦中一閃，想起珮柔說過的話，她要交一個逃犯！天哪！這可能真是個逃犯呢！說不定是什麼殺人犯呢！她上上下下的看他，越看越像，心裡就越來越嘀咕。

「我沒有讀書，」江葦繼續說，盡量想坦白自己。「讀到高中就沒有讀了，服過兵役以後，我一直在做事。我父母早就去世了，一個人在社會上混，總要有一技謀身，所以，我學會了修汽車。從學徒幹起，這些年，我一直在修車廠工作，假若您聞到汽油味的話，」他笑笑。「準是我身上的！我常說，汽油和我的血液都融在一起了，洗都洗不掉。」

「修……修……修車廠？」婉琳驚愕得話都說不清楚了。「你……你的意思是說，你——你是個學機械的？你是工程師？」

「工程師？」江葦爽朗的大笑。「伯母，我沒那麼好的資歷，我也沒正式學過機械，我說過了，我只念過高中，大學都沒進過，怎能當工程師？我只是一個技工而已。」

「技……技工是……是什麼東西？」婉琳問。

「媽！」珮柔急了，她向前跨了一步，急急的解釋：「江葦在修車廠當技師，那只是他工作的一部分，主要的，他是個作家，媽，妳看過江葦的名字嗎？常常在報上出現的，長江的江，蘆葦的葦。」

「珮柔！」江葦的語氣變了，他嚴厲的說：「不要幫我掩飾，也不要讓妳母親有錯誤的觀念。我最恨的事情就是虛偽和欺騙！」

「江葦！」珮柔苦惱的喊了一聲。江葦！你！你這個直腸子的、倔強的渾球！你根本不知道我母親是怎樣的人？你不知道她有多現實，多虛偽！你一定要自取其辱嗎？她望著江葦，後者也正瞪視著她。於是，她在江葦眼睛裡，臉龐上，讀出了一份最強烈的，最坦率的「真實」！這也就是他最初打動她的地方，不要虛偽，不要假面具，不要欺騙！「人生是奮鬥，是掙扎，奮鬥與掙扎難道是可恥的嗎？」江葦的眼睛在對她說話，她迅速的回過頭來了，面對著母親。

「媽，讓我坦白告訴妳吧！江葦是我的男朋友！」

「哦，哦，哦。」婉琳張著嘴，瞪視著珮柔。

「江葦在修車廠做工，」珮柔繼續說，口齒清楚，她決定把一切都坦白出來。「如果妳不知道技工是什麼東西，我可以解釋給妳聽，就是修理汽車的工人。爸爸車子出了毛病，每次就由技工來修理，這，妳懂了吧！江葦和一般幸福的年輕人不同，他幼失父母，必須自食其力，他靠當技工來維持生活，但他喜歡寫作，所以，他也寫作。」

技工？工人？修車的工人？婉琳的嘴越張越大，眼睛也越瞪越大。工人？她的女兒和一個工人交朋友？這比和逃犯交朋友還要可怕！逃犯不見得出身貧賤，這江葦卻出身貧賤！哦哦，她不反對貧賤的人交朋友，卻不能和珮柔交朋友！那是恥辱！

「伯母，您不要驚奇，」那個「江葦」開了口：「我之所以來您家拜訪，是因為我和珮柔相愛了，我覺得，這不是一件應該瞞您的事情……」

「相愛？」婉琳終於尖叫了起來，她轉向珮柔，尖聲的喊了一句：「珮柔？」

珮柔靜靜的望著母親。

「是真的，媽媽。」她低語。

哦，哦！上帝！老天！如來佛！耶穌基督！觀世音救苦救難活菩薩！婉琳心裡一陣亂喊，就差喇嘛教和回教的神祇，因為她不知道該怎樣喊。然後，她跳起來，滿屋子亂轉，想想看，想想看，這事該怎麼辦？要命！偏偏俊之又不在家！她站定了，望著那「工人」，江葦也正奇怪的看著她，她在幹什麼？滿屋子轉得像個風車？

婉琳咬咬牙，心裡有了主意，她轉頭對珮柔說：

「珮柔，妳到樓上去！我要和妳的男朋友單獨談談！」

珮柔用一對充滿戒意的眸子望著母親，搖了搖頭。

「不！」她堅定的說：「我不走開！妳有什麼話，當我的面談！」

「珮柔！」婉琳皺緊眉頭。「我要妳上樓去！」

「我不！」珮柔固執的說。

「珮柔，」江葦開了口，他的眼光溫柔而熱烈的落在她臉上，他的眼裡有著堅定的信念，固執的深情，和溫和的鼓勵。「妳上樓去吧，我也願意和妳母親單獨談談！」

珮柔擔憂的看著他，輕輕的叫了一聲：

「江葦！」

「妳放心，珮柔，」江葦說：「我會心平氣和的。」

珮柔再看了母親一眼，又看看江葦，她點點頭，低聲的說了一句：

「你們談完了就叫我！」

「談完了當然會叫妳的！」婉琳說，她已平靜下來，而且胸有成竹了。珮柔看到母親的臉色已和緩了，心裡就略略的放了點心。反正，江葦會應付！她想。反正，事已臨頭，她只好任它發展。反正，全世界的力量，也阻止不了她愛江葦！

談吧！讓他們談吧！她轉身走出了客廳。

確定珮柔已經走開了，婉琳開了口：

「江先生，你抽菸嗎？」她遞上菸盒。

「哦，我自己有。」江葦慌忙說，怎麼，她忽然變得這樣客氣？他掏出香菸，燃上了一支，望著婉琳。「伯母，您叫我名字吧，江葦。」

婉琳笑了笑，顯得有些莫測高深起來。她自己心裡，第一次發覺到自己的重要性——她要保護珮柔！她那嬌滴滴的，只會做夢，不知人心險惡的小女兒！

「江先生，你怎麼認識珮柔的？」她溫和的問。

「哦！」江葦高興了起來，談珮柔，是他最高興的事，每一件回憶都是甜蜜的，每一個片段都是醉人的。「是這樣，我的一個朋友是珮柔的同學，有一次，他們開舞會，把我也拖去了，那已經是去年秋天的事了。珮柔知道我是江葦，她湊巧剛在報上看過我一篇小說，我們就聊起來了，越聊越投機，後來，就成了好朋友。」

「珮柔的那個同學當然對珮柔的家庭很清楚了？」她問。

「當然。」江葦不解的看著她。「珮柔的父親，是『雲濤』的創辦者，這是大家都知道的事。」

果然，不出所料！婉琳立即垮下臉來。

「好了，江先生，」她冷冰冰的說：「你可以把來意說說清楚了！」

「來意？」江葦蹙緊眉頭。「伯母，您是什麼意思？我的來意非常單純，我愛珮柔，我不願意和她偷偷摸摸的相戀，我願意正大光明的交往，您是珮柔的母親，我就應該來拜訪您！」

「哼！」婉琳冷笑了。「如果珮柔的父親，不是『雲濤』的老闆，你也會追求珮柔嗎？」

江葦驚跳了起來，勃然變色。

「伯母，您是什麼意思？」他瞪大眼睛問，一股惡狠狠的樣子。

婉琳害怕了，這「工人」相當凶狠呢，看樣子不簡單，還是把問題快快的解決了好。

「江先生，」她很快的說：「我們就打開窗子說亮話吧，你在珮柔身上也下了不少工夫，你需要錢用，一切我都心裡有數，你就開個價錢吧！」

江葦的眼睛瞪得那麼大，那眼珠幾乎從眼眶裡跳了出來，他的呼吸急促而沉重，那寬闊的胸腔在劇烈的起伏著，他的臉色在一剎那間變得鐵青。濃眉直豎，樣子十分猙獰。他的身子俯近了婉琳，他一個字一個字的說：

「我不要妳的臭錢，我要的是珮柔！妳少用小人之心度君子之腹，妳以為我是什麼人？來敲詐妳的！妳昏了頭了！妳別逼我罵出粗話來！」

「哎喲！」婉琳慌忙跳開。「有話好好說，你可別動粗！要錢，我們好商量。我們這種家庭，是經不得出醜的，你心裡也有數，如果你想娶珮柔，你的野心就太大了，她再無知，也不會嫁給一個工人，我和她父親，也不會允許家裡出這種醜，丟這種人！我們總還要在這社會裡混下去呀！你別引誘珮柔了，她還是個小孩子呢！她也不會真心愛你的，她平日交往的，都是上流社會的大家子弟，她不過和你玩玩而已。你真和她出雙入對，你叫她怎麼做人？她的朋友、父母、親戚都會看不起她了！你說吧！多少錢你肯放手，我們付錢！你開價錢出來吧，只要不是獅子大開口，我們一定付，好不好？」

江葦怔了，婉琳這篇話，像是無數的鞭子，對他的自尊沒頭沒腦的亂抽過來，他怔了幾秒鐘，接著，他拋下菸蒂，一拍桌子，他大叫：

「去你們的上流社會！滾你們的上流社會！你們是一群麻木不仁的偽君子！你們懂得感情嗎？懂得人心嗎？懂得愛嗎？多少錢？多少錢可以出賣愛情？哈哈！可笑！妳的女兒是上流社會的大家閨秀，我這個下等流氓不配惹她，是不是？好，我走！我再不惹妳的女兒！妳去給她配一個上流社會的大家子弟，看看她是不是能獲得真正的幸福！」他往門口衝去，回過頭來，他又狂叫了一句：「省省妳的臭錢吧！我真倒了楣，走進這樣一幢房子裡來，我洗上三天三夜，也洗不乾淨我被妳弄髒了的靈魂！」

他衝出玻璃門，像閃電一般，他迅速的跑過院子，砰然一聲闔上大門，像一陣狂飆般，捲得無影無蹤了。

婉琳愣在那兒了，嚇得直發抖，嘴裡喃喃的說：

「瘋子，瘋子，根本是個瘋子！」

珮柔聽到了吼叫聲，她衝進客廳裡來了，看不到江葦，她就發狂般的喊了起來：

「江葦！江葦！江葦！」衝出院子，她直衝向大門，不住口的狂喊：「江葦！江葦！江葦！」

婉琳追到門口來，也叫著：

「珮柔！珮柔！妳回來，妳別喊了，他已經走掉了！他像個瘋子一樣跑掉了！」

珮柔折回到母親面前，她滿面淚痕，狂野的叫：

「媽媽！妳對他說了些什麼？告訴我，妳對他說了些什麼？」

「他是瘋子，」婉琳餘悸未消，仍然哆嗦著。「根本是個瘋子，幸好給媽把他趕走了！珮柔，妳千萬不能惹這種瘋子……」

「媽媽！」珮柔狂喊：「妳對他說了些什麼？告訴我！妳對他說了些什麼？」

珮柔那淚痕遍布的面龐，那撕裂般的聲音，那發瘋般的焦灼，把婉琳又給嚇住了，她吶吶的說：

「也沒說什麼，我只想給妳解決問題，我也沒虧待他呀，我說給他錢，隨他開價，這……這……這還能怎樣？珮柔，妳總不至於傻得和這種下等人認真吧？」

珮柔覺得眼前一陣發黑，頓時天旋地轉，她用手扶著沙發，臉色慘白，淚水像崩潰的河堤般奔瀉下來，她閉上眼睛，喘息著，低低的，咬牙切齒的說：

「媽媽，妳怎麼可以這樣傷害他？這樣侮辱他？媽媽，我恨妳！我恨妳！我恨妳！」張開眼睛來，她又狂叫了一句：「我恨妳！」

喊完，她像個負傷的野獸般，對門外衝了出去。婉琳嚇傻了，她追在後面叫：

「珮柔！珮柔！妳到哪裡去？」

「我走了！」珮柔邊哭邊喊邊跑。「我再也不回來了！我恨這個家，我寧願我是個孤兒！」

她衝出大門，不見人影了。

婉琳尖叫起來：

「張媽！張媽！追她去！追她去！」

張媽追到門口，回過頭來。

「太太，小姐已經看不到影子了！」

「哦！」婉琳跌坐在沙發中，蒙頭大哭。「我做了些什麼？我還不是都為了她好！哎喲，我怎麼這樣苦命呀！怎麼生了這樣的女兒呀！」

「太太，」張媽焦灼的在圍裙裡擦著手，她在這個家庭中已待了十幾年了，幾乎是把珮柔帶大的。「妳先別哭吧！打電話給先生，把小姐追回來要緊！」

「讓她去死去！」婉琳哭著叫：「讓她去死！」

「太太，」張媽說：「小姐個性強，她是真的可能不再回來了。」

婉琳愣然了，忘了哭泣，張大了嘴，嚇愣在那兒了。

11

晚上，江葦踏著疲倦的步子，半醉的，蹣跚的，東倒西歪的走進了自己的小屋。一整天，他不知道自己是怎樣度過的，依稀彷彿，他曾遊蕩過，大街小巷，他盲目的走了又走，幾乎走了一整天。腦子裡，只是不斷的迴蕩著婉琳對他說過的話：

「……你別引誘珮柔了，她還是個小孩子呢！她也不會真心愛你的，她平日交往的，都是上流社會的大家子弟，她不過和你玩玩而已。你真和她出雙入對，你叫她怎麼做人？她的朋友、父母、親戚都會看不起她了！你說吧，多少錢你肯放手？……」

「……如果你想娶珮柔，你的野心就太大了。她再無知，也不會嫁給一個工人！……我們家裡，不允許出這種醜，丟這種人……」

他知道了，這就是珮柔的家庭，所以，珮柔不願他在她家庭中露面，她也認為這是一種「恥辱」！和她的母親一樣，她也有那種根深柢固，對於他出身貧賤的鄙視！所以，他只能做她的地下情人！所以，她不願和他出入公開場合！不願帶他走入她的社交圈。所以，她總要掩飾他是一個工人的事實，「作家」，「作家」，「作家」！她要在她母親面前稱他為「作家」！「作家」就比「工人」高貴了？一個出賣勞力與技術，一個出賣文字與思想，在天平上不是相當的嗎？偽君子，偽君子，都是一群偽君子！包括珮柔在內。

他是生氣了，憤怒了，受傷了。短短的一段拜訪，他已經覺得自己被凌遲了，被宰割了。當他在大街小巷中無目的的行走與狂奔時，他腦子裡就如萬馬奔騰般掠過許多思想，許多回憶。童年的坎坷，命運的折磨，貧困的壓迫……不能倒下去，不能倒下去，不能倒下去！要站起來，要奮鬥，要努力，要力爭上游！他念書，他工作，他付出比任何一些年輕人更多的掙扎，遭遇過無數的打擊。他畢竟沒有倒下去。但是，為什麼要遇到珮柔？為什麼偏偏遇到珮柔？她說對了，他應該找一個和他一樣經過風浪和打擊的女孩，那麼，這女孩最起碼不會以他為恥辱，最起碼不會鄙視他，傷害他！

人類最不能受傷害的是感情和自尊，人類最脆弱的地方也是感情與自尊。江葦，他被擊倒了，生平第一次，他被擊倒了。或者，由於經過了太多的折磨，他的驕傲就比一般人更強烈，他驕傲自己沒被命運所打倒，他驕傲自己沒有墮落，沒有毀滅，他驕傲自己站得穩，站得直。可是，現在，他還有什麼驕傲？他以為他得到了一個瞭解他、欣賞他、愛他的女孩子，他把全心靈的熱情都傾注在這女孩的身上。可是，她帶給了他什麼？一星期不露面，一星期刻骨的相思，她可曾重視過？他必須闖上去，必須找到她——然後，他找到了一份世界上最最殘忍的現實，江葦，江葦，你不是風浪裡挺立的巨石，你只是一棵被踐踏的、卑微的小草，你配不上那朵暖室裡培育著的、高貴的花朵，江葦，江葦，你醒醒吧！睜開眼睛來，認清楚你自己，認清楚這個世界！

他充滿了仇恨，他恨這世界，他恨那個高貴的家庭，他恨珮柔父母，他也恨珮柔！他更恨他自己！他全恨，恨不得把地球打碎，恨不得殺人放火。但是，他沒有打碎地球，也沒有殺人放火，只是走進一家小飯店，把自己灌得半醉。

現在，他回到了「家裡」，回到了他的「小木屋」裡。

一進門，他就怔住了。珮柔正坐在他的書桌前面，頭伏在書桌上，一動也不動。猛然間，他的心狂跳起來，一個念頭像閃電般從他腦海裡掠過：她自殺了！他撲過去，酒醒了一大半，抓住珮柔的肩膀，他瘋狂的搖撼她，一疊連聲的喊著：

「珮柔！珮柔！珮柔！」

珮柔一動，睜開眼睛來。天！她沒事，她只是太疲倦而睡著了。江葦鬆出一口長氣來，一旦擔憂消失，他的怒火和仇恨就又抬頭了，他瞪著她：

「妳來幹什麼？妳不怕我這簡陋的房子玷汙了妳高貴的身子嗎？妳不怕我這個下等人影響了妳上流社會的清高嗎？妳來幹什麼？」

珮柔軟弱的，精神恍惚的望著他。她已經在這間小房子裡等了他一整天，她哭過，擔憂過，顫慄過，祈禱過……一整天，她沒有吃一口東西，沒有喝一口水，只是瘋狂般的等待，等待，等待！等待得要發狂，等待得要發瘋，等待得要死去！她滿屋子兜圈子，她在心中反覆呼喚著他的名字，她咬自己的手指、嘴唇，在稿紙上塗寫著亂七八糟的句子。最後，她太累了，太弱了，伏在桌子上，她不知不覺的睡著了。

終於，他回來了！終於，她見到他了！可是，他在說些什麼？她聽著那些句子，一時間，捉不住句子的意義，她只是恍恍惚惚的看著他。然後，她回過味來，她懂了，他在罵她，他在指責她！他在諷刺她！

「江葦，」她掙扎著，費力的和自己的軟弱及眼淚作戰。「請你不要生氣，不要把對媽媽的怒氣遷怒到我身上！我來了，等了你一整天，我已經放棄了我的家庭……」

「誰叫妳來的？」江葦憤怒的嚷，完全失去了理智，完全口不擇言：「誰請妳來的？妳高貴，妳上流，妳是千金之軀，妳為什麼跑到一個單身男人的房間裡來？尤其，是一個下等人的房裡？為什麼？妳難道不知羞恥嗎？妳難道不顧身分嗎？」

珮柔呆了，昏了，震驚而顫慄了。她瞪視著江葦，那惡狠狠的眼睛，那凶暴的神情，那殘忍的語句，那撲鼻而來的酒氣……這是江葦嗎？這是她刻骨銘心般愛著的江葦嗎？這是她拋棄家庭，背叛父母，追到這兒來投奔的男人嗎？她的嘴唇抖顫著，站起身來，她軟弱的扶著椅子。

「江葦！」她重重的抽著氣。「你不要欺侮人，你不要這樣沒良心……」

「良心？」江葦對她大吼了一句：「良心是什麼東西！良心值多少錢一斤？我沒良心，妳有良心！妳拿我當玩具，當妳的消遣品？妳有的是高貴的男朋友，我只是妳生活上的調劑品！妳看不起我，妳認為我卑賤，見不得人，只能藏在妳生活的陰影裡……」

「江葦！」她喘著氣，淚水終於奪眶而出，沿著面頰奔流。「我什麼時候看不起你？我什麼時候認為你卑賤，見不得人？我什麼時候把你當消遣品？如果我除了你還有別的男朋友，讓我不得好死！」

「用不著發誓，」他冷酷的搖頭。「用不著發誓！高貴的小姐，妳來錯地方了，妳走錯房間了！妳離開吧，回到妳那豪華的、上流的家庭裡去！去找一個配得上妳的大家子弟！去吧！馬上去！」

珮柔驚愕的凝視著他，又急，又氣，又悲，又怒，又傷心，又絕望……她的手握緊了椅背，椅子上有一根突出的釘子，她不管，她抓緊那釘子，讓它深陷進她的肌肉裡，血慢慢的沁了出來，那疼痛的感覺一直刺進她內心深處，她的江葦！她的江葦只是個血淋淋的劊子手！只為了在母親那兒受了氣，他就不惜把她剁成碎片！她終於大聲的叫了出來：

「江葦！我認得你了！我認得你了！我總算認得你了！你這個人面獸心的混蛋！你這個

忘恩負義的禽獸！你這個卑鄙下流的……」

「啪！」的一聲，江葦重重的抽了她一個耳光，她站立不住，踉蹌著連退了兩、三步，一直退到牆邊，靠在牆上，眼淚像雨一般的滾下來，眼前的一切，完全是水霧中的影子，一片朦朧，一片模糊。耳中，仍然響著江葦的聲音，那沉痛的、受傷的、憤怒的聲音：

「我是人面獸心，我是卑鄙下流！妳認清楚了，很好，很好！我白天去妳家裡討罵挨，晚上回自己家裡，還要等著妳來罵！我江葦，是倒了幾百輩子的楣？既然妳已經認清楚我了，既然連妳都說我是人面獸心，卑鄙下流，」他大叫：「怪不得妳母親會把我當成敲詐犯！」

不不！珮柔心裡在喊著，在掙扎著。不不，江葦，我們不要這樣子，我們不要爭吵，不不！不是這樣的，我不想說那些話，打死我，我也不該說那些話。不不！江葦，我不是來罵你，我是來投奔你！不不，江葦，讓我們好好談，讓我們平心靜氣談……她心裡在不斷的訴說。可是，嘴裡卻吐不出一個字來。

「很好，」江葦仍然在狂喊，憤怒、暴躁、而負傷的狂喊：「既然妳已經認清楚了我，我也已經認清楚了妳！賀珮柔，」他一個字一個字的說：「妳根本不值得我愛！妳這個膚淺無知的闊小姐，妳這個毫無思想，毫無深度的女人！妳根本不值得我愛妳！」

珮柔張大了眼睛，淚已經流盡了，再也沒有眼淚了。你！江葦，你這個殘忍的、殘忍

的、殘忍的混蛋！她閉了閉眼睛，心裡像在燃燒著一盆熊熊的火，這火將要把她燒成灰燼，她聽到自己的聲音，在掙扎著說：

「我……我們算是白認識了一場！沒想到，我在這兒等了一整天，等來的是侮辱和耳光！生平，這是我第一次挨打，我不會待在這兒等第二次！」她提高了聲音：「讓開！我走了！永不再來了！」

「沒有人留妳！」他大吼著：「沒有人阻止妳，也沒有人請妳來……」

她點點頭，走向門口，步履是歪斜不整的，他退向一邊，沒有攔阻的意思，她把手放在門柄上，打開門的那一剎那，她心中像被刀剜一般的疼痛，這一去，不會再回來了，這一去，又將走向何方？家？家是已經沒有了！愛情，愛情也沒有了。她跨出了門，夏夜的晚風迎面而來，小弄裡的街燈冷冷的站著，四面渺無人影。她機械化的邁著步子，聽到關門的聲音在她身後砰然闔攏，她眼前一陣發黑，用手扶著電線桿，整日的饑餓、疲倦、悲痛，和絕望在一瞬間，像個大網一般對她當頭罩下，她身子一軟，倒了下去，什麼都不知道了。

眼看珮柔走出去，江葦心裡的怒火依然狂熾，但，她真走了，他像是整個人都被撕裂了，趕到門邊，他洩憤般的把門砰然關上。在狂怒與悲憤中，他走到桌子前面，一眼看到桌上的稿紙，被珮柔塗了個亂七八糟，他拿起稿紙，正想撕掉，卻本能唸到了上面橫七豎八寫著的句子：

「江葦，我愛你，江葦，我愛你，江葦，我愛你，江葦，我愛你……」

幾百個江葦，幾百個我愛你，他拿著稿紙，頭昏目眩，冷汗從額上滾滾而下，用手扶著椅子，他搖搖頭，想強迫自己清醒過來。椅背上是潮濕的，他攤開手心，一手的血！她自殺了！她割了腕！他的心狂跳，再也沒有思考的餘地，再也沒有猶豫的心情，他狂奔到門口，打開大門，他大喊：

「珮柔！珮柔！珮……」

他的聲音停了，因為，他一眼看到了珮柔，倒在距離門口幾步路的電線桿下。他的心猛然一下子沉進了地底，冷汗從背脊上直冒出來。他趕過去，俯下身子，他把她一把從地上抱了起來，街燈那昏黃的、暗淡的光線，投在她的臉上，她雙目緊闔著，面頰上毫無血色。他顫抖了，驚嚇了，覺得自己整個人已經被撕成了碎片，磨成了粉，燒成了灰，痛楚從他心中往外擴散。一剎那間，他簡直不知道心之所之，身之所在。

「珮柔！珮柔！珮柔。」他啞聲低喚，她躺在他懷裡，顯得那樣小，那樣柔弱，那慘白的面頰被地上的泥土弄髒了。他咬緊了嘴唇，上帝，讓她好好的，老天，讓她好好的，只要她醒過來，他什麼都肯做，他願意為她死！他抱著她，一步步走回小屋裡，把她平放在床上，他立即去檢查她手上的傷口，那傷口又深又長，顯然當她踉蹌後退時，那釘子已整個劃過了她的皮膚，那傷口從手心一直延長到手指，一條深深的血痕。他抽了口冷氣，閉上眼睛，覺得五臟六腑都翻攪著，劇烈的抽痛著，一直抽痛到他的四肢。他仆下身子，把嘴唇壓在她的唇上，那嘴唇如此冷冰冰的，他驚跳起來，她死了！他想，用手試試她的鼻息，哦，上帝，她還活著。上帝！讓她好好的吧！

奔進洗手間，他弄了一條冷毛巾來，把毛巾壓在她額上，他撲打她的面頰，掐她的人中，然後，他開始發瘋般的呼喚她的名字：

「珮柔！珮柔！珮柔！請妳醒過來，珮柔！求妳醒過來！只要妳醒過來，我發誓永遠不再和妳發脾氣，我要照顧妳，愛護妳，一直到老，到死，珮柔，妳醒醒吧，妳醒醒吧，妳醒來罵人打人都可以，只要妳醒來！」

她躺在那兒，毫無動靜，毫無生氣。他甩甩頭，不行！自己必須冷靜下來，只有冷靜下來，才知道現在該怎麼辦？他默然片刻，然後，他發現她手上的傷口還在滴血，而且，那傷口上面沾滿了泥土。不行！如果不消毒，一定會發炎，家裡竟連消炎粉都沒有，他跺腳，用手重重的敲著自己的腦袋。於是，他想起浴室裡有一瓶碘酒。不管了，碘酒最起碼可以消毒，他奔進去找到了碘酒和藥棉，走到床邊，他跪在床前面，把她的手平放在床上，然後，用整瓶碘酒倒上去，他這樣一蠻幹，那碘酒在傷口所引起的燒灼般的痛楚，竟把珮柔弄醒了，她呻吟著，迷迷糊糊的張開眼睛，掙扎的低喊：

「不要！不要！不要！」

江葦又驚喜，又悲痛，又刻骨銘心的自疚著，他仆過去看她，用手握著她的下巴，他語無倫次的說：

「珮柔，妳醒來！珮柔，妳原諒我！珮柔，我寧願死一百次，不要妳受一點點傷害！珮柔，我這麼粗魯，這麼橫暴，這麼誤解妳，我怎麼值得妳愛？怎麼值得？珮柔，珮柔，珮柔？」他發現她眼光發直，她並沒有真正醒來，他用力的搖撼著她。「珮柔！妳看我！」他大喊。

珮柔的眉頭輕蹙了一下，她的神志在虛空中飄蕩。她聽到有人在叫她的名字，只是不知道意義何在？她努力想集中思想，努力想使自己清醒過來，但她只覺得痛楚，痛楚，痛楚……她輾轉的搖著頭。不要！不要這樣痛！不要！不要！不要！她的頭奄然的側向一邊，又什麼都不知道了。

江葦眼看她再度暈過去，他知道情況比他想像中更加嚴重，接著，他發現她手上的傷口被碘酒清洗過之後，竟那樣深，他又抽了一口冷氣，迅速的站起身來，他收集了家中所有的錢，他要把她盡快的送到醫院裡去。

珮柔昏昏沉沉的躺著，那痛楚緊壓在她胸口上，她喘不過氣來，她掙扎又掙扎，就是喘不過氣來。模糊中，她覺得自己在車上顛簸，模糊中，她覺得被抱進了一間好亮好亮的房間裡，那光線強烈的刺激著她，不要！不要！不要！她掙扎著，拚命掙扎。然後，她開始哭泣，不知道為什麼而哭泣，一面哭著，一面腦子裡映顯出一個名字，一個又可恨又可愛的名字，她哭著，搖擺著她的頭，掙扎著，然後，那名字終於衝口而出：

「江葦！」

這麼一喊，當這名字終於從她內心深處衝出來，她醒了，她是真的醒了。於是，她發現江葦的臉正面對著她，那麼蒼白、憔悴、緊張，而焦灼的一張臉！他的眼睛直視著她，裡面燃燒著痛楚的熱情。她痛苦的搖搖頭，想整理自己的思想，為什麼江葦要這樣悲切的看著自己？為什麼到處都是酒精與藥水的味道？為什麼她要躺在床上？她思想著，回憶著，然後，她「啊！」的一聲輕呼，眼睛張大了。

「珮柔！」江葦迫切的喊了一聲，緊握著她那隻沒有受傷的手。「妳醒了嗎？珮柔？」

她動了動身子，於是，她發現床邊有個吊架，吊著個玻璃瓶，注射液正從一條皮管中通向她的手腕。她稍一移動，江葦立刻按住她的手。

「別動，珮柔，醫生在給妳注射葡萄糖。」

她蹙著眉，凝視江葦。

「我在醫院裡？」她問。

「是的，珮柔。」他溫柔的回答，從來沒有如此溫柔過。「醫生說妳可能要住幾天院，因為妳很虛弱，妳一直在出冷汗，一直在休克。」他用手指憐惜的撫摸她的面頰，他那粗糙的手指，帶來的竟是如此醉人的溫柔。眼淚湧進了她的眼眶。

「我記得——」她喃喃的說：「你說你再也不要我了，你說……」

他用手輕輕的按住了她的嘴唇。他的眼睛裡布滿了紅絲，燃燒著一股令人心痛的深情和歉疚。

「說那些話的那個混帳王八蛋已經死掉了！」他啞著喉嚨說：「他喝多了酒，他鬼迷心竅，他好歹不分，我已經殺掉了他，把他丟進陰溝裡去了。從此，妳會認得一個新的江葦，不發脾氣，不任性，不亂罵人……他會用他整個生命來愛護妳！」

淚滑下她的面頰。

「你不會的，江葦。」她啜泣著說：「你永遠改不掉你的壞脾氣，你永遠會生我的氣，你——看不起我，你認為我是個嬌生慣養的，無知而膚淺的女人。」

他用手敲打自己的頭顱。

「那個混帳東西！」他咒罵著。

「你罵誰？」

「罵我自己。」他俯向她。「珮柔！」他低聲叫：「妳瞭解我，妳知道我，我生性耿直，從不肯轉圜，從不肯認輸，從不肯低頭，從不肯認錯。可是……」他深深的凝視她，把她的手貼向自己的面頰，他的頭低俯了下去，她只看到他亂髮蓬鬆的頭顱。但，一股溫熱的水流流過了她的手背，他的面頰潮濕了。她那樣驚悸，那樣震動，那樣恐慌……她聽到他的聲音，低沉的、壓抑的、痛楚的響了起來：「我認錯了。珮柔，我對不起妳。千言萬語，現在都是白說，我只希望妳知道，我愛妳有多深，有多切，有多瘋狂！我願意死一百次，一千次，一萬次，如果能夠彌補我昨晚犯的錯誤的話！」

她揚起睫毛，在滿眼的水霧瀰漫中，仰視著天花板上的燈光。啊，多麼柔美的燈光，天已經亮了，黎明的光線，正從窗口濛濛透入。啊，多麼美麗的黎明！這一生，她再也不能渴求什麼了！這一生，她再也不能希冀聽到更動人的言語了！她把手抽出來，輕輕的挽住那黑髮的頭，讓他的頭緊壓在她的胸膛上。

「帶我離開這裡！」她說：「我已經完全好了。」

「妳沒有好，」他顫慄著說：「醫生說妳好虛弱，妳需要注射生理食鹽水和葡萄糖。」

「我不需要生理食鹽水和葡萄糖，醫生錯了。」她輕語，聲音幽柔如夢。她的手指溫和的撫弄著他的亂髮。「我所需要的，只是你的關懷，瞭解，和你的愛情。剛剛，你已經都給我了，我不再需要什麼了。」

他震動了一下，然後，他悄然的抬起頭來，他那本來蒼白的面頰現在漲紅了，他的眼光像火焰，有著燒炙般的熱力，他緊盯著她，然後，他低喊了一聲：

「天哪！我擁有了一件全世界最珍貴的珍寶，而我，卻差點砸碎了它！」

他的嘴唇移下來，靜靜的貼在她的唇上。

一聲門響，然後是屏風拉動的聲音，這間病房，還有別的病人。護士小姐來了！但是，他不願抬起頭來，她也不願放開他。在這一剎那，全世界對他們都不重要，都不存在。重要的只有彼此，存在的也只有彼此，他們差點兒失去了的「彼此」。他們不要分開，永遠也不要分開。時間緩慢的流過去，來人卻靜悄悄的毫無聲息。終於，她放開了他，抬起眼睛，她猛的一震，站在那兒的竟是賀俊之！他正默默的佇立著，深深的凝視著他們。

12

當珮柔出走，婉琳的電話打到「雲濤」來的時候，正巧俊之在「雲濤」。不止他在，雨秋也在。不止雨秋在，子健和曉妍都在。他們正在研究雨秋開畫展的問題。曉妍的興致比誰都高，跑出跑進的，她量尺寸，量大小，不停口的發表意見，哪張畫應該掛哪兒，哪張畫該高，哪張畫該低，哪張畫該用燈光，哪張畫不該用燈光。雨秋反而比較沉默，這次開畫展，完全是在俊之的鼓勵下進行的，俊之總是堅持的說：

「妳的畫，難得的是一份詩情，我必須把它正式介紹出來，我承認，對妳，我可能有種近乎崇拜的熱愛，對妳的畫，難免也有我自己的偏愛，可是，雨秋，開一次畫展吧，讓大家認識認識妳的畫！」

曉妍更加熱心，她狂熱的喊：

「姨媽，妳要開畫展，妳一定要開！因為妳是一個畫家，一個世界上最偉大最偉大的畫家！妳一定會一舉成名！姨媽，妳非開這個畫展不可！」

雨秋被說動了，她笑著問子健：

「子健，你認為呢？」

「姨媽，這是個挑戰，是不是？」子健說：「妳一向是個接受挑戰的女人！」

「你們說服了我，」雨秋沉吟。「我只怕，你們會鼓勵了我的虛榮心，因為名與利，是無人不愛的。」

就這樣，畫展籌備起來了，俊之檢查了雨秋十年來的作品，發現那數量簡直驚人。他主張從水彩到油畫，從素描到抽象畫，都一齊展出。因為，雨秋每個時期所熱中的素材不同，所以，她的畫，有鉛筆，有水彩，有粉畫，有油畫，還有沙畫。只是，她表現的主題都很類似：生命，奮鬥，與愛。俊之曾和雨秋、曉妍、子健等，在她的公寓裡，一連選擇過一個星期，最後，俊之對雨秋說：

「我奇怪，一個像妳這樣有思想，像妳這樣有一支神奇的彩筆的女人，妳的丈夫，怎會放掉了妳？」

她笑笑，注視他：

「我的丈夫不要思想，不要彩筆，他只要一個女人，而世界上，女人卻多得很。」她沉思了一下。「我也很奇怪，一個像你這樣有深度，有見解，有眼光，有鬥志的男人，需要一個怎樣充滿智慧及靈性的妻子！告訴我，你的妻子是如何可愛？如何多情？」

他沉默了，他無法回答這問題，他永遠無法回答這問題。尤其在子健的面前。雨秋笑笑，不再追問，她就是那種女人，該沉默的時候，她永不會用過多的言語來困擾你。她不再提婉琳，也不再詢問關於婉琳的一切，甚至於，她避免和子健談到他的母親，子健偶爾提起來，雨秋也總是一語帶過：

「聽說你媽媽是個美人！有你這樣優秀的兒子，她可想而知，一定是個好媽媽！」

每當這種時候，俊之就覺得心中被剜割了一下。往往，他會有些恨雨秋，恨她的閃避，恨她的大方，恨她的明知故「遁」。自從那個早晨，他打電話告訴她「幸福的呼喚」之後，她對他就採取了敬而遠之的態度，不論他怎樣明示暗示，她總是欲笑不笑的，輕描淡寫的把話題帶開。他覺得和她之間，反而比以前疏遠了，他們變成了「東邊日出西邊雨，道是無晴卻有晴」的局面。而且，雨秋很少和他單獨在一起了，她總拉扯上了曉妍和子健，要不然，她就坐在「雲濤」裡，你總不能當著小李、張經理，和小姐們的面前，對她示愛吧！

她在逃避他，他知道。一個一生在和命運挑戰的女人，卻忽然逃避起他來了。這使他感到焦灼、煩躁、和說不出來的苦澀。她越迴避，他越強烈的想要她，強烈得常常徹夜失眠。因此，一天，坐在「雲濤」的卡座中，他曾正面問她：

「妳逃避我，是怕世俗的批評？還是怕我是個有婦之夫？還是妳已經厭倦了？」

她凝視他，搖搖頭，笑笑。

「我沒有逃避你，」她說：「我們一直是好朋友，不是嗎？」

「我卻很少和好朋友『接吻』過。」他低聲的，悶悶的，微帶惱怒的說。

「接吻嗎？」她笑著說：「我從十六歲起，就和男孩子接吻了，我絕不相信，你會把接吻看得那樣嚴重！」

「哦！」他陰鬱的說：「妳只是和我遊戲。」

「你沒聽說過嗎？我是出了名的浪漫派！」她灑脫的一甩頭，拿起她的手袋，轉身就想跑。

「慢著！」他說：「妳不要走得那樣急，沒有火燒了妳的衣裳。妳也不用怕我，妳或者躲得開我，但是，妳絕對躲不開妳自己！」

於是，她回過頭來望著他，那眼神是悲哀而苦惱的。

「別逼我，」她輕聲說：「橡皮筋拉得太緊，總有一天會斷掉，你讓我去吧！」

她走了，他卻坐在那兒，深思著她的話，一遍又一遍的想，就是想不明白。為什麼？她曾接受過他，而她卻又逃開了。直到有一天，曉妍無意的一句話，卻像雷殛一般的震醒了他。

「我姨媽常說，有一句成語，叫『寧為玉碎，不為瓦全』，她卻相反，她說『寧為瓦全，不為玉碎』，她一生，面臨了太多的破碎，她怕極了破碎，她說過，她再也不要不完整的東西！」

是了！這就是問題的癥結！他能給雨秋什麼？一份完整的愛情？一個婚姻？一個家庭？不！他給不了！他即使是「玉」，也只是「碎玉」，而她卻不要碎玉！他沉默了，這問題太大太大，他必須好好的考慮，好好的思索。面對自己，不虛偽，要真實的活下去！他曾說得多麼漂亮，做起來卻多麼困難！他落進了一個感情及理智的漩渦裡，覺得自己一直被漩到河流的底層，漩得他頭昏腦脹，而神志恍惚。

就在這段時間裡，珮柔的事情發生了。

電話來的時候，雨秋和俊之都在會客室裡，在給那些畫編號分類。子健和曉妍在外面，曉妍又在大吃什麼雲濤特別聖代。俊之拿起電話，就聽到婉琳神經兮兮的在那邊又哭又說，俊之拚命想弄清楚是怎麼回事，婉琳哭哭啼啼的就是說不清楚。最後，還是張媽接過電話來，簡單明瞭的說了兩句話：

「先生，您快回來吧，小姐離家出走了！」

「離家出走？」他大叫：「為什麼？」

「為了小姐的男朋友。先生，您快回來吧！回來再講，這樣講不清楚的！」

俊之拋下了電話，回過頭來，他心慌意亂的、匆匆忙忙的對雨秋說：

「我女兒出了事，我必須趕回去！」

雨秋跳了起來，滿臉的關懷。

「有沒有我能幫忙的地方？」她誠懇的問。

「我根本不知道發生了什麼，只知道珮柔出走了。」俊之臉色蒼白。「我實在不懂，珮柔雖然個性強一點，卻從來沒有發生過這種事，妳不知道，珮柔是個多重感情、多有思想的女孩。她怎會如此糊塗？她怎可能離家出走？何況，我那麼喜歡她！」

雨秋動容的看著他。

「你趕快回去吧！叫子健跟你一起回去，分頭去她同學家找找看，女孩子感情纖細，容易受傷。你也別太著急，她總會回來的。我從十四歲到結婚，起碼離家出走了二十次，最後還是乖乖的回到家裡。你的家庭不像我當初的家庭，你的家溫暖而幸福，孩子一時想不開，等她想清楚了，她一定會回來的。」

「妳怎麼知道我的家溫暖而幸福？」俊之倉促中，仍然惱怒的問了一句，他已直覺到，珮柔的出走，一定和婉琳有關。

「現在不是討論這問題的時間，是嗎？」雨秋說：「你快走吧，我在家等你電話，如果需要我，馬上通知我！」

俊之深深的看了雨秋一眼，後者臉上那份真摯的關懷使他心裡怦然一動。但是，他沒有時間再和雨秋談下去，跑出會客室，他找到子健，父子二人，立刻開車回到了家裡。

一進家門，就聽到婉琳在那兒抽抽噎噎的哭泣，等到俊之父子一出現，她的哭聲就更大了，抓著俊之的袖子，她一把眼淚一把鼻涕的說：

「我……我怎麼這麼命苦，會……會生下珮柔這種不孝的女兒來？她……她說她恨我，我……我養她，帶她，她從小身體弱，你……你知道我吃了多少苦，才……才把她辛辛苦苦帶大，我……我……」

「婉琳！」俊之強忍著要爆發的火氣，大聲的喊：「妳能不能把事情經過好好的講一遍？到底發生了什麼事？珮柔為什麼出走？」

「為……為了一個男人，一個……一個……天哪！」她放聲大哭。「一個修車工人！哎喲！俊之，我們的臉全丟光了！她和一個工人戀愛了，一個工人！想想看，我們這樣的家庭，她總算個大家閨秀，哎喲！……」她又哭得上氣不接下氣了。

俊之聽到婉琳這樣一陣亂七八糟，糊裡糊塗的訴說，又看到她那副眼淚鼻涕的樣子，就覺得氣不打一處來。他臉色都發青了，拋開婉琳，他一疊連聲的叫張媽。這才從張媽的嘴中，聽出了一個大概。尤其，當張媽說：

「其實，先生，我看那男孩子也是規規矩矩的，長得也濃眉大眼，一股聰明樣子。小姐還說他是個……是個……什麼……什麼作家呢！我看，小姐愛他是愛得不得了呢，她衝出去的時候簡直要發瘋了！」

俊之心裡已經有了數，不是他偏愛珮柔，而是他瞭解珮柔，如果珮柔看得中的男孩子，必定有其可取之處。婉琳聽到張媽的話，就又亂哭亂叫了起來：

「什麼規規矩矩的？他根本是個流氓，長得像個殺人犯，一股凶神惡煞的樣子！他差點沒把我殺了，還說他規矩呢！他根本存心不良，知道我們家有錢，他是安心來敲詐的……」

「住口！」俊之忍無可忍，大聲的叫：「妳的禍已經闖得夠大了，妳就給我安靜一點吧！」

婉琳嚇怔了，接著，就又呼天搶地般大哭起來：

「我今天是撞著什麼鬼了？好好的待在家裡，跑來一個流氓，把我罵了一頓，女兒再罵我一頓，現在，連丈夫也罵我了！我活著還有什麼意思？我不如死了好……」

「婉琳婉琳，」俊之被吵得頭發昏了，心裡又急又氣又恨。「妳能不能不要再哭了？」轉過頭去，他問子健：「子健，妳知道珮柔有男朋友的事嗎？」

「是的，爸，」子健說：「珮柔提過，卻並沒有說是誰？我一直以為是徐中豪呢！」

俊之咬住嘴唇，真糟！現在是一點兒線索都沒有，要找人到哪兒去找？如果能找到那男孩子，但是，那男孩子是誰呢？他轉頭問婉琳：

「那男孩叫什麼名字？」

「姓江，」婉琳說，嘟著嘴：「誰耐煩去記他叫什麼名字？好像是單名。」

俊之狠狠的瞪了婉琳一眼，不知道！妳什麼都不知道！妳連他的名字都不記一記，卻斷定人家是流氓，是敲詐犯！是凶神惡煞！

「爸爸，」子健說：「先去珮柔房裡看看，她或者有要好的同學的電話，我們先打電話到她幾個朋友家裡去問問，如果沒有線索的話，我們再想辦法！」

一句話提醒了俊之，上了樓，他跑進珮柔房裡，乾乾淨淨的房間，書桌上沒有電話紀錄簿，他打開書桌的抽屜，裡面有一本精緻的、大大的剪貼簿，他打開封面，第一頁上，有珮柔用藝術體寫的幾個字：

「江葦的世界」

翻開第一頁，全是剪報，一個名叫江葦的作品，整本全是！有散文，有小說，有雜文，他很快的看了幾篇，心裡已經雪亮雪亮。從那些文字裡，可以清楚的讀出，一個艱苦奮鬥的年輕人的血淚史。江葦的孤苦，江葦的努力，江葦的掙扎，江葦的心聲，江葦的戀愛……江葦的戀愛，他寫了那麼多，關於他的愛情——給小雨，寄小雨，贈小雨，為小雨！那樣一份讓人心靈震撼，讓人情緒激動的深情！哦，這個江葦！他已經喜歡他了，已經欣賞他了，那份驕傲、那份熱情、那份文筆！如果再有像張媽所說的外型，那麼，他值得珮柔為他「瘋狂」，不是嗎？闔上本子，他衝下樓，子健正在拚命打電話給徐中豪，問其他同學的電話號碼，他簡單的說：

「子健，不用打電話了，那男孩叫江葦，蘆葦的葦，希望這不是他的筆名，我們最好分頭去查查區公所戶籍科，看看江葦的住址在什麼地方？」

「爸，」子健說：「這樣實在太不科學，那麼多區公所，我們去查哪一個？我們報警吧！」

「他好像說了，他住在和平東路！」婉琳忽然福至心靈，想了起來。

「古亭區和大安區！」子健立刻說：「我去查！」他飛快的衝出了大門。

兩小時後，子健折了回來，垂頭喪氣的。

「爸，不行！區公所說，我們沒有權利查別人的戶籍，除非辦公文說明理由，我看，除了報警，沒有第二個辦法！我們報警吧！」

俊之挖空心機，再也想不出第二條路，時間已越來越晚，他心裡就越來越擔憂，終於，他報了警。

接下來，是漫長的等待，時間緩慢的流過去，警察局毫無消息，他焦灼了，一個電話又一個電話，他不停的撥到每一個分局……有車禍嗎？有意外嗎？根據張媽所說的情況，珮柔是在半瘋狂的狀況下衝出去的，如果發生了車禍呢？他拚命撥電話，不停的撥，不停的撥……夜來了，夜又慢慢的消逝，他靠在沙發上，身上放著江葦的剪貼簿，他已經讀完了全部江葦的作品，幾乎每個初學寫作的作者，都以自己的生活為藍本，看完這本冊子，他已瞭解了江葦；過去的，現在的，以及未來的。一個像這樣屹立不倒的青年，一個這樣在風雨中成長的青年，一個如此突破窮困和艱苦的青年——他的未來必然是成功的！

電話鈴驀然響了起來，在黎明的寂靜中顯得特別響亮。撲過去，他一把握起聽筒，出乎意料之外，對方竟是雨秋打來的，她很快的說：

「我已經找到了珮柔，她在××醫院急診室，昨天夜裡送進去的……」

「哦！」他喊，心臟陡的一沉，她出了車禍，他想，冷汗從額上冒了出來，他幾乎已看到珮柔血肉模糊的樣子，他大大的吸氣。「我馬上趕去！」

「等等！」雨秋喊：「我已經問過醫生，你別緊張，她沒事，碰巧值勤醫生是我的朋友，她說珮柔已轉進病房，大概是三等，那男孩子付不出保證金，據說，珮柔不過是受了點刺激，休克了。好了，你快去吧！」

「謝謝妳，雨秋，謝謝妳！」拋下了電話，他抓起沙發上的剪貼簿，就衝出了大門。婉琳紅腫著眼睛，追在後面一直喊：

「她怎麼樣了？她怎麼樣了？」

「沒有死掉！」他沒好氣的喊。子健追了過來，叫：

「爸，我和你一起去！」

上了車，發動馬達，俊之才忽然想到，雨秋怎麼可能知道珮柔的下落，他和子健已經想盡辦法，尚且找不到絲毫線索，她怎麼可能在這樣短的時間內，查出珮柔的所在。可是，現在，他沒有心力來研究這問題，車子很快的開到了醫院。

停好了車，他們走進醫院，幾乎立刻就查出珮柔登記的病房，昨晚送進來的急診病人只有三個，她是其中之一。醫院像一個迷魂陣，他們左轉右轉，終於找到了那間病房，是三等！一間房間裡有六個床位，分別用屏風隔住，俊之找到珮柔的病床，拉開屏風，他正好看到那對年輕人在深深的、深深的擁吻。

他沒有驚動他們，搖了搖手，他示意子健不要過來，他就站在那兒，帶著種難言的、感動的情緒，分享著他們那份「忘我」的世界。

珮柔發現了父親，她驚呼了一聲：

「爸爸！」

江葦迅速的轉過身子來了，他面對著俊之。那份溫柔的、激動的熱情仍然沒有從他臉上消除，但他眼底已浮起了戒備與敵意。俊之很快的打量著他，高高的個子，結實的身體，亂髮下是張桀驁不馴的臉，濃眉，陰鬱而深邃的眼睛，挺直的鼻子下有張堅定的嘴。相當有個性，相當男性，相當吸引人的一張臉。他沉吟著，尚未開口，江葦已經挺直了背脊，用冷冷的聲音，斷然的說：

「你無法把珮柔帶回家去……」

俊之伸出手來，按在江葦那寬闊的肩膀上，他的眼光溫和而瞭解。

「別說什麼，江葦，珮柔要先跟我回家，直到你和她結婚那天為止。」他伸出另一隻手來，手裡握著的是那本剪貼簿。「你不見得瞭解我，江葦，但是我已經相當瞭解你了，因為珮柔為你整理了一份你的世界。我覺得，我可以很放心的把我的女兒，放進你的世界裡去。所以……」他深深的望著江葦的眼睛。「我把我的女兒許給你了！從此，你不再是她的地下情人，你是她的未婚夫！」轉過頭去，他望著床上的珮柔。「珮柔，歡迎妳的康理查，加入我們的家庭！」

珮柔從床上跳了起來，差點沒把那瓶葡萄糖弄翻，她又是笑又是淚的歡呼了一聲：

「爸爸！」

江葦怔住了。再也沒料到，珮柔有一個那樣蠻不講理的母親，卻有這樣一個通情達理的父親！他是詭計嗎？是陰謀嗎？是為了要把珮柔騙回去再說嗎？他實在無法把這夫妻二人聯想在一起。因此，他狐疑了！他用困惑而不信任的眼光看著俊之。可是，俊之的神情那樣誠懇，那樣真摯，那樣坦率。他是讓人無法懷疑的。俊之走到床邊，坐在床沿上，他凝視著珮柔。

「妳的手怎麼弄傷的？」他問。

「不小心。」珮柔微笑的回答，看了看那裹著紗布的手，她輕聲的改了口：「不是不小心，是故意的，醫生說會留下一條疤痕，這樣也好，一個紀念品。」

「疼嗎？」俊之關懷的問。

「不是她疼，」子健接了口，他不知何時已經站在他們旁邊了，他微笑的望著他妹妹。「是另外一個人疼。」他抬起頭來，面對著江葦，他伸出手去。「是不是？江葦？她們女孩子，總有方法來治我們。我是賀子健，珮柔的哥哥！我想，我們會成為好朋友！」

江葦一把握住了子健的手，握得緊緊的，在這一瞬間，他只覺得滿腔熱情，滿懷感動，而不知該如何表示了。

俊之望著珮柔說：

「珮柔，妳躺在這兒做什麼？」他熱烈的說：「我看妳的精神好得很，那個瓶子根本不需要！妳還不如……」

「去大吃一頓，」珮柔立刻接口：「因為我餓了！說實話，我一直沒有吃東西！」

「子健，你去找醫生來，問問珮柔到底是怎麼了？」

醫生來了，一番診斷以後，醫生也笑了。

「我看，她實在沒什麼毛病，只要餵飽她，葡萄糖當然不需要。她可以出院了，你們去辦出院手續吧！」

子健立刻去辦出院手續，這兒，俊之拍了拍江葦的肩，親切的說：

「你也必須好好吃一頓，我打賭你一夜沒睡，而且，也沒好好吃過東西，對不對？」

江葦笑了，這是從昨天早上以來，他第一次發自內心的笑了。珮柔已經拔掉了注射針，下了床，正在整理頭髮。俊之問她：

「想吃什麼？」

「唔，」她深吸了口氣。「什麼都想吃！」

俊之看看錶，才上午九點多鐘。

「去『雲濤』吧！」他說：「我們可以把曉妍找來，還有——秦雨秋。」

「秦——雨秋？」珮柔怔了怔。「那個女畫家？」

「是的，那個女畫家。」俊之深深的望著女兒。「是她把妳找到的，我到現在為止，還不知道她用什麼方法找到了妳。」

珮柔沉默了。只是悄悄的把手伸給江葦，江葦立刻握緊了她。

13

半小時以後，他們已經坐在「雲濤」裡了。曉妍和雨秋也加入了他們，圍著一張長桌子，他們喝著熱熱的咖啡，吃著各式各樣的西點，一層融洽的氣氛在他們之間流動，在融洽以外，還有種雨過天青的輕鬆感。

這是珮柔第一次見到雨秋，她穿了件綠色的敞領襯衫，綠色的長褲，在脖子上繫了一條綠色的小紗巾。滿頭長髮，用條和脖子上同色的紗巾綁在腦後，她看來既年輕，又飄逸。與珮柔想像中完全不同，她一直以為雨秋是一個多愁善感的小婦人。雨秋坐在那兒，她也同樣在打量珮柔，白皙，纖柔，沉靜，有對會說話的眼睛，裡面盛滿了思想，這是張易感的臉，必然有顆易感的心，那種沉靜雅致的美，是相當楚楚動人的。她把目光轉向曉妍，奇怪，人與人間就有那麼多的不同。差不多年齡的兩個女孩子，都年輕，都熱情，都有夢想和希望。但她們卻完全不同，珮柔纖細雅致，曉妍活潑慧黠；珮柔沉靜中流露著深思，曉妍卻調皮裡帶著雅謔。奇怪，不同的人物，不同的個性，卻有相同的吸引力，都那麼可愛，那麼美。

江葦，雨秋深思著，這名字不是第一次聽到，彷彿在什麼地方見過，她望著那張男性的、深沉的、若有所思的臉孔，突然想了起來。

「對了，江葦！」她高興的叫：「我知道你，你寫過一篇東西，題目叫〈寂寞，別敲我的窗子！〉對不對？」

「妳看過？」江葦有些意外。「我以為，只有珮柔才注意我的東西。」

「那麼，編輯都成了傻瓜？」雨秋微笑著。「我記得你寫過，『我可以容忍孤獨，只是不能容忍寂寞。』當時，這兩句話相當打動我，我猜，你是充分領略過孤獨與寂寞的人。人，在孤獨時不一定寂寞，思想，工作，一本好書，一張好唱片，都可以治療孤獨。但是，寂寞卻是人內心深處的東西，不管你置身何處，除非你有知音，否則，寂寞將永遠跟隨你。」她掉頭望著俊之。「我記得，我和你討論過同樣的問題，是嗎？」

是嗎？是嗎？是嗎？俊之望著她，心折的、傾倒的望著她，是嗎？就在那天，他曾吻過她，就在那天，他才知道他已經寂寞了四十幾年！他依稀又回到那一日，那小屋，那氣氛，那牆上的畫像；莫道不消魂，簾捲西風，人比黃花瘦，是嗎？他凝視著她，她是在明知故問了。

「秦——」江葦眩惑的望著她，不知該如何稱呼，她看來比他大不了幾歲，但是，她的外甥女卻是子健的女朋友。他終於喊了出來：「秦阿姨，妳想得好透徹！說實話，我從不知道有妳這個畫家，我也沒聽過秦雨秋的名字，而妳……」

「而我卻知道你。你是不是要說這一句話？」雨秋爽朗的看著他。「你可以不看畫展，不參觀畫廊，而我卻不能不看報紙呵！」她笑笑。「江葦，你選擇了一條好艱苦的路，但是，走下去吧！記住一件事，寫你想寫的！不過，當你終於成為一個大作家的時候，你一定要準備一件事：挨罵！沒有作家成名後能不挨罵的！」

「何不背一背妳那首罵人詩？」俊之說。

「罵人詩？」雨秋大笑了起來。「那種遊戲文字，唸它幹嘛？」

「越是遊戲文字，越可能含滿哲理，」江葦認真的說：「中國的許多小笑話裡，全是人生哲學，我記得《艾子》裡有一篇東西說，艾子有兩個學生，一個名通，一個名執，有天和艾子一起在郊外散步，艾子口渴了，要那個名執的學生去問鄉下老人要水喝，那鄉下老人說，喝水可以，但是要寫個字考考你，你會唸，給你水喝，不會唸，就不給你水喝，結果，老人寫了一個真假的真字，那學生說是真，老人大為生氣，說他唸錯了，學生就回來報告。艾子又叫名通的學生去，那學生一看這個真字，馬上說，這是直八兩個字，老人大為開心，就給他們水喝了。後來，艾子說：人要像通一樣才能達，如果都像執一樣『認真』，連一口水都喝不到了！」他笑笑，望著雨秋。「這故事給我的啟示很多，妳知道嗎？秦阿姨，我就是名執的學生，對一切事都太認真了。」

雨秋欣賞的看著他。

「你會成功，江葦，」她說：「儘管認真吧，別怕沒水喝，『雲濤』多的是咖啡！」

大家都笑了。曉妍一直追問那首「罵人詩」，於是，雨秋唸了出來，大家就笑得更厲害了。江葦問：

「秦阿姨，妳真不怕挨罵嗎？」

雨秋的笑容收斂了，她深思了一下。

「不，江葦，並不是真的不怕。人都是弱者，都有軟弱的一面，虛榮心是每個人與生俱來的東西，我即使不怕挨罵，也總不見得會喜歡挨罵，問題在於，人是不能離群獨居的動物。我畫畫，希望有人欣賞；你寫作，希望有人接受；彩筆和文字是同樣的東西，傳達的是思想，如果不能引起共鳴，而只能引起責罵，那麼，就是你那句話，我們會變得非常寂寞。而寂寞，是誰也不能忍受的東西，是嗎？所以，我所謂的『不怕挨罵』，是在也有讚美的情況下而言。毀譽參半，是所有藝術家、文學家都可能面臨的，關於毀的那一面，有他們的看法，姑且不論。譽的一面，就是共鳴了。能有共鳴者，就不怕毀謗者了。」

「可是——」江葦熱心的說：「假如曲高和寡，都是罵妳的人，是不是就表示妳失敗了？」

「那要看你在自己心裡，是把真字唸成真呢，還是直八了。」她笑著說，又想了想。「不過，我不喜歡曲高和寡這句話，這幾個字實在害人。文學，真正能夠流傳的，都是通俗的，像《三國演義》《水滸傳》《西遊記》，甚至《金瓶梅》《紅樓夢》，哪一本不通俗？文學和藝術都一樣，要做到雅俗共賞，比曲高和寡好得多！現在看元曲覺得艱深，以前那只是戲劇！詞是可以唱的，最老的文學，一部《詩經》，只是孔子收集的民謠而已。誰說文學一定要曲高和寡，文學是屬於大眾的！」

江葦注視著雨秋，然後，他掉頭對珮柔說：

「珮柔，妳應該早一點帶我來見秦阿姨！」

珮柔迷惑的看著雨秋，她喃喃的說：

「我自己也奇怪，為什麼我到今天才見到秦阿姨！」

看到大家都喜歡雨秋，曉妍樂了，她瞪大眼睛，真摯的說：

「你們知道我姨媽身上有什麼嗎？她有好幾個口袋，一個裝著瞭解，一個裝著熱情，一個裝著思想，一個裝著她的詩情畫意。她慷慨成性，所以，她隨時把她口袋裡的東西，掏出來送人！你們喜歡禮物嗎？我姨媽渾身都是禮物！」

「曉妍！」雨秋輕聲喊，但是，她卻覺得感動，她從沒有聽過曉妍用這種比喻和方式來說話，她總認為曉妍是個調皮可愛的孩子，這一刻，才發現她是成熟了，長大了，有思想和見地了。

「姨媽！」曉妍熱烈的看著她，臉紅紅的。「如果妳不是那麼好，妳怎麼會整夜坐在電話機旁邊找珮柔呢！」

一句話提醒了俊之，也提醒了珮柔和江葦，他們都望著雨秋，還是俊之問出來：

「真的，雨秋，妳怎麼會找到珮柔的？」

雨秋微笑了一下，接著，她就輕輕的嘆息了。靠在沙發裡，她握著咖啡杯，眼光顯得深邃而迷濛。

「事實上，這是誤打誤撞找到的。」她說，抬眼看了看面前那群孩子們。「你們知道，我是怎麼長大的？我父母從沒有瞭解過我，我和他們之間，不止有代溝，還有代河，代海，那海還是冰海，連融化都不可能的冰海。在我的少女時期，根本就是一段悲慘時期！出走，珮柔，」她凝視著那張纖柔清麗的臉龐。「我起碼出走過二十次，那時的我，不像現在這樣灑脫，這樣無拘無束，這樣滿不在乎。那時，我是個多愁善感，碰不碰就想掉眼淚的女孩子。我悲觀、消極、憤世嫉俗。每次出走後，我就有茫茫人海，不知何所歸依的感覺，我並沒有妳這麼好的運氣，珮柔，那時，我沒有一個江葦可以投奔。出走之後怎麼辦呢？恨那個家，怨那個家，可是，那畢竟是個家！父母再不瞭解我，也畢竟是我的父母，於是，我最後還是回去，帶著滿心的疲憊、痛苦與無奈，回去，只有這一條路！後來，再出走的時候，我痛恨回去，於是，我強烈的想做一件事：自殺！」她停下來，望著珮柔。

「我懂了，」珮柔低語：「妳以為我自殺了。」

「是的，」雨秋點點頭。「我想妳可能會自殺，如果妳覺得自己無路可走的話。於是，我打電話到每一家醫院的急診室，終於誤打誤撞的找到了妳。」她凝視珮柔的手。「妳的手如何受傷的，珮柔？」

珮柔把手藏在懷裡，臉紅了。

「椅子上有個釘子……」她喃喃的說。

「妳讓釘子劃破妳的手？」她深深的望著她，搖了搖頭。「妳想：讓我流血死掉吧！反正沒人在乎！流血吧，死掉吧！我寧可死掉……」

「秦阿姨，」珮柔低聲說：「妳怎麼知道？」

「因為——我是從妳這麼大活過來的，我做過類似的事情。」

江葦打了個寒戰，他盯著珮柔。

「珮柔！」他啞聲的，命令的說：「妳以後再也不可以有這種念頭！珮柔，」他在桌下握住她沒受傷的手。「妳再也不許！」

「哦，爸爸，」珮柔轉向父親。「江葦好凶，他總是對我說不許這個，不許那個！」

「哈！」子健笑了。「已經開始告狀了呢！江葦，你要倒楣了，我爸爸是最疼珮柔的，將來啊，有你受的！」

「他倒不了楣，」俊之搖頭。「如果我真罵了江葦，我們這位小姐準轉回頭來說：老爸，誰要你管閒事！」

大家都笑了起來。這一番團聚，這一個早餐，一直吃了兩個多小時，談話是建築在輕鬆、愉快、瞭解，與熱愛上的。當「早餐」終於吃完了。俊之望著珮柔說：

「珮柔，妳應該回家了吧！」

珮柔的神色暗淡了起來。

「爸爸，」她低語：「我不想見媽媽。」

「珮柔，」俊之說：「妳知道她昨天哭了一天一夜嗎？妳知道她到現在還沒有休息嗎？而且——」他低嘆，重複了雨秋的話：「母親總是母親！是不是？我保證，妳和江葦的事，再也不會受到阻礙，只是……」他抬頭眼望著江葦。「江葦，你讓我保留她到大學畢業，好嗎？」

「賀伯伯，」江葦肅然的說：「我聽您的！」

「那麼，」他繼續說：「也別把珮柔母親的話放在心上，她——」他搖搖頭，滿臉的蕭索及苦惱。「我不想幫她解釋，天知道，我和她之間，一樣有代溝。」

這句話，勝過了任何的解釋，江葦瞭解的看著俊之。

「賀伯伯，您放心。」他簡短的說。

「那麼，」雨秋故作輕快的拍拍手。「一陣風暴，總算雨過天青，大家都心滿意足，我們也該各歸各位了。」她站起身來。「我要回家睡覺了，你們……」她打了個呵欠，望著江葦說：「江葦，你準是一夜沒睡，我建議你也回家睡覺，讓珮柔跟她父親回家，去安安那個母親的心。曉妍……」她住了口。

「姨媽，」曉妍的手拉著子健。「我可不可以……」

「可以可以！」雨秋慌忙說：「這個姨媽滿口袋的瞭解，還有什麼不可以呢？妳跟子健去玩吧！不管你們怎麼樣，我總之要先走一步了！」她轉身欲去。

「姨媽！」曉妍有些不安。「妳一個人在家，會不會覺得……」

「孤獨嗎？」雨秋笑著接口：「當然是的。寂寞嗎？」她很快的掃了他們全體一眼。「怎麼可能呢？」轉過身子，她翩然而去。那綠色的身影，像一片清晨的、在陽光下閃爍著的綠葉，飄逸、輕盈的消失在門外了。

俊之對著那門口，出了好久好久的神。直到珮柔喊了一聲：

「爸爸，我們回家嗎？」

「是的，是的，」他回過神來，咬緊了牙。「我們——回家！」

雨秋回到了家裡。

一夜沒睡，她相當疲倦，但是，她也有種難言的興奮。浪花！她在模糊的想著，浪花！像曉妍、子健、珮柔、江葦，他們都是浪花！有一天，這些浪花會淹蓋所有舊的浪花！浪花總是一個推一個的前進，無休無止。只是，自己這個浪花，到底在新的裡面，還是在舊的裡面，還是在新浪與舊浪的夾縫裡？她不知道，她真的不知道，但是，她也不想知道。她只想洗個熱水澡，好好的睡一覺。

洗完澡，躺在床上的時候，她又開始思想了，思想，就是這樣奇妙的東西，你永遠不可能裝個開關關掉它。她想著珮柔和江葦，這對孩子竟超乎她的預料的可愛，一對年輕人！充滿了夢想與魄力的年輕人！他們是不畏風暴的，他們是會頂著強風前進的！尤其江葦，那會是這一群孩子中最突出的一個。想到這兒，她就不能不聯想到珮柔的母親，怎會有一個母親，把這樣的青年趕出家門？怎會？怎會？怎會？珮柔和子健的母親，俊之的妻子，幸福的家庭……她闔上眼睛，腦子裡是一片零亂，翻攪不清的情緒，像亂絲一般糾纏著。她深深嘆息，她累了，把頭埋進枕頭裡，她睡著了。

她不知道自己睡著了多久，夢裡全是浪花，一個接一個的浪花。夢裡，她在唱一首歌，一首中學時代就教過的歌。「月色昏昏，濤頭滾滾，恍聞萬馬，齊奔騰。澎湃怒吼，震撼山林，後擁前推，到海濱。」她唱了很久的歌，然後，她聽到鈴聲，浪花裡響著清脆的鈴聲。風在吼，浪在嘯，鈴在響。鈴在響？鈴和浪有什麼關係？她猛然醒了過來，這才聽到，門鈴聲一直不斷的響著，暮色已經充滿了整個的房間。

她跳下床來，披上睡袍，這一覺竟從中午睡到黃昏。她甩了甩頭，沒有甩掉那份睡意，她朦朦朧朧的走到大門口，打開了房門。

門外，賀俊之正挺立在那兒。

「哦，」她有些意外。「怎麼？是你？這個時間？你不在家休息？不陪陪珮柔？卻跑到這兒來了？」

他走進來，把房門闔攏。

「不歡迎嗎？」他問：「來得很多餘，是不是？」

「你帶了火藥味來了！」她說，讓他走進客廳。「你坐一下，我去換衣服。」

她換了那件寬寬大大的印尼衣服出來，他目不轉睛的望著她。她剛睡過覺，長髮蓬鬆，眼睛水汪汪的，面頰上睡靨猶存。她看來有些兒惺忪，有些兒朦朧，有些兒恍惚，有些兒懶散。這，卻更增加了她那份天然的嫵媚，和動人的韻致。

她把茶遞給他，坐在他的對面。

「家裡都沒事了？」她問：「珮柔和母親也講和了？是嗎？你太太——」她沉吟片刻，看看他的臉色。「只好接受江葦了，我猜。她鬥不過你們父女兩個。」

俊之沉默著，只是靜靜的看著她。

「其實，」雨秋又說，她在他的眼光下有些瑟縮，她感到不安，感到煩惱，她迫切的要找些話來講。「江葦那孩子很不錯，有思想，有幹勁，他會成為一個有前途的青年。這一下好了，你的心事都了了，兒女全找著了他們的伴侶，你也不用費心了。本來嘛，孩子有自己的世界，當他們學飛的時候，大人只能指導他們如何飛，卻不能幫他們飛，許多父母，怕孩子飛不動，飛不遠，就去限制他們飛，結果，孩子就根本……」她的聲音越來越低，因為，他的面頰在向她迫近。「……就根本不會飛了。」

他握住了她的手，他的眼睛緊盯著她。

「妳說完了嗎？」他問。

「完了。」她輕語，往後退縮。

「妳知道我不是來和妳討論孩子們的。」他再逼近一步。「我要談的是我們自己。說說看，為什麼要這樣躲避我？」

她驚跳起來。

「我去幫你切點西瓜來，好嗎？」

「不要逃開！」他把她的身子拉回到沙發上。「不要逃開。」他搖頭，眼光緊緊的捉住了她的。「假若妳能不關心我，」他輕聲說：「妳就不會花那麼多時間去找珮柔了，是不是？」

「人類應該互相關心。」她軟弱的說。

「是嗎?」他盯得她更緊了,他的聲音低沉而有力。「坦白說出來吧,雨秋,妳是不逃避的,妳是面對真實的,妳是挑戰者,那麼,什麼原因使妳忽然逃避起我來了?什麼原因?妳坦白說吧!」

「沒有原因,」她垂下眼瞼。「人都是矛盾的動物,我見到子健,我知道你有個好家庭……」

「好家庭!」他打斷她。「我們是多麼虛偽啊!雨秋!經過昨天那樣的事情,妳仍然認為我有一個好家庭,好太太,幸福的婚姻?是嗎?雨秋?」

雨秋猝然間激怒了,她昂起頭來,眼睛裡冒著火。

「賀俊之,」她清晰的說:「你有沒有好家庭,你有沒有幸福的婚姻,關我什麼事?你的太太是你自己選擇的,又不是我給你作的媒,你結婚的時候,我才只有七、八歲,你難道要我負責任嗎?」

「雨秋!」俊之急切的說:「妳明知道我不是這意思!妳不要跟我胡扯,好不好?我要怎樣才能說明白我心裡的話?雨秋,」他咬牙,臉色發青了。「我明說,好嗎?雨秋,我要妳!我這一生,從沒有如此迫切的想要一樣東西!雨秋,我要妳!」

她驚避。

「怎麼『要』法?」她問。

他凝視著她。

「妳不要破碎的東西，妳一生已經面臨了太多的破碎，我知道，雨秋，我會給妳一個完整的。」

她打了個寒戰。

「我不懂你的意思。」她低語。

「明白說，我要和她離婚，我要妳嫁給我！」

她張大眼睛，瞪視著他。瞪了好一會兒，然後，一層熱浪就衝進了她的眼眶，模糊了她的視線，俊之的臉，成了水霧中的影子，哽塞著，她掙扎的說：

「你不知道你在講什麼？」

「我知道，」他堅定的說，握緊了她。「今天在『雲濤』，當妳侃侃而談的時候，我已經知道了，我這一生不會放過妳，犧牲一切，家庭事業，功名利祿，在所不惜。我要妳，雨秋，要定了！」

淚滑下了她的面頰。

「你要先打碎了一個家庭，再建設一個家庭？」她問：「這樣，就是完整的嗎？」

「先破壞，才能再建設。」他說。「總之，這是我的問題，我只是告訴妳，我要娶妳，我要給妳一個家。我不許妳寂寞，也——不許妳孤獨。」他抬眼看牆上的畫像。「我要妳胖起來，再也不許，人比黃花瘦！」

她凝視他，淚流滿面。然後，她依進了他的懷裡，他立刻緊擁住她。俯下頭來，他找著了她的嘴唇，澀澀的淚水流進了他的嘴裡，她小小的身子在他懷中輕顫。然後，她揚起睫毛，眼珠浸在霧裡，又迷濛、又清亮。

「聽我一句話！」她低聲說。

「聽妳所有的話！」他允諾。

「那麼，不許離婚！」

他震動，她立即接口：

「你說你要我，是的，我矜持過，我不願意成為你的情婦。我想，我整個人的思想，一直是在矛盾裡。我父母用盡心機，要把我教育成一個規規矩矩的女孩。我接受了許多道德觀念，這些觀念和我所吸收的新潮派，和我的反叛性，和我的『面對真實』一直在作戰。我常常會糊塗掉，不知道什麼是『是』，什麼是『非』。我逃避你，因為我不願成為你的情婦，因為這違背了我基本的道德觀念，這是錯的！然後我想，我和你戀愛，也是錯的！你聽過畸戀兩個字嗎？」

「聽過。」他說：「妳怕這兩個字？妳怕世人的指責！妳知不知道，戀愛本身是沒有罪的。紅拂夜奔，司馬琴挑，張生跳牆……以當時的道德觀點論，罪莫大焉，怎麼會傳為千古佳話！人，人，人，人多麼虛偽！徐志摩與陸小曼，郁達夫與王映霞，在五四時代就鬧得轟轟烈烈了，為什麼我們今天還要讀徐志摩日記？我們是越活越倒退了，現在還趕不上五四時代的觀念了！畸戀，畸戀，畸戀，發明這兩個字的人，自己懂不懂什麼叫愛情，還成問題。好吧，就算我們是在畸戀，就算我們會受到千夫所指，萬人所罵，妳就退卻了？雨秋，雨秋，我並不要妳成為我的情婦，我要妳成為我的妻子，離婚是法律所允許的，是不是？妳也離了婚，是不是？」

「我離婚，是我們本身的問題，不是為了你。你離婚，卻是為了我！」她幽幽的說：「這中間，是完全不同的。俊之，我想過了，你能這樣愛我，我夫復何求？什麼自尊，什麼道德，我都不管了！我只知道，破壞你的家庭，我於心不忍，毀掉你太太的世界，我更於心不忍。所以，俊之，你要我，你可以有我，」她仰著臉，含著淚，清晰的低語：「我不再介意了，俊之，不再矜持了，要我吧！我是你的。」

他捧著她的臉，閉上眼睛，他深深的顫慄了。睜開眼睛來，他用手抹去她面頰上的淚痕。

「這樣要妳，對妳太不公平。」他說：「我寧可毀掉我的家庭，不能損傷妳的自尊。」他把她緊擁在胸前，用手撫摸她的頭髮。他的呼吸，沉重的鼓動著他的胸腔，他的心臟，在劇烈的敲擊著。「我要妳，」他一個字一個字的說：「做我的妻子，不是我的情婦！」

「我說過了，」她也一個字一個字的說：「你不許離婚！」

他托起她的下巴，他們彼此瞪視著，愕然的、驚懼的、徬徨的、苦惱的對視著，然後，他一把擁緊了她，大聲的喊：

「雨秋！雨秋！請妳自私一點吧！稍微自私一點吧！雨秋！雨秋！世界上並沒有人會因為妳這麼做而讚美妳，妳仍然是會受到指責的，妳難道不知道嗎？」

「我知道。」她說：「誰在乎？」

「我在乎。」他說。

她不說話了，緊依在他懷裡，她一句話也不說了，只是傾聽著他心跳的聲音。一任那從窗口湧進來的暮色，把他們軟軟的環抱住。

14

雨秋的畫展，是在九月間舉行的。

那是一次相當引人注目的畫展，參觀的人絡繹不絕，畫賣得也出乎意料之外的好，幾乎百分之六十的畫，都賣出去了，對一個新崛起的畫家來講，這成績已經很驚人了。在畫展期間，曉妍和子健差不多天天都在那兒幫忙，曉妍每晚要跑回來對雨秋報告，今天賣了幾張畫，大家的批評怎樣怎樣，有什麼名人來看過等等。如果有人說畫好，曉妍回來就滿面春風，如果有人說畫不好，曉妍回來就掀眉瞪眼。她看來，比雨秋本人還熱心得多。

雨秋自己，只在畫展的頭兩天去過，她穿了件曳地的黑色長裙，從胸口到下襬，是一支黃色的長莖的花朵，寬寬的袖口上，也繡著小黃花，她本來就纖細修長，這樣一穿，更顯得「人比黃花瘦」。她穿梭在來賓之間，輕盈淺步，搖曳生姿。俊之不能不一直注視著她，她本身就是一幅畫！一幅充滿詩情畫意的畫。

畫展的第二天，有個姓李的華僑，來自夏威夷，參觀完了畫展，他就到處找雨秋，雨秋和他傾談了片刻，那華僑一臉的崇敬與仰慕，然後，他一口氣訂走了五幅畫。俊之走到雨秋身邊，不經心似的問：

「他要幹嘛？一口氣買妳五幅畫？也想為妳開畫展嗎？」

「你倒猜對了，」雨秋笑笑。「他問我願不願意去夏威夷，他說那兒才是真正畫畫的好地方。另外，他請我明天吃晚飯。」

「妳去嗎？」

「去哪兒？」雨秋問：「夏威夷還是吃晚飯？」

「兩者都在內。」

「我回答他，兩者都考慮。」

「那麼，」俊之盯著她。「明晚我請妳吃晚飯！」

「你想到什麼地方去了？你以為他在追求我？」

她注視他，然後，她大笑了起來。

「不是嗎？」他反問：「他叫什麼名字？」

「李凡，平凡的凡。名字取得不壞，是不是？」

「很多人都有不壞的名字。」

「他在夏威夷有好幾家旅館，買畫是為了旅館，他說，隨時歡迎我去住，他可以免費招待。」

「還可以幫妳出飛機票！」俊之沒好氣的接口。

「哈哈！」她爽朗的笑。「你在吃醋了。」

「反正，」他說：「妳不許去什麼夏威夷，也不許去吃什麼晚飯，明天起，妳的畫展有我幫妳照顧，妳最好待在家裡，不要再來了，否則，人家不是在看畫，而是在看人！」

「哦，」她盯著他。「你相當專制呵！」

「不是專制，」他低語：「是請求。」

「我本來也不想再來了，見人，應酬，說話，都是討厭的事，我覺得我像個被人擺布的小玩偶。」

於是，她真的就再也不去「雲濤」了，一直到畫展結束，她都沒在「雲濤」露過面。十月初，畫展才算結束，但是，她剩餘的畫仍然在「雲濤」掛著。這次畫展，引起了無數的評論，有好的，有壞的，正像雨秋自己所預料「毀譽參半」，但是，她卻真的成名了。

「名」，往往是件很可怕的東西，雨秋發現自己再也不能像以往那樣瀟瀟灑灑的滿街亂逛了，再也不能跑到餐館裡去大吃大喝了，到處都有人認出她來，而在她身後指指點點。尤其，是她和俊之在一起的時候。

這天，他們又去吃牛排，去那兒的客人都是相當有錢有地位有來頭的人物。那晚的雨秋特別漂亮，她刻意的打扮了自己，穿了一件淺紫色的緞子的長袖襯衫，一條純白色的喇叭褲，耳朵上墜著兩個白色的圈圈耳環。淡施脂粉，輕描眉毛，由於是紫色的衣服，她用了紫色的眼影，顯得眼睛迷濛如夢。坐在那兒，她瀟灑脫俗，她引人注目，她與眾不同，她高雅華貴。俊之點了菜，他們先飲了一點兒紅酒。

氣氛是迷人的，酒味是香醇的，兩人默默相視，柔情萬種，連言語似乎都是多餘的。就在這時候，隔桌有個客人忽然說了句：

「瞧，那個女人就是最近大出風頭的女畫家！名叫秦雨秋的！」

「是嗎？」一個女客在問：「她旁邊的男人是誰？」

「當然是『雲濤』的老闆了！」一個尖銳的女音傳來：「否則，她怎麼可能這樣快就出名了呢？妳難道不知道，『雲濤畫廊』已經快成為她私人的了！」

俊之變了色，他轉過頭去，惡狠狠的瞪著那桌人，偏偏那個尖嗓子又酸溜溜的再加了兩句：

「現在這個時代呀，女人為了出名，真是什麼事都肯幹，奇裝異服啦，打扮得花枝招展啦！畫家，畫家跟歌女明星又有什麼不同？都要靠男人捧才能出名的！你們知不知道，例如×××……」她的聲音壓低了。

俊之氣得臉發青，把餐巾扔在桌上，他說：

「我沒胃口了，雨秋，我們走！」

「坐好！」雨秋安安靜靜的說，端著酒杯，那酒杯的邊緣碰觸著她的嘴唇，她的手是穩定的。「我的胃口好得很，我來吃牛排，我還沒吃到，所以不準備走！」她喝著酒，他發現她大大的飲了一口。「你必須陪我吃完這餐飯！」她笑了，笑得開心，笑得灑脫。她一面笑，一面喃喃的唸著：「聞道人須罵，人皆罵別人，有人終須罵，不罵不成人，罵自由他罵，人還是我人，請看罵人者，人亦罵其人！」她笑著，又喝了一大口酒。

俊之用手支著頭，望著她那副笑容可掬的臉龐，只覺得心裡猛的一陣抽痛，一時間，竟不知該如何是好。

那晚，回到雨秋的家，俊之立刻擁住了她。

「聽我！」他說：「我們不能這樣子下去！」

雨秋瞅著他，面頰紅灩灩的，她喝了太多的酒，她又笑了起來，在他懷中，她一直笑，一直笑，笑不可抑。

「為什麼不能這樣子下去？」她笑著說：「我過得很快樂，真的很快樂！」她又笑。

「雨秋！」他注視著她。「妳醉了。」

「你知道李白說過什麼話嗎？」她笑仰著臉問，然後，她掙開了他，在客廳中旋轉了一下身子，她那緞子衣袖又寬又大，在空中劃出一條優美的線條，她喜歡穿大袖口的衣服。

「五花馬，千金裘，呼兒將出換美酒，與爾同消萬古愁！」她又轉了一下，停在俊之面前。

「怎樣？憂愁的俊之，你那麼煩惱，我們不如再開一瓶酒，與爾同消萬古愁！好不好？」

他把她一把抱了起來。

「妳已經醉了，回房去睡覺去，妳根本一點酒量也沒有，妳去睡一睡。」

她橫躺在他懷抱裡，很聽話，很乖，一點也不掙扎，只是笑。她用手勾著他的脖子，長髮摩擦著他的臉，她的唇湊著他的耳朵，她悄悄的低語：

「我要告訴你一個祕密。」

「是什麼？」他問。

她更緊的湊著他的耳朵，好輕好輕的說：

「我愛你。」

他心為之顫，神為之摧。再看她，她已經躺在他懷裡睡著了，那紅撲撲的面頰，紅潤潤的嘴唇，像個小嬰兒。他把她抱進臥房，不捨得把她放下來，俯下頭，他吻著她的嘴唇，她仍然知道反應他。終於，他把她放在床上，為她脫去了鞋子，拉開棉被，他輕輕的蓋住了她。她的手繞了過來，繞住了他的脖子，她睡夢朦朧的說：

「俊之，請不要走！」

他震動了一下，坐在床沿上，他啞聲說：

「妳放心，我不走，我就坐在這兒陪妳。」

她的手臂軟軟的垂了下來，她的頭髮散在枕頭上，她囈語般的低聲說了句：

「俊之，我並不堅強。」

他愣了愣，心裡一陣絞痛。

她翻了個身，把面頰緊埋在枕頭裡，他彎腰摘下了她的耳環。她又在喃喃的囈語了，他把她的長髮從面頰上掠開，聽到她正悄聲的說著：

「媽媽說的，不是我的東西，我就不可以拿。我……不拿不屬於我的東西，媽媽說的。」

她不再說話，不再囈語，她沉入沉沉的睡鄉裡去了。

他卻坐在那兒，燃起一支菸。他很少抽菸，只在最苦悶的時間裡，才偶爾抽一支。他抽著菸，坐著，在煙霧下望著她那張熟睡的臉龐，他陷入深深的沉思裡。

同一時間，賀家卻已經翻了天。

不知是哪個作家說過的，如果丈夫有了外遇，最後一個知道的一定是妻子。婉琳卻並不是最後一個知道的，打雨秋開畫展起，她已經聽到了不少風風雨雨。但是，她在根本上就拒絕相信這件事。二十幾年的夫妻，俊之從來沒有背叛過她。他的規矩幾乎已經出了名了，連舞廳酒家，他都不肯涉足，這樣的丈夫，怎會有外遇呢？他不過是業務上的關係，和一個女畫家來往的次數頻繁了一點而已。她不願去追究這件事，尤其，自從發生了珮柔出走的事件之後，俊之對她的態度就相當惡劣，他暴躁不安而易發脾氣，她竟變得有些兒怕他了。她如果再捕風捉影，來和俊之吵鬧的話，她可以想像那後果。因此，她沉默著。但，在沉默的背後，她卻也充滿了畏怯與懷疑。不管怎樣相信丈夫的女人，聽到這一類的傳言，心裡總不會很好受的。

這天午後，杜峰的太太打了個電話給她，她們都是二十幾年的老朋友了，杜太太最恨杜峰的「逢場作戲」，曾經有大鬧酒家的紀錄。每次，她和杜峰一吵架，就搬出俊之來，人家賀俊之從不去酒家！人家賀俊之從不包舞女！人家賀俊之對太太最忠實！現在，杜太太一得到消息，不知怎的，心裡反而有份快感，多年以來，她羨慕婉琳，嫉妒婉琳，誰知婉琳也有今天！女人，是多麼狹窄，多麼自私，又多麼複雜的動物！

「婉琳，」她在電話裡像開機關槍般的訴說著：「事情是千真萬確的了，他們出雙入對，根本連人都不避。秦雨秋那女人我熟悉得很，她是以浪漫出了名的，我不但認得她，還認得秦雨秋的姊姊秦雨晨，秦雨晨倒是個規規矩矩的女人，可是雨秋呵，十六、七歲開始就亂交朋友，鬧家庭革命，結婚、離婚、戀愛，哎喲，就別提有多少風流韻事。我們活幾輩子的故事，只夠她鬧幾年的。現在她是抓住俊之了，以她那種個性，她才不會放手呢！據他們告訴我，俊之為她已經發瘋了，婉琳，妳怎麼還蒙在鼓裡呢？」

婉琳握著聽筒，雖然已經是冬天了，她手心裡仍然冒著汗，半天，她才囁囁嚅嚅的說：

「會……會不會只是傳言呢？」。

「傳言！」杜太太尖叫：「妳不認得雨秋，妳根本不知道，妳別糊塗了，婉琳！說起來，這件事還是杜峰不好，妳知道，雨秋是杜峰介紹到『雲濤』去的。憑雨秋那幾筆三腳貓似的畫，怎麼可能出名呢？俊之又幫她開酒會，又幫她開畫展，又為她招待記者，硬把她捧出名來……」

「或者……或者……或者俊之是為了生意經。」婉琳結結巴巴的，依然不願接受這件事。

「哦，婉琳，妳別幼稚了，俊之為別的畫家這樣努力過嗎？妳想想看！」

真的，婉琳頭發昏了，這是絕無僅有的事！

「怎……怎麼會呢？那個秦——秦雨秋很漂亮嗎？」

「漂亮？」杜太太叫著：「天知道！不過普普通通而已。但是她會打扮，什麼紅的、黃的、紫的……她都敢穿！什麼牛仔褲啦，喇叭褲啦，緊身衫啦，熱褲啦，她也都敢穿，這種女人不用漂亮，她天生就會吸引男人！她姊姊一談起她來就恨得牙癢癢的，妳知道，雨晨的一個女兒就毀在雨秋手裡，那孩子才真漂亮呢！我是眼看著曉妍長大的……」

「妳……妳說什麼？」婉琳更加昏亂了。「曉妍？是……是不是戴曉妍？」戴曉妍，子健的女朋友，也帶到家裡來過兩次，坐不到十分鐘，子健就把她匆匆帶走，那女孩有對圓圓的大眼睛，神氣活現，像個小機靈豆兒。她也曾要接近那孩子，子健就提高聲音喊：

「媽，別盤問人家的祖宗八代！」

她還敢管孩子們的事嗎？管一管珮柔，就差點管出人命來了，結果，還不是她投降？弄得女兒至今不高興，江葦是怎麼也不上門，俊之把她罵得體無完膚，說她幼稚無知。她還敢管子健的女友嗎？問也不敢問。但是，怎麼……怎麼這孩子會和秦雨秋有關呢！

「是呀！就是戴曉妍！」杜太太叫著：「妳怎麼知道她姓戴？反正，曉妍就毀在雨秋手裡了！」

「怎麼呢？」她軟弱的問，手心裡的汗更多了。

「曉妍本來也是個好孩子，她們戴家的家教嚴得很，可是，曉妍崇拜雨秋，什麼都跟雨秋學，雨秋又鼓勵她，妳猜怎麼著？」她壓低了聲音：「曉妍十六歲就出了事，懷過一個孩子，妳信嗎？才十六歲！戴家一氣，連女兒也不要了，雨秋就乾脆把曉妍接走了，至於那個孩子，到底是怎樣了，我們就弄不清楚了。就憑這一件事，妳就知道雨秋的道德觀念和品行了！」

婉琳的腦子裡轟然一響，像有萬馬奔騰，杜太太嘰哩咕嚕的還說了些什麼，她就全聽不清楚了。當電話掛斷之後，她呆呆的在沙發裡坐了下來，眼睛發直，臉色慘白，她動也不動的坐著。事情一下子來得太多，太突然，實在不是她單純的腦筋所能接納的。俊之和秦雨秋，子健和戴曉妍。她昏了，她是真的昏了。

她沒有吃晚飯，事實上，全家也沒有一個人回家吃晚飯，珮柔沒回來，子健沒回來，俊之也沒回來。一個人吃飯是什麼味道？她沒有吃，只是呆呆的坐著，像一座雕刻的石像。

七點多鐘，珮柔回來了。看到母親的臉色不對，她有些擔憂的問：

「媽！妳怎麼了？生病了嗎？」

婉琳抬頭看了珮柔一眼，妳真關心嗎？妳已經有了江葦，又有妳父親和哥哥幫妳撐腰，我早就成了妳的眼中釘，我是每一個人的眼中釘！她吸了口氣，漠然的說：

「我沒什麼。」

珮柔甩甩頭，有些不解。但是，她心靈裡充滿了太多的東西，她沒有時間來顧及母親了。她上樓去了。

婉琳仍然呆坐著。好了，珮柔有了個修車工人做男朋友，子健有了個墮落的女孩做女朋友。俊之，俊之已經變了心，這世界，這世界還存在嗎？婉琳！杜太太的聲音在她身邊響起，拿出一點魄力來，妳不要太軟弱，不要盡受人欺侮！妳是賀家的女主人呀！

賀家的女主人！是嗎？是的，她是賀俊之的太太，她是珮柔和子健的母親！二十幾年含辛茹苦，帶孩子，養孩子，持家，做賢妻良母，她到底什麼地方錯了？她在這家庭裡為什麼沒有一點兒地位？得不到一點兒尊敬？

一聲門響，她抬起頭來，子健像一陣旋風般衝了進來。一進門就直著脖子大喊大叫：

「珮柔！珮柔！」

珮柔跑了出來。

「幹什麼？哥哥？」她問。

「曉妍在外面，」子健笑著說：「她一定要我拉妳一起去打保齡球，她說要和妳比賽！」

「我怎麼打得過她？」珮柔也笑著說：「我的球只會進溝，你和她去不好嗎？」

「她喜歡妳！」子健說：「這樣，妳陪她先打，我去把江葦也找來，四個人一起玩……」

他一回頭，才發現了母親，他歉然的笑笑。「媽，對不起，我們還要出去，曉妍在外面等我們！媽？」他皺起眉頭問：「妳怎麼了？」

「子健，」婉琳的手暗中握緊了拳，聲音卻是平平板板的。「請你的女朋友進來幾分鐘好不好？」

「好呀！」子健愕然的說，回頭對門外大叫了一聲：「曉妍，妳先進來一下！」

曉妍很快的跑進來了，黑色的緊身毛衣，裹著一個成熟而誘人的胴體，一條短短的、翠綠色的迷你裙，露出了修長、亭勻，而動人的腿。短髮下，那張年輕的臉孔煥發著青春和野性的氣息。那水汪汪的眼睛，那大膽的服裝，那放蕩的模樣，那不害羞的冶笑……

「賀伯母！」曉妍點了點頭，心無城府的笑著。「我來約珮柔去玩……」

婉琳站起身來，走到曉妍的面前，她目不轉睛的盯著她的臉，就是這個女孩！她和她的姨媽！怒火在她內心裡瘋狂般的燃燒，她的手握得更緊了，她的聲音裡已帶著微微的顫抖：

「妳叫戴曉妍？」她咬牙問。

「是呀！」曉妍驚愕的說，莫名其妙的看了子健一眼，子健蹙著眉，聳聳肩，同樣的困惑。

「妳的姨媽就是秦雨秋？」婉琳繼續問。

「是呀！」曉妍揚著眉毛，天真的回答。

「那麼，」婉琳提高了聲音：「妳就是那個十六歲就懷孕的小太妹？妳姨媽就是去搶別人丈夫的賤女人？妳們這兩個下賤的東西，妳們想拆掉我們賀家是不是？老的、小的，妳們這兩個卑鄙下流的爛汙貨！妳們想把我們家一網打盡嗎？妳……妳還不給我滾出去！妳……」

曉妍嚇呆了，倏然間，她那紅潤的面頰上一點血色也沒有了。她張著嘴，無法說話，只是拚命搖頭，拚命向後退。婉琳卻對她節節進逼。

「媽！」子健狂喊了一聲，撲過去，他攔在母親和曉妍的中間，用手護著曉妍，他大聲的對母親叫：「妳要幹什麼？媽！妳怎能這樣說話？妳怎能……」

「你讓開！」婉琳發瘋般的喊：「我要打她！我要教訓她！看她還敢不敢隨便勾引男孩

子！」她用力的推子健，眼淚流了一臉。「你讓開！你讓開！你讓開……」

「媽！」珮柔叫，也衝過來，用手臂一把抱住母親。「妳冷靜一點，媽！妳冷靜一點！媽媽！媽……」

「我要揍她！我要揍她！我要揍她！」婉琳掙扎著，瘋狂的大吼大叫，積壓已久的怒火和痛苦像決堤的河水般氾濫開來，她跺腳，撲打，又哭又叫。

曉妍張大了眼睛，她只看到婉琳那張潑婦似的臉，耳朵裡像回聲般迴蕩著無數的聲音：下賤，卑鄙，勾引男孩子，不要臉……要揍她！要揍她！要揍她……她的神志開始渙散，思想開始零亂，那些久遠以前的記憶又來了，鞭打，痛毆，捶楚……渾身都痛，到處都痛……終於，她像受傷的野獸般狂叫了一聲，轉過身子，她衝出了賀家的大門。

「快！」珮柔喊，雙手死命抱住母親。「哥哥！快去追曉妍！快去！」她閉上眼睛，淚水滑了下來，歷史，怎能重演呢？

子健轉過身子，飛快的衝了出去，他在大門口就追到了曉妍，他一把抱住她，曉妍拚命踢著腳，拚命掙扎，一面昏亂的、哭泣的、尖聲的喊著：

「姨媽！我要姨媽！我要姨媽！」

「我帶妳去找姨媽！」子健說，抱緊了她。「曉妍，沒有人會傷害妳，」他眼裡充滿了淚水，哽塞的說：「我帶妳去找姨媽！」

15

子健帶著曉妍回到家裡的時候，雨秋正沉睡著，俊之還坐在她身邊，默默的抽著菸，默默的望著她。那瘋狂的門鈴聲把俊之和雨秋都驚動了，雨秋在床上翻身，迷濛的張開眼睛來，俊之慌忙說：

「妳睡妳的，我去開門！」

大門一打開，子健拉著曉妍，半摟半抱的和她一塊兒衝進了房子，曉妍淚流滿面，在那兒不能控制的嚎啕痛哭，子健的臉色像一張白紙，看到俊之，他立刻說：

「爸，姨媽呢？」

俊之呆了，他愕然的問：

「怎麼了？發生了什麼事？」

「先別管什麼事！」子健焦灼的喊：「姨媽呢？」

雨秋出來了，扶著牆，她酒意未消，睡意朦朧，她微蹙著眉，柔聲問：

「什麼事？」

一看到雨秋，曉妍就「哇」的一聲，更加泣不可抑了。她撲奔過去，用雙手緊抱住雨秋，身子溜到地板上，坐在地上，她抱著雨秋的腿，把臉緊埋在她那白色的喇叭褲裡。她哭喊著：

「姨媽，我不能活了！我再也不能活了！」

雨秋的酒意完全醒了，搖了搖頭，她硬搖掉了自己那份迷濛的睡意。她用手攬著曉妍的頭，抬起眼睛來，她嚴厲的看著子健。

「子健，你們吵架了嗎？」她問：「你把她怎麼樣了？你對她說了些什麼？」

「不是我！不是我！」子健焦灼的說：「是媽媽！」他轉頭對著父親說：「爸，你最好回去，媽媽發瘋了！不知道是哪一個混帳王八蛋在媽媽面前多了嘴，媽媽什麼都知道了！連曉妍的底細都知道了！偏偏那麼不湊巧，我會把曉妍帶回家去，媽媽像發狂了一樣，她說……她說……」他瞪視著雨秋和曉妍，無法把母親那些骯髒的句子說出口，他咬緊牙，只是苦惱的搖頭。

雨秋的酒意是真的全消了，睡意也消了，她抬起眼睛，默默的望了俊之一眼，就彎下身子，把曉妍從地上拉起來，她輕柔如夢的說：

「曉妍，起來。」

曉妍順從的站起身來，雨秋拉著她，坐到沙發上，曉妍仍然把頭埋在她懷中，現在，她不嚎啕大哭了，只是輕聲的嗚咽，一面低低的細語著：

「姨媽，妳騙了我，妳說我還是好女孩，我不是的！姨媽，我不是的！妳騙了我，妳騙了我！」

雨秋把曉妍的頭緊攬在胸前，她一句話也不說，只是溫柔的撫摸著曉妍的短髮。然後，大顆大顆的淚珠，湧出了她的眼眶，滑過她的面頰，滾落在曉妍的頭髮上了。這，似乎驚嚇了曉妍，她從雨秋懷裡仰起臉來，大睜著那對濕潤的眸子，她恐慌的說：

「姨媽？妳哭了？」她頓時一把抱住雨秋的頭，喊著說：「姨媽！妳不要哭！姨媽！妳不要哭！姨媽！妳不能哭！妳那麼堅強，妳那麼好，妳那麼樂觀，妳不能哭！姨媽！姨媽！我不要妳哭，我不要把妳弄哭！」

「曉妍，」雨秋低語：「我在想，我是不是真的騙了妳？或者，我們兩個都太壞了！或者，我們不適合這個時代。曉妍，連我都動搖了，什麼是『是』，什麼是『非』，我不知道。曉妍，跟我走吧！我們可以走得遠遠的，走到一個我們可以立足的地方去！」

「雨秋！」俊之往前跨了一步，他的神情蕭索，眼睛卻堅定而狂野。「妳們什麼地方都不許去！所有痛苦的根源只有一個，我們卻讓那根源發芽生長蔓延，像黴菌般去吞噬掉欣欣向榮的植物，為什麼？雨秋，妳們不要傷心，這世界並非不能容人的，我要去徹底解決這一切！」他掉頭就往外走。「我要去剷除那禍害之根，不管妳同意或不同意！」

「俊之！」雨秋喊：「請你三思而後行！」

「我已經五思、六思、七思、八思、九思、十思了！」俊之啞聲說：「雨秋，妳不要再管我！我是一個大男人，我有權處理我自己的事情，無論我做什麼，反正與妳無涉！」

「真的嗎？」雨秋靜靜的問。

俊之站定了，和雨秋相對凝視，然後，俊之毅然的一甩頭，向外就走。子健往前跨了一大步，急急的說：

「爸爸，你要去幹什麼？」

俊之深沉的看著子健。

「你最好也有心理準備，」他說：「我回去和你母親談判離婚！在她把我們全體毀滅之前，我必須先和她分手！子健，你瞭解也罷，你不瞭解也罷，我無法再和你母親共同生活在一個屋頂底下！」他轉身就走。

「爸爸！不要！」子健急促的喊，追到門口。

「子健，」俊之回過頭來。「你愛曉妍嗎？」

「我當然愛！」子健漲紅了臉。

「那麼，留在這兒照顧你的女朋友，設法留住她，保有她，」他低語：「幸福是長著翅膀的鳥，你抓不牢它，它就飛了。」轉過身子，他走出門去了。

子健失措的看著父親離去，他折回到客廳來。曉妍已不再哭泣了，她只是靜悄悄的靠在雨秋懷裡，雨秋也只是靜悄悄的摟著她。子健望著她們兩個，心慌而意亂。一時間，他不知道自己腦子裡在想些什麼，父親和母親要離婚，雨秋和曉妍，幸福是長著翅膀的鳥……他頭昏了，只覺得心頭在隱隱的刺痛，說不出緣由的刺痛。

「子健，」忽然間，曉妍開了口：「你回去吧！」

他站定在曉妍的面前。

「我不回去！」他說。

「子健，」曉妍的聲音好平靜：「我想過了，我是配不上你的，我早就說過這話。我以前確實犯過錯，人是不能犯錯的，一旦犯了，就是終身的汙點，我洗不掉這汙點，我也不要玷汙你，所以，你回去吧！」

「曉妍，」子健的臉色青一陣，白一陣。「妳說這話，是要咒我不得好死！」

「我告訴你事實，何曾咒過你？」曉妍說。

「我早發過誓，」子健說：「如果我心裡有一絲一毫的輕視妳，我就不得好死！」

雨秋輕輕的推開曉妍，她站起身來。

「曉妍，子健，」她說：「你們最好談談清楚，你們要面臨的，是你們終身的問題，誰也無法幫你們的忙。曉妍，」她深深的望著外甥女兒。「有句話我要告訴妳，最近，我發現妳越長越大了，妳已經滿了二十歲，是個成人了，不再是孩子。姨媽不會跟妳一輩子，以後，妳再受了委屈，不能總是哭著找姨媽，姨媽疼妳，卻不能代妳成熟，代妳長大。曉妍，面對屬於妳的問題吧！妳面對妳的，我面對我的，我們都有問題，不是嗎？解決這些問題的鑰匙，應該在我們自己手裡，是不是？」說完，她再凝視了那兩個孩子一眼，就轉身走進臥房，關上了房門。

曉妍目送姨媽的身影消失，她忽然若有所悟，是的，她必須面對自己的問題，再也不能哭著找姨媽，是的，她大了，不是孩子了，再也不是孩子了。她默默的低下頭去。默默的深思起來。

「曉妍，」子健喊了一聲，坐在她身邊，悄悄的握住了她的手。覺得她的表情好怪，好深沉，好落寞，他擔憂起來，他不知道她在想些什麼。再也沒有心思去想父親和母親的問題，再也沒有心思想別的。這一刻，他只關心曉妍的思想。「妳在想什麼？」

曉妍抬起眼睛來，看著他，深沉的。然後，她說：

「冰箱裡有冰水，給我倒一杯好不好？」

「這麼冷天，要喝冰水？」他用手摸摸她的額，沒發燒，他鬆口氣。走去倒了杯冰水來，她慢慢的啜著，眼光迷迷濛濛的，他又焦灼起來。「曉妍，」他喊：「妳怎麼了？妳到底在想些什麼？」

「我在想，」她靜靜的說：「我要離開你，子健。」

子健驚跳，他抓住她的手，她剛拿過冰水，手是冰涼的，他用雙手緊緊的把她那涼涼的小手闔在自己的手中。

「我做錯了什麼？」他啞聲問。

「你什麼都沒做錯，」曉妍說：「就因為你什麼都沒做錯，所以我要離開你。」她抬起眼睛來，凝視著他。「你瞧，子健，每個人的『現在』，都是由『過去』一點一滴堆積起來的，是不是？」

「怎樣呢？」子健悶聲問。

「你的過去，堆積成一個優秀的你。我的過去，堆積成一個失敗的我。不，用失敗兩個字並不妥當，」她瞇起眼睛，深思著。「用失落兩個字可能更好。自從發生過那件事以後，我就一直在找尋我自己，我是一個不太能面對現實的人，好一陣，我只是嘻嘻哈哈，打打鬧鬧的，我要忘記那件事，我要把它從我生命裡抹掉。認識你以後，我以為，我已經把那件事，從我生命裡抹掉了。但是，今晚，我知道了：它是永不可能從我生命裡抹掉的！」

「曉妍！」他急切的說：「妳能的，妳已經抹掉了，曉妍！請妳不要這樣說！曉妍，我

告訴妳……」

「子健，」她打斷了他：「坦白告訴我，難道那件事情在你心裡從沒有投下一點陰影嗎？」

他凝視她。

「我……」

「說真實的！」她立即喊。

「是的，」他垂下頭。「有陰影。曉妍，我不想騙妳說，我完全不在乎。可是，我對妳的愛，和那一點陰影不能成比例，妳知道，曉妍，在強烈的陽光的照射下，沒有陰影能夠存在的。」他抬起頭，熱烈的望著她。「我知道妳的心理，我母親的幾句話使妳受不了！妳發現妳終身要面對這問題。可是，曉妍，妳知道我母親，她對江葦說過更難聽的話，江葦也原諒她了，請妳也原諒她吧！」

「我可以原諒她，」曉妍搖頭。「但是不能原諒我自己。子健，你走吧！去找一個比我好的女孩子！」

「世界上沒有比妳更好的女孩子！」子健大叫：「我不在乎，妳為什麼一定要在乎？」

「姨媽常說，人類的悲哀，就在於不能離群而獨居！即使你真不在乎，你身邊的人會在乎。男女相悅，戀愛的時候比什麼都甜，所有的陰影都可以忘掉。一旦有一天吵了架，那陰影就回來了，有一天，你會用你母親相同的話來罵我……」

「如果有那一天，讓我被十輛汽車，從十個方向撞過來，撞得粉粉碎碎！」他賭咒發誓，咬牙切齒的說，他的臉漲得通紅。

「何苦發這種毒誓？」曉妍眼裡漾起了淚光。「世界上純潔善良的好女孩那麼多，你為什麼一定要找上我？」

「妳認為妳不純潔不善良嗎？只因為那件事？」

「是的，我不純潔，不善良！」她喊著：「讓我告訴你吧，大家都以為十六歲的我，什麼都不懂，連姨媽也這樣以為！事實上，我懂！我知道我在做什麼！那天我和媽媽吵了架，她罵我是壞女孩，我負氣出走，我安心想做一點壞事，我是安心的……」她哭了起來。「我從沒告訴過別人，我是安心的！安心要做一件最壞最壞的事，只為了和媽媽負氣……我是這樣一個任性的、壞的、不可救藥的女孩子，事後，我一直騙自己，說我不懂，不懂，不懂……」她把頭埋進手心裡，放聲痛哭。「你怎能要一個像我這樣的人？你走吧！走吧！走吧！」

他一把抱住了她的頭。

「好了，曉妍。」他暗啞的說：「妳終於說出來了。妳認為妳很壞？是不是？」

「是的！」

「妳是很壞。」他在她耳邊說：「一個為了和媽媽負氣，而做出這樣的事情來的女孩子，實在很壞。現在，我們先不討論妳的好壞問題，妳只告訴我，妳愛我嗎？」

「我……我……」

「說真話！」這次，輪到他叫。

她抬起淚眼模糊的眼睛來。

「你明知道的。」她淒楚的說。

「我不知道，」他搖頭。「妳要告訴我！」

「是的，我愛你！是的！是的！是的！」她喊著，泣不成聲。「從在『雲濤』第一次看到你的時候起！」

他迅速的吻住了她，把她緊擁在懷裡。

「謝謝妳！」他說：「曉妍，謝謝妳告訴我！不管妳有多壞，我可以承認妳壞，但是，我愛妳這個壞女孩！我愛！」他把她的手壓在自己的胸膛上。「妳已經都告訴了我，現在妳不該有任何負擔了。」

「可是，」她搖頭。「我還是要離開你！我不能讓別人說，你在和一個壞女孩交往，子健，我已經決定離開你！你懂嗎？」

他推開她，看到她遍布淚痕的小臉上，是一片堅決而果斷的神情，他忽然知道，她是認真的！他的心狂跳，臉色就變得比紙還白了。

「妳決定了？」他問。

「決定了！」

「沒有轉圜的餘地？」他瞪著她。

「沒有。」她的臉色和他一樣蒼白。

「為什麼？妳最好說說清楚！」

「我已經說了那麼多，因為我是個壞女孩。從小，我背叛我父母，他們不瞭解我，我就恨他們，姨媽成了我的擋箭牌，我現在想清楚了。我要——回家去！」

「回到什麼地方去？」

「回我父母身邊去，」她望著窗子，眼光迷濛如夢。「我要去對他們說一句——我錯了。一句——」她的聲音低得像耳語：「我早就該說，該承認的話！奇怪，」她側著頭。「我現在才承認，我錯了。父母管我嚴厲，是因為他們愛我，姨媽放任我，也是愛我！父母不瞭解我，不完全是他們的錯，我從沒有為他們打開我的門，而我為姨媽打開了我的門。他們走不進我的世界，然後，我說：我們之間有代溝！」她望著子健。「我要去跳那條代溝，你，該去跳你的代溝！」

「我的代溝？」

「當你母親指著我罵的時候，她唯一想到的事，只是該保護她純潔善良的兒子，不是嗎？」

子健深深的望著曉妍，深深深深的。

「曉妍，」他說，眼睛裡閃著奇異的光。「妳變了，妳長大了。」

「人，都會從孩子變成大人的，是不是？」

「妳有把握跳得過那條溝？」他問。

「沒有，你呢？」

「更沒有。」

「那麼，或者，我們可以想辦法搭搭橋。姨媽常說，事在人為，只怕不做！」

「曉妍，」他握緊她的手。「聽妳這篇話，我更加更加更加愛妳，我不會放過妳！不管妳到哪裡去，我會追蹤妳到天涯海角！妳跳溝，我陪妳跳溝！妳跳海，我也陪妳跳海！今生今世，妳休想拋掉我！妳休想！」

她瞅著他。

「到底我有什麼地方，值得你這樣愛我？」她問。

「妳嗎？」他也瞅著她。「我以前，只是愛妳的活潑、率直、調皮、任性，和妳的美麗。今晚，我卻更增加了些東西，我愛妳的思想，妳的坦白，妳的——壞。」

「壞？」

「是的，我既然愛了妳，必須包括妳的壞在內。妳堅持妳是壞女孩，我就愛妳這個壞女孩！我要定了妳！」

她搖頭。

「我並沒有答應跟你，我還是要離開你。」

「還是嗎？」他吻她。

「還是。」她低嘆了一聲。

他凝視她。

「曉妍，」他沉下臉來。「妳逼得我只能向妳招供一件事，一件沒有人知道的祕密。」

「什麼事？」

「我——並不像妳想像的那樣純潔，十八歲那年，我太好奇，於是，我跟同學去了一個地方。」他盯著她，低聲的。「妳知道那種地方，是嗎？」他頓了頓，又說：「現在，我們是不是扯平了？」

她瞪大眼睛，望了他好久好久。然後，她忽然大笑了起來，一面笑，她一面把他攬進了懷裡，她吻他，又吻他，笑了又笑，說：

「哦！子健！我真的無法不愛你！我投降了。子健，你這樣愛我這個壞女孩，你就愛吧！從此，你上天，我也上天，你下地，我也下地。跳溝也罷，跳海也罷，跳河也罷，一起跳！我再也不掙扎了！我再也不逃避了！就是你母親指著我鼻子罵我是妓女，我也不介意了，我愛你愛你愛你愛你，子健，我跟定了你了。」

「哦！」子健吐出一口長氣來，他發瘋般的吻她，吻她的唇，她翹翹的小鼻子，她的面頰，她的額，她的眼睛，然後他發現她滿臉的淚。「別哭，曉妍，」他說：「以後妳要笑，不要再流淚。曉妍！曉妍？」她哭得更厲害。「妳又怎麼了？」他問。

「我愛你！」她喊：「我哭，因為我現在才知道你有多愛我！哦，子健，」她抱著他的頭，又笑了起來，她就這樣又哭又笑的說：「你實在並不擅長於撒謊，你知道嗎？」

他瞪著她。

「你撒了一個很荒謬的謊，你以為我會相信？」她帶淚又帶笑的凝視著他。「你是那種男孩，你一輩子也不會去什麼壞地方。但是，子健，你撒了一個好可愛的謊！」她深深的注視他，不再哭了。她的臉逐漸變得好嚴肅好鄭重好深沉，她的眼睛裡閃爍著熱烈的、夢似的光彩。她的聲音輕柔而優美。「我們要共同度過一段很長很長的人生，不是嗎？」

他不語，只是緊緊的攬住了她。

16

俊之回到了家裡。

客廳裡靜悄悄的，俊之以為客廳裡沒有人，再一看，才發現婉琳縮在長沙發的角落裡，正在不停的抹眼淚。珮柔呆呆的坐在婉琳身邊，只是瞪著眼睛發愣。客廳裡有種特殊的氣氛，是暴風雨之後的寧靜，俊之幾乎還可以嗅出暴風的氣息。他進門的聲音驚動了那母女兩個，珮柔跳起身來，有了份緊張後的鬆弛。

「好了，爸，」她吁出一口長氣。「你總算回來了！媽媽心情不好，爸，」她對父親暗中眨了一下眼。「你最好安慰安慰媽媽。」

安慰？俊之心中湧上一陣苦澀而嘲弄的情緒，真正需要安慰的是誰？婉琳？雨秋？曉妍？子健？還是他自己？他在婉琳對面的沙發上坐下來，掏出香菸，找不著火柴，珮柔拿起桌上客人用的打火機，打著了火，她遞到父親面前，低聲的說：

「爸爸，你別染上菸癮吧，你最近抽菸很凶呵！以前，你一向不抽菸的。」

「以前一向不做的事，現在做的可多了，何止抽菸一件？」俊之冷冷的說，望著婉琳。

「婉琳，妳有什麼話想說嗎？」

婉琳抬起眼睛來，很快的望望俊之。俊之的眼光深邃而凌厲，她忽然害怕起來，驚悸起來，畏縮起來。這眼光如此陌生，這男人也如此陌生，她把身子往沙發後面蜷了蜷，像個被碰觸了的蝸牛，急於想躲進自己那脆弱的殼裡去。張開嘴，她囁囁嚅嚅的說：

「沒……沒……沒什麼，是……是……是子健……」

「子健！」俊之噴出一口濃濃的煙霧。「很好，我們就從子健談起！」

他的聲音裡有種無形的力量，有種讓人緊張的東西，有種足以令人驚嚇、恐懼的味道。那正準備悄然退開的珮柔站住了，然後，她在屋角一個矮凳上靜靜的坐了下來。

「很好，」俊之再噴出一口煙霧。「子健交了一個女朋友，不是，是熱愛上了一個女孩子——戴曉妍。聽說，今晚妳對曉妍有很精彩的一幕演出……」

「俊之，」婉琳驚愕的喊：「那女孩……」

「我知道，」俊之打斷她。「曉妍的過去，不無瑕疵，她曾經有過一段相當驚人的歷史。但是，那已經過去了，她犯過錯，她用了四年的時間來掙扎向上，來改過遷善。妳在幾分鐘之內，就把她努力了四年的成績，完全砸成粉碎。婉琳，我佩服妳！」

婉琳張大眼睛，她更瑟縮了，俊之的聲音，那樣冷冰冰，卻那樣咄咄逼人。她瞪著俊之，心裡迷迷糊糊的，只隱隱約約的感到，自己那場小風暴，可能要引起一場大風暴！她咬住牙，本來嗎？她早就告訴自己，兒女的事情她根本沒權利管，她卻要管！現在，會管出什麼結果來呢？

「妳曾經干涉珮柔的戀愛，因為江葦出身貧賤，現在，妳干涉子健的戀愛，因為曉妍曾經墮落過。妳甚至不去深入的研究研究江葦和曉妍兩個人，在基本上，在做人上，在思想上，在心靈上，在各方面的情形，妳立刻先天性的就反對，而且採取最激烈的方式。似乎全世界都是壞人，只有妳和妳的兒女是好人！全世界的人都來欺侮妳，來占妳的便宜，妳有沒有想過別人是有感情有自尊的人，包括妳的兒女在內！婉琳！我和妳結婚這麼多年，我現在才知道，妳多虛榮，妳多無知，妳多幼稚，妳多自私！」

婉琳跳了起來，她被觸怒了，她被傷害了，瑟縮和恐懼遠遠的離開了她，她瞪大眼睛，大聲的吼叫了起來：

「你不要這樣給我亂加罪名，你看我不順眼，你就實說吧！自己做了虧心事，你回來先下手為強！我沒說話，你倒先來了一大串，你以為我不知道，你現在姘上了一個年輕的野女人，你看我這個老太婆……」

「住口！」俊之大聲叫，臉色鐵青。「妳對每個人的侮辱都已經太多太多，別再傷害雨秋！妳如果再說『野女人』三個字，我會對妳忍無可忍。無論如何，我們今天還都是文明人，我們最好用最文明的方法，來解決我們之間的問題。」他深抽了一口菸，壓低了聲音。「婉琳，二十幾年的夫妻，我不預備虧待妳，我會給妳一筆錢，妳一輩子都用不完的錢，這房子，妳要，也可以拿去，我只要『雲濤』就夠了。好在，我們的孩子都大了，都有他們自己的世界，早晚都要各奔前程……」

婉琳的眼睛張得好大好大，裡面逐漸湧起一陣恐懼及驚慌的神色，她愕然的、喃喃的說：「你……你要幹嘛？好好的，我……我……我又不要和你分家。」

「不是分家，」俊之清清楚楚的說：「是離婚！」

這像一個炸彈，突然從天而降，掉在婉琳的面前，把她的世界、宇宙、天地，一下子都炸得粉碎。她呆了，昏了，腦子麻木了，張大眼睛和嘴，她像個石塑的雕像，既木訥，又呆板。

「爸爸！」珮柔從她的角落裡跳了起來，旋風般捲到父親的面前。「爸爸，你不能……」

「珮柔，」俊之望著女兒。「妳能不能不管父母的事，只做一個安靜的旁觀者？」

「我不能。」珮柔的眼裡湧滿了淚水。「因為我不是一個安靜的旁觀者，我是你和媽媽的女兒，我是這個家庭裡的一份子。」

「那麼，」俊之逼視著她。「妳為什麼曾經從這個家庭裡出走？是誰把妳找回來的？又是誰逼妳出走的？珮柔，妳能從這個家庭裡出走，我也可以從這家庭裡出走！妳是個懂事、明理，懂感情的孩子，用用妳的思想！珮柔，感情生話並不是只有你們年輕人才有！妳懂嗎？妳想想看吧！現在，珮柔，不要多嘴，如果妳不能做一個安靜的旁觀者，妳就退出這房間，讓我和妳母親單獨談談！」

珮柔被擊倒了，俊之的言論，帶著那麼一股強烈的、壓迫的力量，對她輾過來，她無力承擔。退了開去，她縮回到自己的小角落裡，坐下來，她開始無意識的咬著自己的手指甲。心裡像翻江倒海般轉著許多念頭，父母的離婚，代表的是家庭的破碎。是的，她和子健都大了，有一天，她會嫁為江家婦，再也管不了父母的事。子健會娶曉妍，獨立去創他們的天下。父親呢？當然和雨秋在一起，結婚也好，同居也好，他們會過得很甜蜜。剩下的是什麼？母親！只有母親，一個年華已去，青春早逝，懵懂，糊塗，而孤獨的女人！她，將靠什麼活下去？珮柔咬緊指甲，指甲裂開了，好痛。她甩甩手，注視著母親。

婉琳的神志已經回來了，她終於弄清楚了俊之的企圖。離婚！她並沒有聽錯那兩個字。結婚二十幾年，她跟他苦過，奮鬥過，生兒育女，努力持家。然後，他成功了，有錢了，有地位了。包圍在他身邊的，是一群知名之士，畫家，作家，音樂家。他們談她聽不懂的話，研究她無法瞭解的問題，藝術，文學！她早就被他排擠在他的生活之外。現在，有個年輕的、漂亮的、會打扮的、風流的「女畫家」出現了。他就再也不要她了！抹煞掉二十幾年的恩情，抹煞掉無數同甘共苦的日子。她就成了虛榮、無知、幼稚、自私的女人！她一仰頭，瞇起眼睛，她開始尖叫：

「賀俊之！你這個卑鄙下流的無賴漢！記得你追求我的時候嗎？記得你對我發誓，說沒有我你就活不下去的時候嗎？現在，你成功了，有錢了！有人巴結你了，有女畫家對你投懷送抱了！離婚！你就要和我離婚了！你的良心被狗吃掉了！你卑鄙！你下流！你混蛋！」她提高嗓音，尖聲怪叫：「離婚！你休想！你做夢！秦雨秋那個淫婦，蕩婦，婊子，娼妓……」

哦，不不！珮柔在心裡狂叫著：媽媽，妳要闖禍，妳要闖大禍！妳真笨，妳真糊塗！攻擊秦雨秋，只是給妳自己自掘墳墓！果然，「啪！」的一聲，她看到父親在狂怒中給了母親一耳光。他的聲音沙啞而蒼涼：

「婉琳，妳比我想像中更加低級，更加無知，更加沒教養！我真不知道我當初怎會娶了妳！」

「你打我？你打我？」婉琳用手撫著臉，不信任的問：「你居然打我？為了那個臭女人，你居然打我？」

「妳再敢講一個下流字！」俊之警告的揚起了聲音，眼睛發紅。「我會把妳撕成粉碎！」

「哎喲！」婉琳尖叫了一聲：「天哪！上帝！耶穌基督！觀世音菩薩！我不要活了！不

要活了！」她開始放聲大哭。「你這個混蛋！你這個癟三！你這個王八蛋！你要打，你就打，打死好了！」她一頭衝向他。「打不死算你沒種！賀俊之！我就要講，我偏要講，那個野女人，賤貨！婊子！妓女……」她喊個沒停了。

俊之氣得發抖，臉色黃了，眉毛也直了，他瞪著她，喘著氣說：

「我不打妳！我打妳都怕打髒了手！很好，妳再說吧！多說幾句，可以讓我多認識妳一點！現在，我和妳離婚，不再會有絲毫心理負擔！因為妳只是一個道道地地的潑婦，妳根本不配做我的妻子！」

說完，他轉身就往樓上走，婉琳撲過去，依然不停口的尖叫著：

「你不是要打我嗎？你就打呀！打呀！撕我呀！撕不碎我你就不姓賀！」

「我不和妳談！」俊之惱怒的吼叫：「明天，我會叫律師來跟妳談離婚，我告訴妳！」他斬釘截鐵的說：「願意離，我們要離，不願意離，我們也要離！」摔開她，他逕自的走了！

「你別走！姓賀的，我們談個清楚……」婉琳抓著樓梯欄杆，直著脖子尖聲大叫：「你別走！你有種就不要走……」

珮柔再也忍不住了，她跑過去，扶住母親，眼淚流了一臉。她哀求的、婉轉的、溫柔的叫：

「媽媽！妳不要吼了，坐下來，妳冷靜一點，求求妳，媽媽！妳這樣亂吼亂叫，只會把事情越弄越糟，媽媽，我求求妳！」

婉琳被珮柔這樣一喊，心裡有點明白了，她停止了吼叫，怔怔的站著，怔怔的看著珮柔，然後，一股徹心徹骨的心酸就湧了上來，她一把抱著珮柔，哭泣著說：

「天哪，珮柔，我做錯了些什麼？為什麼這種事偏偏要到我頭上來呢！我又沒有不管家，我又沒有紅杏出牆，我又沒有天天打麻將，我也幫他生兒育女了！為什麼要離婚？為什麼？我還要怎樣才對得起他？二十幾年，我老了，他就不要我了！天哪！男人的心多狠哪！早知如此，我當初還不如嫁給杜峰！他雖然尋花問柳，總沒有要和太太離婚呀！天哪！我怎麼這麼倒楣？我怎麼這麼倒楣？」

「媽媽！」珮柔含著淚喊，把母親扶到沙發上去坐著。「媽媽，妳如果肯冷靜下來，我有幾句話一定要跟妳講！媽媽，事情或者還可以挽救，如果妳安心要挽救的話！妳能不能靜下來聽我講幾句？」

「我老了！」婉琳仍然在那兒哭泣著自言自語：「我老了！沒人要我了！珮柔，妳不要以為我不知道，妳也嫌我，子健也嫌我，我是每一個人的眼中釘！如果我現在死掉，你們大家都皆大歡喜！天哪！為什麼我不死掉！你們都巴不得我死掉！你們每一個都恨我！天哪，我為什麼不死掉？為什麼不死掉？」

「媽媽呀！」珮柔哀聲的大叫了一句：「妳的悲劇是妳自己造成的！難道妳還不瞭解嗎？」

婉琳愕然的安靜了下來，她瞪視著珮柔。

「妳……妳說……什麼？」她口齒不清的問。

「媽媽，請聽我說！」珮柔含著滿眶的眼淚，抓著母親的手，誠懇的、懇切的說：「我們沒有任何人恨妳，我們都愛妳，可是，媽媽呀，這些年來，妳距離我們好遠好遠，妳知道嗎？妳從不瞭解我們想些什麼，從不關心我們的感情、思想，和自尊！妳只是嘮叨，只是自說自話，雖然妳那麼好心，那麼善良，但是，人與人間的距離，會從一條小溝變成汪洋大海。我，哥哥，爸爸，都不是游泳的好手，即使我們能游，我們也游不過大海……」

「珮柔，」婉琳瞪著眼睛喊：「妳在說些什麼鬼話？我沒發昏，妳倒先發起昏來了！我什麼時候要你們學游泳過？我什麼時候怪你們不會游泳了？」

珮柔住了口，她凝視著母親，簡直不相信自己的耳朵。接著，她廢然的長嘆了一聲，低下頭去，她自言自語的說了句：

「什麼汪洋大海，我看，這是太平洋加上大西洋，再加上北極海，黑海，死海，還得加上美國的五大湖！」

婉琳怔怔的看著珮柔，她忘了哭泣，也忘了面臨自己的大問題，她奇怪的說：

「珮柔，妳怎麼了？妳在背地理嗎？」

「不，媽媽，我不在背地理。」珮柔抬起眼睛來，緊緊的盯著母親，她深吸了口氣。「我們換一種方式來談吧，媽媽。」她再吸了口氣，說：「我的意思是說，我們雖然生活在一個屋頂底下，卻有完全不同的世界。媽媽，妳不瞭解我們，也不願意費力來瞭解。舉例說，妳罵過江葦，妳又罵曉妍，妳忽略了我愛江葦，哥哥愛曉妍，妳這樣一罵，就比直接罵我們更讓我們傷心……」

「我懂了。」婉琳悲哀的說：「凡是你們愛的，我就都得說好，這樣你們才開心，這樣就叫作瞭解。如果有一天，你們都愛上了臭狗屎，我就應該說那臭狗屎好香好香，你們愛得好，愛得高明……」

「媽媽！」珮柔皺緊眉頭，打斷了她。「媽媽！」她啼笑皆非，只能一個勁兒的搖頭。「我看，我要投降了，我居然無法講得通！怎麼人與人的思想，像我們，親如母女，要溝通都如此之難！」她注視了母親好長一段時間。「好了，媽，我們把話題扯得太遠，別管我和哥哥怎麼樣，爸爸說得對，有一天，我和哥哥都會離開這個家庭，去另創天下。兒女大了，都會獨立，那時候，妳怎麼辦？媽媽，爸爸要和妳離婚，妳不要以為他是一時負氣，嘴上叫叫，明天就沒事了，爸爸不是那樣的人，他是認真的！」

婉琳又開始手足失措起來，拚命的搖著頭，她叫：

「不離婚！不離婚！反正我不離婚！看他一個人怎麼離！我又沒做錯事，為什麼要離婚？」

「妳不離婚，爸爸可以走的！」珮柔冷靜的說：「他可以離開這個家，再也不回來！那時候，妳離與不離，都是一樣，妳只保留了一個『賀太太』的空銜而已。」

「那……那……那……」婉琳又哭泣起來。「我……我怎麼辦？都是那個賤女人，那個婊子！天下男人那麼多，她不會去找，偏偏要勾引人家的丈夫……」

「媽媽！」珮柔一個字一個字的說：「秦雨秋不是賤女人，不是婊子，她是個充滿了智慧和靈性的女人，她滿身的詩情畫意，滿心的熱情和溫暖。她不見得漂亮，卻瀟灑脫俗，飄逸清新。她有思想，有深度，有見解，她是那種任何有思想的男人都會為她動心的女人！」

「哦！」婉琳勃然變色。「妳居然幫那個壞女人說話！妳居然把她講成了神，講成了仙，妳到底是站在我一邊，還是站在她一邊？」

「媽媽，如果我不是妳的女兒，我會站到她一邊的！」珮柔大聲喊，眼眶紅了。「我同情爸爸！我同情秦雨秋！妳不知道我有多同情他們！但是，我是妳的女兒，我只能站在妳一邊，我愛妳！媽媽！我不要妳受傷害，我不要這個家庭破碎，我想幫助妳！妳卻拒人於千里之外，妳不肯聽我說，妳不肯讓我幫助妳！」

婉琳愣在那兒，她看來又孤獨，又無奈，又悲哀，又木訥。好半天，她才結舌的說：

「如……如果，她……她那麼好，我怎麼能和她比呢？怎麼能……保住你爸爸呢？」

「妳能的，媽媽，妳能。」珮柔熱烈的喊，抓緊母親的手。「媽，所有的女人都有一個通病，當丈夫有外遇的時候，就拚命罵那個女人是狐狸精，是臭婊子，是壞女人，勾引別人的丈夫，破壞別人的家庭等等。但是，幾個妻子肯反躬自省一下，為什麼自己沒有力量，把丈夫留在身邊？妳想想，媽媽，這些年來，妳給了爸爸些什麼？你們像兩個爬山的伴侶，剛結婚的時候，你們都在山底下，然後，爸爸開始爬山，他一直往前走往前走，妳卻停在山底下不動，現在，爸爸已經快到山頂了，妳還在山底下，你們的距離已經遠得不能以道里計。這時候，爸爸碰到了秦雨秋，他們在同一的高度上，他們可以看到同樣的視野，於是，兩個孤獨的爬山者，自然而然會攜手前進，並肩往山上爬。妳呢？媽媽，妳停在山下，不怪自己不爬山，卻怪秦雨秋為什麼要爬得那麼高！妳想想，問題是出在秦雨秋身上呢？還是出在妳身上？還是出在爸爸身上？」

婉琳很費力的，也很仔細的聽完了珮柔這篇長篇大論。然後，她怯怯的說：

「珮柔，說實話，妳剛剛講了半天的海，現在又講了半天的山，到底海和山與我們的事情有什麼關係？妳爸爸是另外有了女朋友，並不是真的和秦雨秋去爬山了，是不是？」

珮柔跌坐在沙發裡，用手揉著額角，她暗暗搖頭，只覺得自己頭昏腦脹。閉了一下眼睛，她試著整理自己的思緒，然後，她忽然想：自己是不是太多事了？那秦雨秋，和爸爸才是真正的一對，願天下有情人皆成眷屬！她為什麼要這樣費力的去撮合爸爸和媽媽呢？兩個世界的人為什麼一定要拉在一起呢？算了，她投降了，她無法再管了，因為母親永不可能脫胎換骨，變成另一個人，自己只是在做徒勞的努力而已。睜開眼睛，她想上樓了，但是，她立即接觸到母親的眼光，那樣孤苦無助的看著自己，好像這女兒成為她絕望中唯一的生路。珮柔心中一緊，那種母女間本能的血緣關係，本能的愛，就牢牢的抓緊了她！不不！她得想辦法幫助母親！

「珮柔！」婉琳又茫然的說：「妳不要講山啦，水啦，我弄不清楚，妳說秦雨秋很可愛，我鬥不過她，是不是？可是，我和你爸爸結婚二十幾年了，她和妳爸爸認識才一年，難道二十幾年抵不過一年嗎？」

「二十幾年的陌生，甚至於抵不過一剎那的相知呢！」珮柔喃喃的說。悲哀的望著母親。然後，她振作了一下，說：「這樣吧！媽媽，我們拋開一切道理不談，只談我們現在該怎麼辦好不好？」

「妳說，我聽著。」婉琳可憐兮兮的說，不凶了，不神氣了，倒好像比女兒還矮了一截。

「媽，妳答應我，從明天起，用最溫柔的態度對爸爸，不要嘮叨，不要多說話，尤其，絕口不能攻擊秦雨秋！妳照顧他，盡妳的能力照顧他，像你們剛結婚的時候一樣。妳不可以發脾氣，不冒火，不生氣，不大聲說話，不吵他，不鬧他……」

「那……我還是死了好！」婉琳說：「我為什麼要對他低聲下氣？是他做錯了事，又不是我做錯了事！依我，我就去把秦雨秋家裡打她個落花流水……」

「很好，」珮柔忍著氣說：「那一定可以圓滿的達成和爸爸離婚的目的！我不知道，原來妳也想離婚！」

「誰說我想離婚來著？」婉琳又哭了起來。「我現在和他離了婚，我到哪裡去？」

「媽媽呀！」珮柔喊著：「妳不想離婚，妳就要聽我的！妳就要低聲下氣，妳就要對爸爸好，許多張媽做的工作，妳來做！爸爸沒起床前，妳把早餐捧到他床前去，他一回家，妳給他拿拖鞋，放洗澡水……」

「我又不是他的奴隸！」婉琳嚷著：「也不是日本女人！再下去，妳要叫我對他三跪九叩了！」

「我原希望妳能和爸爸有思想上的共鳴！如果妳是秦雨秋，爸爸會對妳三跪九叩，可惜，妳不是秦雨秋，妳就只好對爸爸三跪九叩，人生，就這麼殘忍，今天，是妳要爸爸，不是爸爸要妳。媽，妳不是當初被追求的時代了！妳認命吧！在思想上，心靈上，氣質上，風度上，年齡上，各方面，我很誠實的說，媽媽，妳鬥不過秦雨秋，妳唯一的辦法，只有一條路——苦肉計。我說的各項措施，都是苦肉計，媽媽，如果妳想爸爸回頭，妳就用用苦肉計吧！爸爸唯一可攻的弱點，是心軟，妳做不到別的，妳就去攻這一個弱點吧！妳畢竟是跟他生活了二十幾年的妻子！」

「苦肉計？」婉琳這一下子才算是明白過來了，她恍然大悟的唸著這三個字。「苦肉計？」她看看珮柔。「會有用嗎？」

「媽，」珮柔深思著。「妳只管用妳的苦肉計，剩下來的事，讓我和哥哥來處理。今晚，我會在這兒等哥哥，我們會商量出一個辦法來。無論如何，我和哥哥，都不會願意一個家庭面臨破碎。」

「子健？」婉琳怯怯的說：「他不會幫我，他一定幫曉妍的姨媽，何況，我今晚又罵了曉妍。」

「媽媽！」珮柔忽然溫柔的摟住了母親的脖子。「妳真不瞭解人性，我恨過妳，哥哥也恨過，但是，」她滿眶淚水。「妳仍然是我們的媽媽！當外界有力量會傷害妳的時候，我們都會挺身而出，來保護妳的！媽媽，如果我們之間，沒有那些汪洋大海，會有多好！」

汪洋大海？婉琳又糊塗了。但，珮柔那對含淚的眼睛，卻使她若有所悟，她忽然覺得，珮柔不再是個小女孩，不再是她的小女兒，而是個奇異的人物，她可能真有神奇的力量，來挽救自己婚姻的危機了。

17

子健用鑰匙開了大門，穿過院子，走進客廳，已經是深夜一點鐘了。但是，珮柔仍然大睜著眼睛，坐在客廳裡等著他。

「怎麼？珮柔？」子健詫異的說：「妳還沒有睡？」

「我在等你。」珮柔說：「曉妍怎樣了？」

子健在沙發裡坐了下來。他看來很疲倦，像是經過了一場劇烈的戰爭，但是，他的眼睛仍然明亮而有神，那種撼人心魄的愛情，是明顯的寫在他臉上的。他低嘆了一聲，用一種深沉的、憐惜的、心痛的聲音說：

「她現在好了，我差一點失去了她！我真沒料到，媽媽會忽然捲起這樣的一個大颱風，幾乎把我整個的世界都吹垮了。」

「你知道，媽媽是製造颱風的能手，」珮柔說：「只是，風吹得快，消失得也快，留下的攤子卻很難收拾。如果颱風本身要負責吹過之後的後果，我想，颱風一定不會願意吹的。」她注視著子健。「哥哥，媽媽事實上是一個典型的悲劇人物，她根本不知道自己在做什麼，也不知道做過的後果，更不會收拾殘局。但是，她是我們的媽媽，是嗎？」

子健凝視著珮柔。

「妳想說什麼？珮柔，別兜圈子。家裡發生事情了，是不是？爸爸和媽媽吵架了？」

「豈止是吵架！爸爸要和媽媽離婚。我想，這是那陣颱風引起來的。你去秦阿姨家的時候，爸爸一定在秦阿姨家，對不對？爸爸表示過要和媽媽離婚嗎？」

「是的。」子健說，蹙起眉頭。「唉！」他嘆了口氣。「人生的事，怎麼這麼複雜呢？」

「哥哥！」珮柔叫：「你對這事的看法怎麼樣？」

「我？」子健的眉頭鎖得更緊。「老實告訴妳，我現在已經昏了頭了，我覺得，父母的事，我們很難過問，也很難參加意見。說真的，爸爸移情別戀，愛上秦阿姨，在我看來，是很自然的事！如果我是爸爸，我也會！」

「哥哥！」珮柔點點頭，緊盯著他。「媽媽罵了曉妍，你就記恨了，是不是？你寧願爸爸和媽媽離婚，去娶秦阿姨，對嗎？這樣就合了你的意了。秦阿姨成為我們的後母，曉妍成為你的妻子。這樣，就一家和氣了，是不？你甚至可以不管媽媽的死活！」

子健跳了起來。

「妳怎麼這樣說話呢？珮柔？我愛曉妍是一回事，我欣賞秦阿姨是另外一回事，我同情爸爸和秦阿姨的戀愛又是一回事。不管怎樣，我總不會贊成爸爸媽媽離婚的！媽媽總之是媽媽，即使和她記恨，也記不了幾分鐘！父母子女之間的感情是血親，如果能置血親於不顧的人，還能叫人嗎？」

「哥哥！」珮柔熱烈的喊：「我就要你這幾句話！我知道你一定會和我站在一條陣線上的！」

「一條陣線？」子健詫異的問：「戰爭已經發生了？是嗎？妳的陣線是什麼陣線呢？」

「哥哥，讓我告訴你。」珮柔移近身子，坐在子健的身邊，她開始低聲的、喃喃的，不停的說了許多許多。子健只是靜靜的聽，聽完了，他抬起眼睛來，深深的看著珮柔。

「珮柔，我們這樣做，是對還是錯呢？」

「挽救父母的婚姻，是錯嗎？」珮柔問：「撮合父母的感情，是錯嗎？孝順母親，不讓她悲哀痛苦，是錯嗎？維持家庭的完整，是錯嗎？拉回父親轉變的心，是錯嗎？」她一連串的問。

子健瞪著她。

「破壞一段美麗的感情，是對嗎？勉強讓一對不相愛的人在一起，是對嗎？打擊父親，使他永墮痛苦的深淵，是對嗎？維持一個家庭完整的外殼，而不管內部的腐爛，是對嗎？拆散一對愛人，讓雙方痛苦，是對嗎？……」

「哥哥！」珮柔打斷了他。「你安心和我唱反調！」

「不是的，珮柔。」子健深沉的說：「我只要告訴妳，對與錯，是很難衡量的，看妳從哪一個角度去判斷。但是，我同意妳的作法，因為我是媽媽的兒子，我不能不同意妳！我站在一個兒子的立場，維護母親的地位，並不是站在客觀的立場，去透視一幕家庭的悲劇。珮柔，妳放心，我會去做，只是我很悲哀，我並沒有把握，能扮演好我的角色。妳孝心可嘉，但是，愛情的力量排山倒海，誰都無法控制，我們很可能全軍覆沒！」

「我知道。」珮柔點點頭。「可是，我們嘗試過，努力過，總比根本不嘗試，不努力好，是不是？」

「當然，」子健說，深思著。「但是，媽媽是不是能和我們合作呢？她的那個颱風只要再颳一次，我們所有的努力都是白費！媽媽，妳知道，我同情她，甚至可憐她，卻無法贊成她！」

「我知道。」珮柔低嘆：「我又何嘗不是如此！只要媽媽有秦阿姨的十分之一，她也不會失去爸爸！可是，媽媽是無法瞭解這一點的，她甚至不懂什麼叫愛情。她認為結婚，生兒育女，和一個男人共同生活就叫戀愛，殊不知愛情是人生最撼人心弦的東西。是嗎？哥哥？」

「我們卻要去斬斷一份撼人心弦的東西！」子健低低的說：「我甚至希望我們失敗。」

「哥哥！」珮柔叫。

「我說了，我和妳一條陣線！」子健站起身來。「不管我的想法如何，我會努力去做！妳，負責媽媽不颳颱風，我，負責爸爸，怎樣？」

「一言為定？」

「一言為定！」

「哥哥，像小時候一樣，我們要勾勾小指頭，這是我們兄妹間的祕密，是不是？你不可以中途反悔，倒戈相向，你不可以讓曉妍左右你的意志，你要為我們可憐的母親多想一想，你能嗎？」

「珮柔，」他注視她，毅然的點了點頭。「我能！」

珮柔伸出手來，兄妹二人鄭重的勾勾小指頭。相對注視，兩人的心情都相當複雜，相當沉重。然後，他們上了樓，各回各的房間了。

俊之徹夜難眠，輾轉到天亮，才朦朦朧朧的睡著了，一覺醒來，紅日當窗，天色已近中午。他從床上坐起來，心裡只是記掛著雨秋。翻身下床，他卻一眼看到婉琳坐在他對面的椅子裡，穿戴整齊，還擦了胭脂抹了粉，戴上了她出客才用的翡翠耳環。她看到他醒來，立即從椅子裡跳起身，賠笑著說：

「你的早餐早就弄好了，豆漿冷了，我才去熱過，你就在臥室裡吃吧，大冷天，吃點熱的暖暖身子。」

俊之愕然的看著婉琳。這是什麼花招？破天荒來的第一次，別是自己還在什麼噩夢裡沒醒吧！他揉揉眼睛，摔摔頭，婉琳已拎著他的睡袍過來了。

「披上睡袍吧！」婉琳的聲音溫柔而怯弱。「當心受涼了。」

他一把抓過睡袍，自己穿上，婉琳已雙手捧上了一杯冒著熱氣的、滾燙的豆漿。俊之啼笑皆非，心裡在不耐煩的冒著火。這是見了鬼的什麼花樣呢？他已正式提出離婚，她卻扮演起古代的、被虐待的小媳婦了！他瞪了她一眼，沒好氣的說：

「我沒漱口之前，從來不吃東西，妳難道連這一點都不知道嗎？」

「哦，哦，是的，是的。」婉琳慌忙說，有點失措的把杯子放了下來，顯然那杯子燙了她的手，她把手指送到嘴邊去吁著氣，發現俊之在瞪她，她就又立即把手放下去，垂下眼瞼，她像個不知所措的、卑躬屈膝的小婦人。

「婉琳！」俊之冷冷的說：「誰教妳來這一套的？」

婉琳吃了一驚，抬起眼睛來，她慌慌張張的看著俊之，囁囁嚅嚅的說：

「我……我……我……」

「沒有用的，婉琳。」俊之深深的望著她，默默的搖著頭。

「沒有用的。我們之間的問題，不是妳幫我端豆漿拿衣服就可以解決了，我並沒有要妳做這些，我要一個心靈的伴侶，不是要一個服侍我的女奴隸！妳也沒有必要貶低妳自己，來做這種工作。妳這樣做，只是讓我覺得可笑而已。」

婉琳低下了頭，她自言自語的說：

「我……早……早知道沒有用的。」她坐回椅子上，一語不發。俊之也不理她，他逕自去浴室梳洗，換了衣服。然後，他發現婉琳依然坐在椅子裡，頭垂得低低的，肩膀輕輕聳動著，他仔細一看，原來她在那兒忍著聲音啜泣，那件特意換上的絲棉旗袍上，已濕了好大的一片。他忽然心中惻然，這女人，她再無知，她再愚昧，卻跟了他二十幾年啊！走過去，他把手放在她的肩上。

「別哭了！」他粗聲說，卻不自已的帶著抹歉意。「哭也不能解決問題的！我們的事，好歹都要解決，反正不急，妳可以冷靜的思考幾天！或者妳會想清楚！我……」他頓了頓，終於說：「很抱歉，也很遺憾。」

她仍然低垂著頭，淚珠一滴滴落在旗袍上。

「當……當初，」她抽噎著說：「你不娶我就好了！」

他一愣，是的，早知今日，何必當初！他低嘆了一聲，人生，誰能預卜未來呢？假若每個人都能預卜未來，還會有錯誤發生嗎？他轉過身子，要走出房去，婉琳又怯怯的叫住了他：

「俊——俊之，你……你的早餐！」

「我不想吃了！妳叫張媽收掉吧！」

「俊之，」婉琳再說：「子健在你書房裡，他說有很重要的事要和你商量。」

俊之回過頭來，狐疑的望著婉琳。

「妳對孩子們說了些什麼？」他問。

「我？」婉琳睜大眼睛，一股莫名其妙的樣子，那臉上的表情倒是誠實的。「我能對他們說什麼？現在，只有他們對我說話的份兒，哪有我對他們說話的份兒？」

這倒是真的，那麼，子健找他，準是為了曉妍。曉妍，他嘆口氣，那孩子也夠可憐了。這個社會，能夠縱容男人嫖妓宿娼，卻不能原諒一個女孩一次失足！他下了樓，走進書房裡，關上了房門。

子健正靠在書桌上，呆呆的站著，他的眼光，直直的望著牆上那幅「浪花」。聽到父親進來，他轉頭看了父親一眼，然後，他愣愣的說：

「我在想，秦阿姨這幅『浪花』，主要是想表現些什麼？」

「對我而言，」俊之坦率的說：「它代表愛情。」

「愛情？」子健不解的凝視著那幅畫。

「在沒有遇到雨秋以前，」俊之說：「我就像海灘上那段朽木，已經枯了，腐爛了，再也沒有生機了。然後，她來了，她像那朵玫瑰，以她的青春、生命，和奪人的豔麗，來點綴這枯木，於是，枯木沾了玫瑰的光采，重新顯出它樸拙自然的美麗。」

子健驚愕的望著父親，他從沒有聽過俊之這樣講話，如此坦率，如此真誠。尤其，他把他當成了平輩，當成了知音。子健忽然覺得汗顏起來，他想逃開，他想躲掉。珮柔給他的任務是一件殘忍的事情。但是，他來不及躲開了，俊之在桌前坐了下來，問：

「你有事找我？」

他站在父親對面，中間隔著一張書桌，他咬緊牙關，臉漲紅了。

「為了曉妍？」俊之溫和的問。

子健搖搖頭，終於說了出來：

「為了你，爸爸。為了你和媽媽。」

俊之臉色立刻蕭索了下來，他眼睛裡充滿了戒備與懷疑，靠進椅子裡，他燃上了一支菸。噴出煙霧，他深深的望著兒子。

「原來，你是媽媽的說客！」他說，聲音僵硬了。

子健在他對面的椅子裡坐了下來，拿起桌上的一把裁紙刀，他無意識的玩弄著那把刀子，透過了煙霧，他注視著父親那張隱藏在煙霧後的臉龐。

「爸爸，我不是媽媽的說客！」子健說：「我瞭解愛情，我認識愛情，我自己正捲在愛情的巨浪裡，我完全明白你和秦阿姨之間發生了些什麼。我不想幫媽媽說話，因為媽媽無法和秦阿姨相比，我昨晚就和珮柔說過，如果我是你，我一樣會移情別戀，一樣會愛上秦阿姨。」

俊之稍稍有些動容了，他沉默著，等待兒子的下文。

「爸爸，這些年來，不是你對媽媽不耐煩，連我們做兒女的，和媽媽都難以相容。媽媽的生活，在二十幾年以來，就只有廚房、臥房、客廳。而我們，見到的，是一片廣漠無邊的天地。接觸的，是新的知識，新的朋友，新的觀念，新的人生。媽媽呢？接觸的只有那些三姑六婆的朋友們，談的是東家長西家短，衣料、麻將，和柴米油鹽。我們和媽媽之間當然會有距離，這是無可奈何的事情！」

俊之再抽了一口菸，子健停了停，他看不出父親的反應，在煙霧的籠罩下，父親的臉顯得好模糊。

「我已經大學四年級了，」子健繼續說：「很快就要畢業，然後是受軍訓，然後我會離家而獨立。珮柔，早晚是江葦的太太，她更不會留在這家庭裡。爸爸，你和媽媽離婚之後，要讓她到哪裡去？這些年來，她已習慣當『賀太太』，她整個的世界，就是這個家庭，你砸碎這個家庭，我們每個人都可以各奔前程，只有媽媽，是徹徹底底的面臨毀滅！爸，我不是幫媽媽說話，我只請你多想一想，即使媽媽不是你的太太，而是你朋友的太太，你忍心讓她毀滅嗎？忍心看到她的世界粉碎嗎？爸爸，多想一想，我只求你多想一想。」

俊之熄滅了那支菸，他緊緊的盯著兒子。

「說完了嗎？」他問。

「爸！」子健搖搖頭。「我抱歉，我非說這些話不可！因為我是媽媽的兒子！」

「子健，」俊之叫，他的聲音很冷靜，但很蒼涼。「你有沒有也為爸爸想一想？離婚，可能你媽媽會毀滅，也可能不毀滅，我們誰都不知道。不離婚，我可以告訴你，你爸爸一定會毀滅！子健，你大了，你一向是個有思想有深度的孩子，請你告訴我，為了保護你媽媽，是不是你寧可毀滅你爸爸！」

子健打了個冷戰。

「爸爸！」他蹙著眉叫：「會有那麼嚴重嗎？」

「子健，」俊之深沉的說：「你願不願意離開曉妍？」

子健又打了個冷戰。

「永不！」他堅決的說。

「而你要求我離開雨秋？」

「爸爸！」子健悲哀的喊：「問題在於你已經失去了選擇的權利！在二十幾年前，你娶了媽媽！現在，你對媽媽有責任與義務！你和秦阿姨，不像我和曉妍，我們是第一次戀愛，我們有權利戀愛！你卻在沒有權利戀愛的時候戀愛了！」

俊之一瞬也不瞬的瞪視著子健，似乎不大相信自己所聽到的，接著，一層濃重的悲憤的情緒，就從他胸中冒了起來，像潮水一般把他給淹沒了。

「夠了！子健！」他嚴厲的說：「我們是一個民主的家庭，我們或者是太民主了，所以你可以對我說我沒有權利戀愛！換言之，你指責我的戀愛不合理，不正常，不應該發生，是不是？」

子健低嘆了一聲，他覺得自己的話說得太重了。

「爸爸，對不起……」

「別說對不起！」俊之打斷了他。「我雖然是你父親，卻從沒有對你端過父親架子！也沒拿『父親』兩個字來壓過你，你覺得我不對，你盡可以批評我！我說了，我們是一個民主的家庭！好了，子健，我承認我不對！我娶你母親，就是一個大錯誤，二十幾年以來，我的感情生活是一片沙漠，如今碰到雨秋，像沙漠中的甘泉，二十幾年的焦渴，好不容易找到了水源，我需要，我非追求不可！這是沒道理好講的！你說我沒有權利愛，我可以承認，你要求我不愛，我卻做不到！懂了嗎？」

「爸爸！」子健喊：「你願不願意多想一想？」

「子健，如果你生活在古代的中國，曉妍在『理』字上，是絕不可以和你結婚的，你知道嗎？」

子健的臉漲紅了。

「可是，我並沒有生活在古代！」

「很好，」俊之憤然的點點頭。「你是個現代青年，你接受了現代的思想！現代的觀念。那麼，我簡單明白的告訴你：離婚是現代法律上明文規定，可以成立的！」

「法律是規定可以離婚，」子健激動的說：「法律卻不負責離婚以後，當事人的心理狀況！爸，你如果和媽媽離婚，你會成為一個謀殺犯！媽跟你生活了二十幾年，你於心何忍？」

「剛剛你在和我說理，現在你又在和我說情，」俊之提高了聲音：「你剛剛認為我在理字上站不住，現在你又認為我在情字上站不住，子健子健，」他驟然傷感了起來。「父子一場，竟然無法讓彼此心靈相通！如果你都無法瞭解我和雨秋這段感情，我想全世界，再也沒有人能瞭解了！」他頹然的用手支住額，低聲說：「夠了！子健，你說得已經夠多了！你去吧！我會好好的想一想。」

「爸爸！」子健焦灼的向前傾，他苦惱的喊著：「你錯了，你誤會我！並不是我不同情你和秦阿姨，我一上來就說了，我同情！問題是，你和媽媽兩個生下了我，你不可能希望我愛秦阿姨勝過愛媽媽！爸爸，秦阿姨是一個堅強灑脫的女人，失去你，她還是會活得很好！

媽媽，卻只是一個寄生在你身上的可憐蟲呵！如果你真做不到不愛秦阿姨，你最起碼請別拋棄媽媽！以秦阿姨的個性，她應該不會在乎名分與地位！」

俊之看了子健一眼，他眼底是一片深刻的悲哀。

「是嗎？」他低聲問：「你真瞭解雨秋嗎？即使她不在乎，我這樣對她是公平的嗎？」

「離婚，對媽媽是公平的嗎？」子健也低聲問。

「你母親不懂得愛情，她一生根本沒有愛情！」

「或者，她不懂得愛情，」子健點頭輕嘆。「她卻懂得要你！」

「要我的什麼？軀殼？姓氏？地位？金錢？」

「可能。反正，你是她的世界和生命！」

「可笑！」

「爸，人生往往是很可笑的！許多人就在這種可笑中活了一輩子，不是嗎？爸，媽媽不止可笑，而且可憐可嘆，我求求你，不要你愛她，你就可憐可憐她吧！」說完，他覺得再也無話可說了，站起身來，他從口袋中掏出一張信紙，遞到父親的面前。「珮柔要我把這個交給你，她說，她要說的話都在這張紙中。爸爸，」他眼裡漾起了淚光。「你一直是個好爸爸，你太寵我們了，以至於我們敢在你面前如此放肆，爸，」他低語：「你寵壞了我們！」轉過身子，他走出了房間。

俊之呆坐在那兒，他沉思了好久好久，一動也不動。然後，他打開了那張信紙。發現上面錄著一首長詩：

「去去復去去，淒惻門前路，
行行重行行，輾轉猶含情，
含情一回首，見我窗前柳，
柳北是高樓，珠簾半上鉤，
昨為樓上女，簾下調鸚鵡，
今為牆外人，紅淚沾羅巾，
牆外與樓上，相去無十丈，
云何咫尺間，如隔萬重山，
悲哉兩決絕，從此終天別，
別鶴空徘徊，誰念鳴聲哀，
徘徊日欲晚，決意投身返，
半裂湘裙裾，泣寄藁砧書，
可憐帛一尺，字字血痕赤，

一字一酸吟，舊愛牽人心，
君如收覆水，妾罪甘鞭箠，
不然死君前，終勝生棄捐，
死亦無別語，願葬君家土，
儻化斷腸花，猶得生君家！」

長詩的後面，寫著幾個字：

「珮柔代母錄刺血詩一首，敬獻於父親之前。」

俊之閉上眼睛，只覺得五臟翻攪，然後就額汗涔涔了。他頹然的仆伏在書桌上，像經過一場大戰，說不出來有多疲倦。半晌，他才喃喃的自語了一句：

「賀俊之，你的兒女，實在都太聰明了。對你，這是幸運還是不幸？」

18

「珮柔，」江葦坐在他的小屋裡，猛抽著香菸，桌上堆滿了稿紙，菸灰缸裡堆滿了菸蒂，他臉上堆滿了憤懣。「我根本反對妳的行為，我覺得妳的作法狹窄、自私，而且愚不可及！」

「江葦，你不理智。」珮柔靠在桌子旁邊，瞪大了眼睛，一臉的苦惱。「你反對我，只因為你恨我媽媽！你巴不得我爸爸和媽媽離婚，你就免得受我媽媽的氣了，是不是？別說我狹窄自私，我看是你狹窄自私！」

「算了！」江葦嗤之以鼻。「我愛的是妳，我看她的臉色幹什麼？將來我娶的也是妳，只要妳不給我臉色看，我管她給不給我臉色看！我之所以反對妳，是因為我客觀，而妳不客觀！說實話，妳媽配不上妳爸爸，一對錯配的婚姻，最好的解決辦法，就是離婚！何必呢？兩個人拖下去，妳媽只擁有妳爸爸的軀殼，妳爸爸呢？他連妳媽的軀殼都不想要，他只擁有一片空虛和寂寞！珮柔，妳愛媽媽，就不愛爸爸了？」

「媽媽會轉變，媽媽會去迎合爸爸……」

「哈！」江葦冷笑了一聲。「妳想把石頭變成金子呢！妳又沒有仙杖，妳又不是神仙！」

「江葦！」珮柔生氣的叫：「請你不要侮辱我媽媽，無論如何，她還是你的長輩。」

「儘管她是我的長輩！」江葦固執的說：「她仍然是一塊石頭，她就是當了我的祖宗，她還是一塊石頭！」

「江葦！」珮柔喊：「你再這樣胡說八道，我就不理你了！」

江葦把她一把拉進自己的懷裡，用手臂緊緊的圈住了她。他的嘴唇湊著她的耳朵，輕聲的、肯定的說：

「妳會理我！因為，妳心裡也清楚得很，妳媽媽只是一塊石頭！而且還是塊又硬又粗的石頭，連雕刻都不可能！而那個秦雨秋呢，卻是塊美玉！」

「我看，」珮柔沒好氣的說：「你大概愛上秦雨秋了！」

「哼！」江葦冷哼一聲。「愛上秦雨秋也沒什麼稀奇，她本就是挺富吸引力的女人！可是，我已經愛上賀珮柔了，這一生跟她跟定了，再沒辦法容納別的女人了！」

「你幹嘛愛賀珮柔？她媽是石頭，她就是小石頭，你幹嘛捨美玉而取石頭！」

「哈哈！」江葦大笑。「我就喜歡小石頭，尤其像妳這樣的小石頭，晶瑩、透明、靈巧，到處都是稜角，迎著光，會反射出五顏六色的光線，有最強的折射律，最大的硬度，可以劃破玻璃，可以點綴帝王的冠冕，可以引起戰爭，可以被全世界所注目……」

「你在說些什麼鬼話呵！」珮柔稀奇的喊。

「這種石頭，學名叫碳。」

「俗名叫鑽石，是不是？」珮柔挑著眉問。

「哈哈！」江葦擁住她，低嘆著：「妳是一顆小鑽石，一顆小小的鑽石，我不愛妳的名貴，卻愛妳全身反射的那種光華。」他吻住了她，緊緊的。

半晌，她掙開了他。

「好了，江葦，你要陪我去秦阿姨家！」

「妳還要去嗎？」江葦注視著她。「我以為我已經說服了妳。」

「我要去！」珮柔一本正經的說：「可是，要我單槍匹馬去，我沒有勇氣，你愛我，你就該站在我一邊，幫我的忙！江葦，難道你忍心看著我的家庭破碎。」

「珮柔，」江葦的臉色也正經了起來。「每個人自己的個性，造成每個人自己的悲劇。妳母親的悲劇，是她自己造成的！妳管不了，妳知不知道！今天，妳或者可以趕掉一個秦雨秋，焉知道明天，不會出現第二個秦雨秋？妳母親個性不改，妳父親早晚要變心，妳會管不勝管，煩不勝煩，妳何苦呢？」

「你不瞭解，江葦。」珮柔誠摯的說：「我母親二十幾年來，一直是這副德行。我父親可能很孤獨，很寂寞，他卻也安心認命的活過了這二十幾年。直到秦雨秋出現了，父親就整個變了。這世界上沒有第二個、第三個秦雨秋，只有唯一的一個！你懂嗎？就如同——你眼睛裡只有我，哥哥眼睛裡只有曉妍，爸爸眼睛裡——只有秦雨秋！」

江葦深深的看著珮柔。

「如果是這樣子，」他說：「我更不去了。」

「怎麼？」

「假若現在有人來對我說，請我放棄妳，妳猜我會怎麼做？我會對那個人下巴上重重的揮上一拳！」

「可是，」珮柔喊：「秦雨秋沒有權利愛爸爸！爸爸早已是有婦之夫！」

「哦！」江葦瞪大了眼睛。「原來妳在講道理，我還不知道妳是個衛道者！那麼，珮柔！讓我告訴妳，湯顯祖寫《牡丹亭》，清遠道人為他題詞，中間有兩句至理名言，妳不能不知道！他說：第云理之所必無，安知情之所必有邪！已經說明人生的事，情之所鍾，非『理』可講！那是三百年前的人說的話了！妳現在啊，還不如一個三百年前的人呢！」

「江葦！」珮柔不耐的喊：「你不要向我賣弄你的文學知識，我保護母親，也是理之所必無，情之所必有，怎麼樣？你別把『情』字解釋得那麼狹窄，父母子女之情，一樣是情！難道只有男女之情，才算是情？」

「好，好！」江葦說：「我不和妳辯論，妳是孝女，妳去盡孝，我不陪妳去碰釘子！別說我根本不贊成這事，即使我贊成，那個秦雨秋是怎樣的人，妳知道嗎？她有多強的個性，我行我素，管妳天下人批評些什麼，她全不會管！她要怎麼做就會怎麼做的！妳去，只是自討沒趣！」

「她卻有個弱點。」珮柔輕聲說。

「什麼弱點？」

「和爸爸的弱點一樣，她善良而心軟。」

江葦瞪著她。

「哦，妳想利用她這個弱點？」

「是的。」

「珮柔，」江葦凝視著她，靜靜的說：「我倒小看妳了！妳是個厲害的角色！」

「不要諷刺我，」她說：「你去不去？」

「不去。」他悶悶的說。

「你到底去不去？」她提高了聲音。

「不去！」

「你真的不去？」

「不去。」

「很好！」她一甩頭，往門外就走。「我有了困難，你既然不願意幫助，你還和我談什麼海枯石爛，生死與共！不去，就不去，我一個人去！我就不信我一個人達不到目的，你等著瞧吧！」

他跳起來，一把抱住她。

「珮柔，珮柔，」他柔聲叫：「別為妳的父母，傷了我們的感情，好嗎？從來，我只看到父母為子女的婚姻傷腦筋，還沒看到子女為父母傷腦筋的事！」

「你知道這叫什麼？」她低問。

「什麼？」

「第云理之所必無，安知情之所必有邪！」她引用了他剛剛所唸的句子。

江葦忍不住笑了起來。

「妳不但厲害，而且聰明。」他說。

她翻轉身子，用手攬住了他的頸項，她開始溫柔的、甜蜜的、細膩的吻他。一吻之後，她輕輕的揚起睫毛，那兩顆烏黑的眼珠，盈盈然，濛濛然的直射著他，她好溫柔好溫柔的低問：

「現在，你要陪我去嗎？」

他嘆息，再吻她，一面伸手去拿椅背上的夾克。

「妳不止聰明，而且靈巧，不止靈巧，而且——讓人無法抗拒。是的，我陪妳去！」

走出了江葦的小屋，外面是冬夜的冷雨。這是個細雨濛濛的天氣。夜，陰冷而潮濕，雨絲像細粉般灑了下來，飄墜在他們的頭髮上、面頰上和衣襟上。江葦攬緊了她，走出小巷，他問：

「妳怎麼知道今晚秦雨秋在家？又怎麼知道妳爸爸不會在她那兒？」

「今晚是杜伯伯過生日，爸爸媽媽都去了，根據每年的經驗，不到深夜不會散會，何況，我已經告訴媽媽，要她絆住爸爸。至於秦雨秋，」她仰頭看看那黑沉沉的天空，和無邊的細雨。「只有傻瓜才會一個人冒著風雨，在這麼冷的天氣往外跑。」

「曉妍呢？」他問：「妳總不能當著曉妍談。」

「曉妍現在在我家。」珮柔笑容可掬。「和哥哥在一起，我想——不到十二點，她不會回去的！」

「哦！」江葦盯著她。「妳——不止讓人無法抗拒，而且讓人不可捉摸。妳——早已計畫好了。」

「是的。」

「我想——」他悶悶的說：「我未來的生活可以預卜了，我將娶一個世界上最難纏的妻子。」

「你怕我嗎？」

「怕？」他握住她涼涼的小手，她手心中有一條疤痕，他撫摸那疤痕。「不是怕，而是愛。」

他們來到了雨秋的家，果然，來開門的是雨秋本人。一屋子的寂靜，一屋子冬天的氣息，有木炭的香味，雨秋在客廳中生了一盆爐火。看到珮柔和江葦，她顯得好意外，接著，她就露出了一臉由衷的喜悅及歡迎。

「你們知道，人生的至樂是什麼？」她笑著說：「在冬天的晚上，冷雨敲窗之際，妳品茗著自己的寂寞，這時，忽然來兩個不速之客，和妳共享一份圍爐的情趣。」

她那份喜悅，她那份坦白，以及她那份毫不掩飾的快樂，使江葦立刻有了種犯罪的感覺，他悄悄的看了一眼珮柔，珮柔似乎也有點微微的不安。但是，雨秋已熱烈的把他們迎了進去。她拖了幾張矮凳，放在火爐的前面，笑著說：

「把你們的濕外套脫掉，在爐子前面坐著，我去給你們倒兩杯熱茶。」

「秦阿姨，」珮柔慌忙說：「我自己來，妳別把我當客人！」她跟著雨秋跑到廚房去。

雨秋摸摸她的手，笑著：

「瞧，手凍得冰冰冷！」她揚聲喊：「江葦，你不大會照顧珮柔呵！你怎麼允許她的手這樣冷！」

江葦站在客廳裡，尷尬的傻笑著，他注意到客廳中有一架嶄新的電子琴。

「秦阿姨，妳彈琴嗎？」他問。

「那架電子琴嗎？」雨秋端著茶走了過來，把茶放在小几上，她又去端了一盤瓜子和巧克力糖來。「那是為曉妍買的，我自己呀，鋼琴還會一點，電子琴可毫無辦法。最近，曉妍和她父母有講和的趨勢，這電子琴也就可以搬到她家去了。」

她在爐邊一坐，望著他們。「為什麼不坐？」

江葦和珮柔脫掉外套，在爐邊坐下。珮柔下意識的伸手烤烤火，又抬頭看看牆上的畫——莫道不消魂，簾捲西風，人比黃花瘦，她看呆了。江葦順著她的視線看過去，也默默的出起神來。

雨秋忽然覺得有點不對勁了。她看看江葦，又看看珮柔，聳了聳肩說：

「你們兩個沒吵架吧？」

「吵架？」珮柔一驚，掉轉頭來。「沒有呀。」

「不能完全說沒有，」江葦說，燃起了一支菸。「我們剛剛還在辯論『理之所必無，情之所必有』兩句話呢！」

「是嗎？」雨秋問：「我沒聽過這兩句話。」

「出自《牡丹亭》的題詞裡，」江葦望著雨秋。「已經有三百年的歷史了。我們在討論，人類的感情，通常都是理之所必無，情之所必有的。三百年前的人知道這個道理，今天的人，卻未見得知道這個道理！」

「江葦！」珮柔輕輕的叫，帶著抗議的味道。

雨秋深深的看了他們一會兒，這次，她確定他們是有所為而來了。她啜了一口茶，拿起火鉗來，把爐火撥大了，她沉思的看著那往上升的火苗，淡淡的問：

「你們有什麼話要對我說嗎？」

「我沒有。」江葦很快的說，身子往後靠，他開始一個勁兒的猛抽著香菸。

「那麼，是珮柔有話要對我說了？」雨秋問，掃了珮柔一眼。

珮柔微微一震，端著茶杯的手顫動了一下。在雨秋那對澄澈而深刻的眼光下，她覺得自己是無所遁形的。忽然間，她變得怯場了，來時的勇氣，已在這爐火，這冬夜的氣氛，這房間的溫暖中融解了。她注視著手中的茶杯，那茶正冒著氤氳的熱氣，她輕咳了一聲，囁嚅的說：

「我……也沒什麼，只是……想見見妳。」

「哦！」雨秋沉吟的，她抬起眼睛來，直視著珮柔，她的臉色溫和而親切。「珮柔，妳任何話都可以對我講，」她坦率的說：「關於什麼？妳爸爸？」

珮柔又一震，她抬起睫毛來了。

「沒有祕密可以瞞過妳，是不是？秦阿姨？」她問。

雨秋勉強的微笑了一下。

「妳臉上根本沒有祕密，」她說：「妳是帶著滿懷心事而來的。是什麼？珮柔？」

珮柔迎著她的目光，她們彼此深深注視著。

「秦阿姨，我覺得妳是一個好奇怪的女人，妳灑脫，妳自信，妳獨立，妳勇敢，妳敢愛敢恨，敢做敢當，妳什麼都不怕，什麼都不在乎，像一隻好大的鳥，海闊天空，任妳遨遊。妳的世界，像是大得無邊無際的。」

雨秋傾聽著，她微笑了。

「是嗎？」她問：「連我自己都不知道呢！當你們來以前，我正在想，我的世界似乎只有一盆爐火。」

珮柔搖搖頭。

「妳的爐火裡一定也有另一番境界。」

雨秋深思的望著她。

「很好，珮柔，妳比我想像中更會說話。最起碼，妳這篇開場白，很讓我動心，下面呢？

妳的主題是什麼？」

「秦阿姨，我好羨慕妳有這麼大的世界，這麼大的胸襟。但是，有的女人，一生就侷促在柴米油鹽裡，整個世界脫離不開丈夫和兒女，她單純得近乎幼稚，卻像個爬藤植物般環繞著丈夫生存。秦阿姨，妳看過這種女人嗎？」

雨秋垂下了眼睛，她注視著爐火，用火鉗撥弄著那些燃燒的炭，她弄得爐火爆出一串火花。她靜靜的說：

「為什麼找我談？珮柔？為什麼不直接找妳父親？妳要知道，在感情生活裡，女人往往是處於被動，假若妳不希望我和妳父親來往，妳應該說服妳父親，讓他遠遠的離開我。」

珮柔默然片刻。

「如果我能說動爸爸，我就不會來找妳，是嗎？」

雨秋抬起眼睛，她的眼光變得十分銳利，她緊緊的盯著珮柔，笑容與溫柔都從她的唇邊隱沒了。

「珮柔，妳知道妳對我提出的是一個很荒謬的要求嗎？妳知道妳在強人所難嗎？」

「我知道。」珮柔很快的說：「不但荒謬，而且大膽，不但大膽，而且不合情理。我——」

她低聲說：「不勉強妳，不要求妳，只告訴妳一個事實，媽媽如果失去了爸爸，她會死掉，她會自殺，因為她是一棵寄生草。而妳，秦阿姨，妳有那麼廣闊的天地，妳不會那樣在乎爸爸的，是不是？」

雨秋瞪著珮柔。

「或者，」她輕聲的說：「妳把妳爸爸的力量估計得太渺小了。」

珮柔驚跳了一下。

「是嗎？秦阿姨？」她問。

「不過，妳放心，」雨秋很快的甩了一下頭。「我既不會死掉，也不會自殺，我是一個生命力很強的女人！一個像我這樣在風浪中打過滾的女人，要死掉可不容易！」她把火鉗重重的插入炭灰裡。「但是，珮柔，當我從這個戰場裡撤退的時候，妳的父親會怎樣？」

「爸爸嗎？」珮柔咬咬嘴唇。「我想，他是個大男人，應該也不會死掉，也不會自殺吧！」

「很好，很好。」雨秋站起身來，繞著屋子走了一圈，又繞著屋子再走了一圈。「妳已經都想得很周到了，難為妳這麼小小年紀，能有這樣周密的思想，妳父親應該以妳為榮。」她停在江葦面前。「江葦，你也該覺得驕傲，你的未婚妻是個天才！」

江葦注視著雨秋，他的眼光是深刻的，半晌，他驟然激動的開了口：

「秦阿姨，」他說：「妳不要聽珮柔的，沒有人能勉強妳做任何事，如果賀伯母因為賀伯伯變心而自殺，那也不是妳的過失，妳並沒有要賀伯母自殺！花朵之吸引蝴蝶，是蝴蝶要飛過去，又不是花要蝴蝶過去的！這件事裡面，妳根本負不起一點責任……」

「江葦！」珮柔喊，臉色變白了。「你是什麼意思？你安心要讓我下不了臺？」

「妳本不該叫我來的！」江葦惱怒的說：「我早說過，我無法幫妳說話！因為我們在基本上的看法就不同！」

「江葦，」珮柔瞪大眼睛。「你能不能不說話？」

「對不起，」江葦也瞪大眼睛。「我不是啞巴！」

雨秋把長髮往腦後一掠，仰了仰頭，她攔在珮柔和江葦的中間。她的眼光深邃而怪異，唇邊浮起了一個莫測高深的微笑。

「好了！你們兩個！」她說：「如果你們要吵架，請不要在我家裡吵，如果你們的意見不統一，也不要在我面前來討論！尤其，我不想成為你們爭論的核心！」

「秦阿姨！」珮柔跳了起來，又氣又急，眼淚就湧了上來，在眼眶裡打轉。「我沒辦法再多說什麼了，江葦把我的情緒完全攪亂了。我來這兒，只有一個目的……」眼淚滑下了她的面頰，她抽噎了起來。「我只求妳，求妳，求妳！求妳可憐我媽媽，她懦弱而無知，她……她……她不像妳，秦阿姨……」

雨秋望著珮柔。

「妳的來意，我已經完全瞭解，珮柔。怕只怕——會變成『抽刀斷水水更流』！」她用手揉了揉額角。「不要再說了，我忽然覺得很累，你們願不願意離開了？」

「秦阿姨！」珮柔急促的喊了一聲。

雨秋走到那架電子琴前面，打開琴蓋，她坐了下來，用彈鋼琴的手法隨便的彈弄著音鍵，背對著珮柔和江葦，她頭也不回的說：

「珮柔，妳和江葦以後一定要統一你們的看法和思想，現在，你們還年輕，你們可以並肩前進。有一天，你們的年紀都大了，那時候，希望你們還是攜著手，肩並著肩，不要讓中間有絲毫的空隙，否則，那空隙就會變成一條無法彌補的壕溝。」

「秦阿姨！」珮柔再叫，聲音是哀婉的。

「我練過一段時間的鋼琴，」雨秋自顧自的說：「可惜都荒廢了，曉妍的琴彈得很好，希望不會荒廢。」她彈出一串優美的音符。「聽過這首歌嗎？我很喜歡的一支曲子。」她彈著，再說了一句：「你們走的時候，幫我把房門關好。」然後，她隨意的撫弄著琴鍵，眼光迷迷濛濛的，她腦中隨著音符，浮起了一些模糊的句子：

「有誰能夠知道？
為何相逢不早？
人生際遇難知，
有夢也應草草！

說什麼願為連理枝，
談什麼願成比翼鳥，
原就是浮萍相聚，
可憐那姻緣易老！
問世間情為何物？
笑世人神魂顛倒，
看古今多少佳話，
都早被浪花沖了！……」

她停止了彈琴，仍然沉思著，半晌，她驟然回過頭來。

「你們還沒有走嗎？」她問。

江葦凝視著她，然後他拉住珮柔的手腕。

「我們走吧！」他淒然的說。

珮柔心中酸澀，她望著雨秋，還想說什麼，但是，江葦死命的拉住她，把她帶出門去了。

雨秋望著房門闔攏，然後，她在爐火前坐了下來，彎腰撥著爐火。風震撼著窗檽，她傾聽著窗外的雨聲，雨大了。又是雨季！又是個濡濕的、淒冷的冬天！一個爐火也烘不乾、烤不暖的冬天。

19

時間流了過去，轉瞬間，春天又來了。

這段時間，對俊之而言，是漫長而難耐的，生活像是一副無可奈何的擔子，沉重的壓在他的肩上。「離婚」之議，在兒女的強烈反對下，在婉琳的淚眼凝注下，在傳統的觀念束縛下，被暫時擱置下來了。雨秋隨著春天的來臨，越變越活潑，越變越外向，越變越年輕，越變越難以捉摸。她常常終日流連在外，樂而忘返，即使連曉妍，也不知道她行蹤何在。俊之似乎很難見到她了，偶然見到，她一陣嘻嘻哈哈，就飄然而去，他根本無法和她說任何知心的言語。他開始覺得，她和他之間，在一天比一天疏遠，一天比一天陌生。而這疏遠與陌生，是那麼逐漸的、無形的、莫名其妙的來臨了。

四月，陽光溫暖而和煦，冬季的寒冷已成過去，雨季也早已消失。這天，俊之一早就開了車來找雨秋，再也不能容忍她那份飄忽，再也不甘願她從他手中溜去。他一見面就對她說：

「我準備了野餐，我們去郊外走走！」

「好呀！」雨秋欣然附議。「我叫曉妍和子健一塊兒去，人多熱鬧點兒！」

「不！」俊之阻止了她。「不要任何人，只有我和妳，我想跟妳談一談。」

她愣了愣。

「也好，」她笑著說：「我也有事和你商量，也不換衣服了，我們走吧！」拿起手提袋，她翩然出門，把房門重重的闔攏。

他望著她，一件黑色的麻紗襯衫，一條紅色的喇叭褲，長髮披瀉，隨風搖曳。就那麼簡簡單單的裝束，她就是有種超然脫俗的韻味。他心中低嘆著，天知道，他多想擁有她！如果命運能把她判給他，他寧願以他所有其他的東西來換取。因為，幸福是圍繞著她的；她的笑容，她的凝視，她的豪放，她的瀟灑，她的高談闊論，或她的低言細語，她的輕顰淺笑，或她的放懷高歌……啊，幸福是圍繞著她的！她舉手，幸福在她手中；她投足，幸福在她腳下；她微笑，幸福在她的笑容裡；她凝眸，幸福在她的眼波中。人，怎能放走這麼大的幸福！他要她！他每一個細胞，每一根纖維，每一分思想，每一縷感情，都在呼喚著她的名字：雨秋，雨秋，雨秋，那全世界幸福的總和！

上了車，他轉頭望她。

「到什麼地方去？」

「海邊好嗎？」她說，「我好久沒有見到浪花。」

他心中怦然一動，沒說話，他發動了車子。

車子沿著北部海岸，向前進行著，郊外的空氣，帶著原野及青草的氣息，春天在車窗外閃耀。雨秋把窗玻璃搖了下來，她的長髮在春風中飛舞，她笑著用手壓住頭髮，笑著把頭側向他，她的髮絲拂著他的面頰。

他看了她一眼。

「妳今天心情很好。」他說。

「我近來心情一直很好，你不覺得嗎？」她問。

「是嗎？」他看了她一眼。「為什麼？」

「事業、愛情兩得意，人生還能多求什麼？」她問，語氣有一點兒特別。他看看她，無法看出她表情中有什麼特殊的意味。但是，不知怎的，他卻覺得她這句話中頗有點令人刺心的地方。他不自禁的想起牛排館中那一夜，她醉酒的那一夜，他輕嘆一聲，忽然覺得心頭好沉重。

「怎麼了？」她笑著問：「幹嘛嘆氣？」

他伸過一隻手來，握住她的手。

「我覺得對妳很抱歉。」他坦白的說：「不要以為我沒把我們的事放在心上……」

「請你！」她立即說：「別煞風景好嗎？你根本沒有任何地方需要對我道歉。我們在一起，都很開心，誰也不欠誰什麼，談什麼抱歉不抱歉呢！」

他蹙起眉頭，注視了她一眼。他寧願她恨他，怨他，罵他，而不要這樣滿不在乎。她看著車窗外面，好像全副精神都被窗外的風景所吸引了。忽然間，她大喊：

「停車，停車！」

他猛然煞住車子，不知道發生了什麼大事，她打開車門，翩然下車，他這才注意到，路邊的野草中，開了一叢黃色的小雛菊。她喜悅的彎下身子，採了好大的一束。然後，她上了車，把一朵雛菊插在鬢邊的長髮裡，她轉頭看他，對他嫣然微笑。

「我美嗎？」她心無城府的問。

他低嘆了一聲。

「妳明知道的！」他說：「在我眼光中，全世界的美，都集中於妳一身！」

她微微一震，立刻笑了起來。

「這種話，應該寫到小說裡去，講出來，就太肉麻，也太不真實了！」

他瞪了她一眼，想說什麼，卻按捺了下去。他沉默了，忽然感到她離他好遠，她那樣心不在焉，瀟灑自如，又那樣莫測高深，他的心臟開始隱隱作痛。而她，握著那一把雛菊，她撥弄著那花瓣，嘴裡輕輕的哼著歌曲。

車子停在海邊，這不是海的季節，海風仍強，吹在身上涼颼颼的，整個沙灘和岩石邊，都寂無人影。

他們下了車，往沙灘上走去，他挽著她，沙灘上留下了兩排清楚的足跡。浪花在翻捲，在洶湧，在前推後繼。她走向岩石，爬上了一大塊石頭，她坐了下來，手裡仍然握著花束，她的眼光投向了那廣漠的大海。海風掀起了她的長髮，鼓動了她的衣衫，她出神的看著那海浪，那雲天，那海水反射的粼光，似乎陷進了一份虛渺的沉思裡。

他在她身邊坐了下來。陽光很好，但是，風在輕吼，海在低嘯，浪花在翻翻滾滾。

「想什麼？」他柔聲問，用手撫弄她那隨風飛舞的髮絲。感到她的心神飄忽。

她默然片刻。

「我在想，下個月的現在，我在什麼地方？」終於，她平平靜靜的說，看著海面。

「什麼？」他驚跳。「當然在臺灣，還能在哪裡？」

她轉過頭來了，她的眼光從海浪上收了回來，定定的看著他。眼底深處，是一抹誠摯的溫柔。

「不，俊之，我下月初就走了。」

「走了？」他愕然的瞪大眼睛。「妳走到哪裡去？」

「海的那一邊。」她說，很平靜，很安詳。「我早已想去了，手續到最近才辦好。」

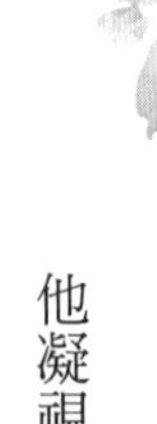

他凝視她，咬住牙。

「不要開這種玩笑，」他低聲說，緊盯著她。「什麼玩笑都可以開，但是，不要開這種玩笑。」

「你知道我沒開玩笑，是不是？」她的眼光澄澈而清朗。「我又何必和你開玩笑呢？我告訴你，世界好大，而我是一隻大鳥，海闊天空，任我遨遊。我是一隻大鳥，現在，鳥要飛了。」

「不不，」他拚命搖頭，心臟一下子收縮成了一團，血液似乎完全凝固了。「妳哪兒也不去！雨秋，我知道妳心裡在想什麼，自從那晚在牛排館之後，妳就沒有快樂過。妳以為我和妳逢場作戲，妳心裡不開心，妳就來這一套！不不，雨秋，」他急促起來。「我答應妳，我會盡快解決我的問題，但是，妳不會離開。妳要給我一段時間，給我一個機會……」

「俊之！」她蹙起眉頭，打斷了他。「你在說什麼？你完全誤會了！我對你從沒有任何要求，不是嗎？我並沒有要你解決什麼問題，我和你之間，一點麻煩也沒有，一點糾葛也沒有，不是嗎？」

他瞪著她，死命的瞪著她。

「雨秋！」他啞聲喊：「妳怎麼了？」

「我很好呀！」雨秋大睜著一對明亮的眸子。「很開心，很快樂，很自由，很新奇……

因為我要到另一個天地裡，去找尋更多的靈感。」

他怔怔的望著她。

「妳的意思是說，妳將到海外去旅行一段時間？去一個月？還是兩個月？好，」他點點頭。「妳能不能等？」

「等？等什麼？」

「我馬上辦手續，陪妳一起去。」

她凝視他，然後，她掉轉頭來，望著手裡的花朵。

「你不能陪我去，俊之。」

「我能的！」他急切的說：「我可以把雲濤的業務交給張經理，我可以盡快安排好一切……」

「可是，」她靜靜的說：「李凡不會願意你陪我去！」

「李凡？」他大大一震。「李凡是個什麼鬼？」

「他不是鬼，他是個很好的人，」雨秋摘下一朵小花，開始把花瓣一瓣瓣的扯下來，風吹過來，那些花瓣迎風飛舞，一會兒就飄得無影無蹤。「你忘了嗎？他是個華僑，當我開畫展的時候，他曾經一口氣買了我五張畫！」

「哦，」俊之的心沉進了地底，他掙扎著說：「我記得了，那個土財主！」

「他不是土財主，他有思想，有深度，有見解，有眼光，他是個很有吸引力的男人！」

「哦！」他盯著她。「我不知道，他最近又來過臺灣嗎？」

「是的，來了兩星期，又回去了。」

怪不得！怪不得她一天到晚不見人影，怪不得她神祕莫測，怪不得她滿面春風，怪不得！怪不得！他的手抵著岩石，那岩石的稜角深深的陷進他的肌肉裡。

「這麼說來，」他吸進一口冷風。「妳並不是去旅行？而是要去投奔一個男人？他的旅館和金錢，畢竟打動了妳，是不是？」

她望著她。

「你要這樣說，我也沒辦法，」她繼續撕著花瓣。「我確實是去投奔他，你知道不是為了金錢，而是為了他的人，我喜歡他！」

他狠狠的望著她。

「妳同時間能夠喜歡幾個男人？」他大聲問。

「俊之？」她的臉色發白了。「你要跟我算帳嗎？還是要跟我吵架？我和你交往以來，並沒有對你保證過什麼，是不是？我既不是你的妻子，又不是你的小老婆，你要我怎麼樣？只愛你一個？永不變心？假若我是那樣的女人，我當初怎麼會離婚？你去問問杜峰，你打聽打聽看，秦雨秋是怎樣的女人！我們好過一陣，誰也沒欠誰什麼，現在好聚好散，不是皆大歡喜？」

他重重的喘著氣，眼睛發直，面色慘淡。

「雨秋！這是妳說的？」他問。

「是我說的！」

「每句都是真心話？」

「當然。」她揚揚眉毛。

他注視著她，不信任的注視著她，他眼裡充滿了憤怒、懊喪、悲切，和深切的哀痛。半晌，他只是瞪著她而不說話，然後，他閉了閉眼睛，重重的一甩頭，忽然抓住了她的手腕，他開始急促的，懇求的，滿懷希望的說：

「我知道了，雨秋，整個故事都是妳編出來的！妳在生我的氣，是不是？這麼久，我沒有給妳一個安排，妳心裡生氣，嘴裡又不願意講，妳就編出這麼一個荒謬的故事來騙我！雨秋！妳以為我會相信，不不，我不會信的！雨秋，我知道有一個李凡，我也知道他會追求妳，但是，妳不會這麼快就變心。雨秋，妳不去美國，妳要留下來，我保證，我明天就離婚，明天就離！妳真要去美國，我們一起去，我們去度蜜月，不止去美國，我們還可以去歐洲，妳畫畫，我幫妳揹畫架！」

他的眼睛明亮，閃爍著心靈深處的渴望。「好不好？雨秋，我們一起去！」他握緊她的手腕，搖撼著她。「我們一起去！回來之後，我幫妳再開一個畫展，一個更大的、更成功的畫展！」

她迎視著他的目光，風吹著她的眼睛，她不得不半垂著睫毛，那眼珠就顯得迷迷濛濛起來。

「我抱歉……」她低低的說。

「不是妳抱歉，」他很快的打斷她。「是我抱歉，我對不起妳，我讓妳受了委屈，妳那麼要強好勝，妳不會講。但是，我知道，妳受了好多好多委屈。雨秋，我彌補，我一定彌補，我要用我有生之年，來彌補妳為我受的委屈，只求妳一件事，不要離開我！雨秋，不要離開我！」

「如果我真受了什麼委屈，」她輕聲的說：「你這一篇話，已足以說服我，讓我留下來。但是，很不幸，俊之，你必須接受一個事實，我這種女人，天生無法安定，天生不能只屬於一個男人。我太活躍，太不穩定，太好奇，太容易見異思遷，我是個壞女人。俊之，我是個壞女人。」

「不是！不是！妳不是！」他瘋狂的搖頭。「妳只是在生我的氣！」

她盯著他，驟然間，她冒火了。

「我一點也沒有生你的氣！」她惱怒的大喊，無法控制的大喊，掙開了他的手。「你為什麼不肯面對現實？像你這樣的大男人，怎麼如此娘娘腔？」她的眼眶脹紅了。「你一定要我清清楚楚的告訴你，我不愛你了，是不是？你難道不懂嗎！我另外有了男朋友！我愛上了別人！」她喊得那樣響，聲音壓過了海濤，壓過了風聲。「我要走！不是因為你沒有離婚，而是因為另外有一個大的力量在吸引我，我非去不可！我愛上了他！你懂了嗎？」

俊之的眼睛直直的望著她，他呆了，怔了，血色離開了他的嘴唇，他呆呆的坐著，一動也不動。她注視他，他一直不動，就像一塊他們身邊的岩石。她洩了氣，不自禁的軟弱了下來，她苦惱的蹙蹙眉，輕喚了一聲：

「俊之？」

他依然不動，似乎充耳不聞。她摸摸他的手，擔憂的叫：

「俊之？」

他仍然不動。她在他耳邊大吼：

「俊之！」

他驚醒了，回過神來。

「哦，雨秋？」他做夢似的說：「妳剛剛在說什麼？」

「不要裝聽不見！」她又生氣了。「我已經對你說得很清楚了，我不想一再重複！」

「是的，妳說得很清楚了，」他喃喃的自語：「妳愛上了李凡，一個百萬富翁！妳要到美國去嫁給他，至於我和妳的那一段，已經是過眼雲煙，妳在寂寞時碰到我，用我來填充妳的寂寞，如今事過境遷。如果我是一個男子漢，應該瀟脫的甩甩頭，表示滿不在乎。」他瞪著她，眼光倏然間變得又銳利，又冷酷。「是嗎？雨秋？」

「隨你怎麼說，」雨秋垂下眼睛。「我不想為自己說任何話。反正，事實上，我有了另外一個男人，再怎麼自我掩飾，都是沒有用的事，我一生，就沒辦法做到用情專一。總之，我希望我們好聚好散，誰也別怨誰。」

「放心，」他冷冷的說：「我不會怨妳！要怨，也只能怨我自己！怨我的傻，怨我的執著，怨我的認真！」他站起身來，忽然放聲大笑。「哈哈！天下有我這種傻瓜，活到四十幾歲，還會迷信愛情！很好，雨秋，妳最起碼做了一件好事，妳教育了我！這些年來，我像個天真的孩子，當杜峰他們尋花問柳的時候，我嘲笑他們，因為我盲目的崇拜愛情！現在，我知道什麼叫愛情了。」

雨秋也站起身來，她手裡那一束花，不知何時，已經被她揉成了碎片紛紛。她凝視他，忍不住神情惻然。

「俊之，請你不要太難過，無論如何，你有個好太太，有兩個優秀的兒女，這，應該足以安慰你了……」

他頓時一把抓住了她，他的眼光驚覺而凌厲。

「好了，雨秋。」他啞聲說：「不演戲了！告訴我，是誰去找過妳？我太太？子健？還是珮柔？是誰要妳這樣做？告訴我！別再對我演戲！」

她顫慄了一下，他沒有忽略她這一下顫慄，立即，他一把擁住了她，把她緊緊的抱在他懷裡，俯下頭，他捉住了她的嘴唇。頓時間，他深深的、強烈的吻住了她，他的唇輾過了她的，帶著顫慄的、需索的、渴求的深情。她掙扎著，卻掙不開他那強而有力的胳膊，於是，她屈服了。她一任他吻，一任他擁抱，一任他的唇滑過她的面頰和頸項。他抬起頭來，他的眼睛狂野而熱烈。

「妳居然敢說妳已經不再愛我了？」他問。

「我還是要說，我不再愛你了。」她說，望著他。

「妳的心靈在否認妳的話，妳的心靈在說，妳仍然愛著我！」

「你聽錯了。要不然，你就是在欺騙你自己。」

他捏緊她的胳膊，捏得她好痛好痛。

「妳真的不再愛我？真的要去美國？真的愛上了別人？都是真的？」

「都是真的。」

他用力握緊她，她痛得從齒縫裡吸氣。

「對我發誓妳說的是真的！」

「如果我說的是假話，我會掉在海裡淹死！」

「發更毒的誓！」他命令：「用曉妍來發誓！」

她掙開了他，憤怒的大嚷：

「賀俊之，你少胡鬧了！行不行？為什麼你一定要強迫一個不愛你的女人承認愛你？對你有什麼好處？我告訴你！」她發狂般的大叫：「我不愛你！不愛你！不愛你！不愛你！你只是我的一塊浮木，你只是一個小浪花，而我生命裡有無數的浪花，你這個浪花，早就被新的浪花所取代了，你懂嗎？你看那大海，浪花一直在洶湧，有沒有停下來的時候？我們的故事已經結束了！結束了！結束了！你知不知道什麼叫結束？」

他舉起手來，想打她，他的臉色慘白，眼睛發紅，終於，他的手垂了下來。

「我不打妳，」他喘著氣說：「打妳也喚不回愛情。很好，」他凝視著那廣漠無邊的大海，真的，浪花正翻翻滾滾，撲打著岩石，舊的去了，新的再來，捲過去，捲過去，捲過去……前起後繼，無休無止。「很好，」他咬緊牙關。「我們的故事，開始於浪花，結束於浪花，最起碼，還很富有文藝氣息。」他冷笑。「浪花，我以為是一段驚心動魄的愛情，原來只是一個小浪花！」

「世界上多少驚心動魄的愛情，也只是一個小浪花而已。」雨秋殘忍的說：「何需傷感？如果我是你，我就一笑置之。」

他瞪著她，像在看一個陌生人。

「秦雨秋，妳是個劊子手！」他說：「希望我以後的生命裡，再也沒有浪花，這個小浪花，已經差點淹死了我。事實上，」他沉思片刻，冷笑的意味更深了。「這浪花已經淹死了我──淹死了我整個的愛情生命！」

「在遇見我以前，你何嘗有愛情生命？」她漠然的說，語氣冷得像北極的寒冰。「浪花原就是我帶給你的，我再帶走，如此而已。」

他瞪了她好久好久，掙扎在自己那份強烈的憤怒與痛楚裡。緊閉著嘴，他的臉僵硬得像一塊石頭。

「看樣子，」終於，他說：「我們再談下去也沒有用了，是嗎？妳就這樣子把我從妳生命裡完完全全抹煞了，是嗎？很好，我是男子漢，我該提得起，放得下！」他咬牙。「算我白認識了妳一場！走吧！我們還站在這兒吹冷風幹什麼？」

她一語不發，只是掉頭向車子走去。

於是，他們踏上了歸途。

車子裡，他們兩個都變得非常沉默。他瘋狂的開著快車，一路超速。她默默的倚在座位裡，一直沒有再開口。到了家門前，他送她上了樓，她掏出鑰匙。

「我想，」他悶聲說：「妳並不想請我進去！」

「是的。」她靜靜的接了口：「最好，就這樣分手。我下月初走，坐船，我不喜歡飛機。」她頓了頓。「在這段時間裡，不見面對我們兩個都好些。」她打開了房門，很快的再掃了他一眼。「就此再見吧！俊之。」

他愕然片刻。真的結束了嗎？就這樣結束了嗎？他搖搖頭，不大相信。不不，不能結束！不甘結束！不願結束！可是，雨秋的神情那樣冷漠，那樣陌生，那樣堅決。她不再是他的雨秋了！不再是他夢中的女郎，不再是那個滿身詩情畫意，滿心柔情似水的女人！他曾愛過的那個秦雨秋已經像煙一樣的飄散了，像雲一樣的飛去了，像風一樣的消失了。不不，那個秦雨秋已經死掉了，死掉了，死掉了！他望著面前這個有長髮的陌生女人，只注意到她髮際沾著一片小黃花瓣，他下意識的伸手摘下來。小黃花！秦雨秋的小黃花！莫道不消魂，簾捲西風，人比黃花瘦！他失神的冷笑了一下，毅然的轉過身子，走下了樓梯。

雨秋目送他的身影消失在樓梯的轉角處，她咬緊嘴唇，立即飛快的閃進房裡，砰然一聲關上了房門。把頭仰靠在門上，她佇立片刻，才踉蹌的衝進客廳裡。

曉妍被驚動了，她從沙發上跳了起來。

「姨媽，妳怎麼了？」她驚愕的喊：「妳病了！妳的臉像一張白紙！」

「我很好。」雨秋啞聲說，在沙發上軟軟的躺了下來。「我只是累了，好累好累。」她伸手抓住曉妍的手，她的手冷得像冰，把曉妍的身子拉下來，她撫摸她的短髮，眼光飄忽的落在她臉上。她的聲音深沉幽邃，像來自深谷的回音。「曉妍，妳該回妳父母身邊去了，去跳那條溝。不管有多難跳，那是妳該做的事。曉妍，姨媽不能再留妳了。」放開曉妍，她闔上了眼睛。「我好累好累，我想睡覺了。別吵我，讓我睡一睡。」翻身向裡面，她把臉埋在靠墊裡，一句話也不再說了。

20

五月初，曉妍終於回到了父母的家裡。

事先，雨秋已經打了電話給她的姊姊，當雨晨接到電話的時候，連聲音都抖顫了，她似乎不大敢相信這件事是真的。五年來，她也曾好幾次努力，想把這女兒接回家裡。但是，曉妍連電話都不肯聽，強迫她聽，她就在電話裡叫著喊：

「媽，妳就當我已經死了！」

而這次，雨秋卻在電話中說：

「曉妍想回家了，她問，你們還歡不歡迎她回去？」

雨晨握著電話的手直發抖，她的聲音也直發抖：

「真的嗎？她真願意回來嗎？妳不是騙我嗎？歡不歡迎？啊，雨秋，」她啜泣起來。

「我已經等了她五年了！她肯回來，我就謝天謝地了！我那麼愛她，怎麼會不歡迎？她是我親生的女兒呵！」

「大姊，」雨秋的聲音冷靜而清晰。「她這次願意回家，要歸功於一個男孩子，他名叫賀子健。這孩子優秀、能幹、聰明，而熱情。妳必須有個心理準備，妳不止是接女兒回家，同時，妳要接受曉妍的男朋友。這次，她是認真的戀愛了，不再是兒戲，不再是開玩笑。曉妍，她已經長大了。不是孩子了。」

「我懂，我懂，我都懂！」雨晨一疊連聲的說：「妳放心，雨秋，我再也不會像以前那樣對待她了，我會試著去瞭解她，去愛她，去和她做朋友。這些年來，妳不知道我多痛苦，我反省又反省，想了又想，說真的，我以前是太過分了，但是，我愛她，我真的愛她呀！我不知道是什麼阻礙了我們，我不知道……」

「我想，」雨秋說：「妳和她兩個人，都要合力去搭那條橋，總有一天，妳們會把橋搭成功的！」

「什麼橋？」雨晨不解的問。

「應該叫什麼橋？叫愛之橋吧！」雨秋深沉的說：「妳們之間隔著一條河，曉妍想回家去搭橋，她很認真，我希望——大姊，妳一定要合力搭這座橋。因為我要走了，她是我唯一所牽掛的，如果妳讓這座橋坍掉，那麼，再也沒有一個姨媽可以挺身而出，來幫助她找回自己了。」

「雨秋，」雨晨的聲音裡帶著哽塞，帶著真誠的感激。「謝謝妳照顧她這麼多年。」

「別罵我帶壞了她，就好了。」雨秋苦澀的笑笑。「不過，曉妍跟著我，從來沒出過一點兒岔，可見得，管孩子並不一定要嚴厲才收效。可能，瞭解、欣賞、同情與愛心，比什麼都重要。大姊，」她沉吟片刻。「曉妍，還給妳了，好好愛她，她一直是個好孩子。」

雨晨忍不住哭了起來。

「不止她是個好孩子，」她哭著說：「雨秋，妳也是個好姨媽！」

「有妳這句話，也就夠了。」雨秋低嘆著說：「看樣子，時間磨練了我們，也教育了我們。這些年來，妳不會想到，孩子們成熟得多麼快，今天的年輕人，都足以教育我們了！」

掛斷了電話，她沉思了很久。家，已經變得很零亂了，因為她即將離去，所有的東西都裝箱打包，整個客廳就顯得空空落落的。曉妍當晚就回了家，陪她去的，不是雨秋，而是子健。

那晚，曉妍踏著初夏的晚風，踟躕在家門口，一直不敢伸手按門鈴。子健伴著她，在街燈下來來往往的行走著，最後，子健把曉妍拉過來，用胳膊圈著她，他定定的望著她的眼睛，溫柔而堅定的說：

「曉妍，門裡面不會有魔鬼，我向妳保證，五年來，妳一直想面對屬於妳的真實，現在，妳該拿出勇氣來了，妳從什麼地方逃跑的，妳回到什麼地方去！曉妍，按鈴吧！別怕，按鈴吧！」

曉妍凝視著子健的眼睛，終於伸手按了門鈴。

是雨晨自己來開的門，當門一打開，她眼前出現了曉妍那張年輕、動人、青春，而美麗的臉龐時，她愣住了。曉妍的眼裡有著瑟縮，有著擔憂，有著恐懼，還有著淡淡的哀愁，和濃濃的怯意。可是，等到母親的臉一出現，她就只看到雨晨鬢邊的白髮，和眼角的皺紋，然後，她看到母親眼裡突然湧上的淚水，她立即忘了恐懼，忘了擔憂，忘了怯場，忘了瑟縮。張開手臂，她大喊了一聲：

「媽！」

就一下子投入了雨晨的懷裡，雨晨緊緊緊緊的抱著她，抱得那麼緊，好像生怕她還會從她懷中消失，好像怕她抱著的只是一個幻象，一個錯覺。眼淚像雨水般從她臉上奔流而下，久久久久，她無法發出聲音，然後，她才用手顫慄的摸索著女兒的頭髮、頸項，和肩膀，似乎想證實一下這女兒還是完完整整的。接著，她哆哆嗦嗦的開了口：

「曉妍，妳……妳……還生媽媽的氣嗎？妳……妳……妳知道，媽等妳……等得好苦！」

「媽媽呀！」曉妍熱烈的喊了一聲：「我回來，因為，我知道我錯了！媽媽，妳原諒我嗎？允許我回來嗎？」

「哦，哦，哦！」雨晨泣不成聲了。她把女兒緊壓在她胸口，然後，她瘋狂般的親吻著女兒的面頰和頭髮，她的淚和曉妍的淚混在一起。半晌，她才看到那站在一邊的，帶著一臉感動的情緒，深深的注視著她們的子健。她對那漂亮的男孩伸出手去。

「謝謝你，子健，」她說：「謝謝你把我女兒帶回家來。現在，讓我們都進去吧，好嗎？」

他們走了進去，子健返身關上了大門，他打量著這棟簡單的，一樓一底的二層磚造洋房，考慮著，這門內是不是無溝無壑，無深谷，無海洋，然後，他想起雨秋的話：

「事在人為，只怕不做，不是嗎？」

不是嗎？不是嗎？不是嗎？雨秋愛用的句子。他跟著那母女二人，跨進了屋內。

同一時間，雨秋只是在家中，整理著她的行裝。「此去經年，應是良辰美景虛設」，她模糊的想著，苦澀的摺疊著每一件衣服，收拾著滿房間的擺飾，和畫紙畫布。「便縱有千種風情，更與何人說？」她摘下了牆上的畫，面對著那張自畫像，她忽然崩潰的坐進沙發裡，渾身一點力氣都沒有了。哦，秦雨秋，秦雨秋，她叫著自己的名字，妳一生叛變，為什麼到最後，卻要向傳統低頭？

她凝視著自己的自畫像，翻轉畫框，她提起筆來，在後面龍飛鳳舞的寫了幾行字，再翻過來，她注視著那綠色的女郎，半含憂鬱半含愁，這就是自己的寫照。李凡，李凡，在海的彼岸，有個人名叫李凡，她默默的出起神來。

門鈴忽然響了，打破了一屋子的寂靜，她一驚，會是曉妍回來了嗎？那鬥雞般不能相容的母女，是不是一見面又翻了臉？她慌忙跑到大門口，一下子打開了房門。

門外，賀俊之正挺立著。

她怔了怔，血色立刻離開了嘴唇，他看來蕭索而憔悴，落魄而蒼涼。

「我還能不能進來坐一坐？」他很禮貌的問。

她的心一陣抽搐，打開門，她無言的讓向一邊。他跨進門來，走進了客廳，他四面張望著。

「妳是真的要走了。」他說。

她把沙發上許多亂七八糟的東西移開，騰出了空位，她生澀的說：

「坐吧！我去倒茶！」

她走進廚房，一陣頭暈猛烈的襲擊著她，她在牆上靠了一靠，讓那陣暈眩度過去。然後，她找到茶杯，茶葉，熱水瓶。沖開水的時候，她把一瓶滾開水都傾倒在手上，那灼熱的痛楚使她慌忙的摔下了水壺，「哐啷」一聲，水壺碎了，茶杯也碎了。俊之直衝了進來，他一把握住了她燙傷了的手，那皮膚已迅速的紅腫了起來。他凝視那傷痕，驟然間，他把她緊擁進自己的懷裡，他顫慄的喊：

「雨秋，雨秋！留下來！還來得及！請不要走！請妳不要走！」

眼淚迅速的衝進了她的眼眶。不不！她心裡在吶喊著：不要這樣！已經掙扎到這一步，不能再全軍覆沒，可是，吶喊歸吶喊，掙扎歸掙扎，眼淚卻依然不受控制的奔流了下來。手上的痛楚在擴大，一直擴大到心靈深處。於是，那暈眩的感覺就又回來了，恍惚中，屋子在旋轉，地板在旋轉，她自己的人也在旋轉。她軟軟的靠進俊之的胳膊裡，感到他胳膊那強而有力的支持，她昏昏沉沉的說：

「你不該來的，你何苦要來。」

似乎，這是一句很笨拙的話，因為，他一把抱起了她，把她抱回客廳，放在沙發上，他跪在沙發面前，一語不發，就用嘴唇緊緊的吻住了她。她無法掙扎，也無力掙扎，更無心掙扎。因為，她的心已瘋狂的跳動，她的頭腦已完全陷入昏亂，只覺得自己整個人輕飄飄的，已經飄到了層雲深處。那兒，雲層軟綿綿的包圍住了她，風輕柔柔的吹拂著她。她沒有意識了，沒有思想了，只是躺在雲裡，一任那輕風把她吹向天堂。

終於，他的頭抬了起來，他的眼睛那樣明亮，那樣燃燒著瘋狂的熱情。她在淚霧中凝視著他，想哭，想笑，不能哭，也不能笑——都會洩露太多的東西。可是，難道自己真沒有洩露什麼嗎？不不，已經洩露得太多太多了。真實，是妳自己永遠無法逃避的東西。

他用手溫柔的拂開她面頰上的髮絲。他低語：

「妳可以搬一個家，我們去買一棟小巧精緻的花園洋房，妳喜歡花，可以種滿花，長莖的黃色小花！東西既然都收好了，不必再拿出來，我會盡快去買房子，完全按妳喜歡的方法來布置。」

她伸出手，撫摸他的面頰，黯然微笑著說：

「你想幹什麼？金屋藏嬌？」

「不。」他搖頭，深深的望著她，簡單的說：「娶妳！」

她迎視著他的目光，她的手，繼續溫柔的撫摸著他的面頰。她知道，現在要做任何掩飾都已經晚了，她的眼睛和心靈已說了太多太多的言語。

「俊之，」她輕輕搖頭。「我不要和你結婚，也不要你金屋藏嬌。」

他凝視她。

「妳要的，」他說：「因為妳要我。」

她咬住了嘴唇，他用手指輕柔的撫弄她的唇角。

「不要咬嘴唇，」他說：「妳每次和自己掙扎的時候，妳會把嘴唇咬得出血。」

「哦，俊之！」她把頭轉向沙發裡面。「請你饒了我吧！饒了我吧！」

他把她的頭扳轉過來。

「雨秋，」他低低的喊：「不要討饒！只請妳——救救我吧！好不好？」

哦！她深抽了一口氣，閉上眼睛，她用手環繞住了他的脖子，把他的頭拉向了自己，立刻，他們的嘴唇膠著在一起了！怎樣痛楚的柔情，怎樣酸澀的需索，怎樣甜蜜的瘋狂！天塌下來吧！地球毀滅吧！來一個大地震，讓地殼裂開，把他們活埋進去，那時候，就沒有人來和她講「對」與「錯」，「是」與「非」，以及「傳統」和「道德」，「畸戀」和「反叛」……種種問題了。

她放開了他。沒有地震，沒有海嘯，沒有山崩地裂，世界還是存在著，人類還是存在著，問題也還是存在著。她輕嘆了一聲：

「俊之，你要我怎麼辦？我一生沒有這麼軟弱過。」

「交給我來辦。好不好？」他問。

她沉思片刻，她想起曉妍和子健，珮柔和江葦，那兩對天不怕地不怕的年輕人！那兩對充滿了機智、熱情，與正義感的年輕人！她猛的打了個冷戰，腦筋清醒了，翻身而起，她坐在沙發上，望著俊之。

「俊之，你知道，一切已經不能挽回了！」

「世界上沒有不能挽回的事！」他說。

「太晚了！都太晚了！」她說。

「不不！」他抓著她的手。「追求一份感情生活，永不太晚。雨秋，我真傻！那天在海灘上，我完全像個傻瓜！我居然會相信妳，我真愚不可及！還好，還不太晚，妳還沒有走！

雨秋，我們再開始，給我機會！雨秋，不晚，真的不晚，我們再開始……」

「晚了！」她拚命搖頭。「我必須走！他在海的那邊等我，我不能失言！」

「妳能！」他迫切的喊：「雨秋，妳為什麼要做違背本性的事！妳根本不愛他，不是嗎？」

「違背本性，卻不違背傳統道德，」她幽幽的說：「我生在這個時代，必須違背一樣，不能兩樣兼顧！我選擇了前者，就是這麼回事！」

「雨秋，這是妳的個性嗎？」

「我的個性在轉變，」她低語：「隨著時間，我的個性在轉變，我必須屈服在傳統底下，我沒辦法，或者，若干年後，曉妍他們那一代，會比我勇敢……我實在不是一個很勇敢的女人，敢於對傳統反叛的人，不止需要勇敢，還需要一顆很硬的心。我缺少那顆心，俊之。」

「我不懂妳的話！」俊之蒼白著臉說：「妳完全前後矛盾。」

「你懂的，」她冷靜的說：「因為你也缺少那顆心，你無法真正拋棄你的妻子兒女，對不對？」她的眼睛灼灼逼人的望著他。「如果你太太因此而死，你會愧疚終身，她將永遠站在我和你之間，不讓我們安寧。俊之，我愛你，因為你和我一樣矛盾，一樣熱情，一樣不顧一切的追求一份愛情生活，卻也和我一樣，缺少了一顆很硬的心。俊之，別勉強我，」她搖頭，語重而心長。「別破壞我心中對你的印象。現在，我離開你，是我的軀殼，如果你破壞了那個好印象，我離開你的時候，就是徹徹底底的了。」

他凝視她，在這一瞬間，他懂了！他終於懂了！他完全瞭解了她的意思。太晚了！是的，太晚了！無論如何，他拋不掉已經屬於他的那一切：婚姻、子女、家庭、妻子。他永遠拋不掉！因為他沒有那顆鐵石心腸！他瞪視著她，兩人相對凝視，彼此搜索著彼此的靈魂，然後，驟然間，他們又緊緊的、緊緊的擁抱在一起了。

夜，靜靜的流逝，他們不忍分離，好久好久，夜深了。她說：

「你回去吧！」

「妳什麼時候走？」他低問。

「最好你不要知道。」

「那個人，」他咬緊牙關：「很愛妳嗎？」

「是的。」

「很瞭解妳嗎？」

「不是的。」她坦率的說：「愛不一定要瞭解，不瞭解的愛反而單純。我愛花，卻從不瞭解花。」她一眼看到桌上那張畫像，她拿起來，遞給他：

「一件禮物。」她說：「我只是這樣一張畫，現代的、西方的技巧，古典的、中國的思想。當我在這張西畫上題古人的詩詞時，我覺得滑稽，卻也覺得合適。你懂了嗎？我，就是這樣的。又西方，又東方；又現代，又古典；又反叛，又傳統——一個集矛盾於大成的人物。你喜歡她，你就必須接受屬於她的、所有的矛盾。」

他深思的、心碎的、痛楚的望著她，然後，他接過那張畫，默默的望著那畫中的女郎，半含憂鬱半含愁，半帶瀟灑半帶柔情。莫道不消魂，簾捲西風，人比黃花瘦！他看了好久好久，然後，他無意間翻過來，看到那背面，寫著兩行字：

「花自飄零水自流，一種相思，兩處閒愁，
此情無計可消除，才下眉頭，卻上心頭！」

他抬起眼睛來，深深的望著她，四目相矚，心碎神傷。她悄然的移了過去，把頭慢慢的倚進了他的懷裡。

❖

三天後，雨秋離開了臺灣。

船，是在基隆啟航，她沒有告訴任何人，她的船期，也沒告訴任何人，她的目的地。可是，當船要啟航之前，曉妍和子健，珮柔和江葦，卻都趕來了。兩對出色的年輕人，一陣熱情的擁抱和呼喊，她望著他們，心中酸楚，而熱淚盈眶。

珮柔手裡拿著一幅大大的油畫，她送到雨秋面前來，含淚說：

「爸爸要我把這個送給妳！」

她驚訝的接過那幅畫，愣了。那是她那張「浪花」，在「雲濤」掛出來一個星期以後，俊之就通知她賣掉了。她愕然片刻，喃喃的說：

「我以為——這幅畫是賣掉了的。」

「是賣掉了。」珮柔說：「買的人是爸爸，這幅畫始終掛在爸爸私有的小天地裡——他的書房中。現在，這幅畫的位置，換了一幅綠色的水彩人像。爸爸要我把它給妳，他說，他生命裡，再也沒有浪花了。」

雨秋望著珮柔。

「他生命裡，不再需要這幅『浪花』了，」她含淚說，唇邊帶著一個軟弱的微笑。「他有你們，不是嗎？你們就是他的浪花。」

「他還有一張綠色的水彩人像。」珮柔說。

雨秋深思的望著他們。這一代的年輕人，將是一串大的浪花。他們太聰明，太敏感，太有思想和勇氣。曉妍走過去，悄悄的扯了雨秋的衣服一下。

「姨媽，我有幾句話要問妳。」

「好的。」雨秋把她攬向一邊。

曉妍抬起睫毛來，深切的凝視著她。

「姨媽，」她低聲問：「真有一個李凡嗎？」

她震動了一下。

「什麼意思？」她問。

「沒有李凡，是不是？」曉妍緊盯著她。「妳並不是真正去投奔一個男人，妳永不會投進一個沒有愛情的男人的懷裡。所以，妳只是從賀伯伯身邊逃開，走向一個不可知的未來而已。」

雨秋撫弄著曉妍的短髮。

「曉妍，」她微笑的說：「妳長大了，妳真的長大了，以後，再也不會哭著找姨媽了。」

她攬緊了她。「回家，過得慣嗎？」

「我在造橋，」她說：「我想，有一天，我們每個人都會成為很好的造橋工程師。」

雨秋笑了。

江葦大踏步的跨了過來。

「秦阿姨，妳們講夠了沒有？」

雨秋回過頭來。

「秦阿姨，」江葦說：「我一直想對妳說一句話，一句我生平不肯對任何人說的話：我佩服妳！秦阿姨！」

雨秋眼中，淚光閃爍。

子健也往前跨了一步。

「再說什麼似乎很多餘，」他說，望著雨秋。「可是，依然不能不說。姨媽，我和珮柔，我們對妳衷心感激。妳不知道這份感激有多深！」

是嗎？她望著這一群孩子們，淚珠一直在眼眶中打轉。船上，已幾度催旅客上船了，她對他們揮揮手。「是」與「非」，「對」與「錯」，現在都不太重要了，她只說了一句：

「好自為之！你們！」

然後，拿著那幅「浪花」，她上了船。

船慢慢的離港了，慢慢的駛出了碼頭，她一直不願回到船艙裡去，站在甲板上，她眺望著港口變小變遠，變得無影無蹤。幾隻海鷗，繞著船飛來飛去。她想起曉妍問的話，真有一個李凡嗎？然後，她想起蘇軾的詞裡有：

「驚起卻回頭，有恨無人省，揀盡寒枝不肯棲，寂寞沙洲冷。」的句子，是的，揀盡寒枝不肯棲！此去何方？她望著那些海鳥，此去何方？

海浪在船下洶湧，她看著那些浪花，濤濤滾滾，洶洶湧湧，浪花此起彼伏，無休無止。她看到手裡那幅畫了，從此，生命裡再也沒有浪花了。舉起那幅畫來，她把它投進了海浪裡。那幅畫在浪花中載沉載浮，越飄越遠，只一會兒，「浪花」就被捲入了浪花裡。

她又想起那首歌了：

「問世間情為何物？
笑世人神魂顛倒；
看古今多少佳話，
都早被浪花沖了。」

浪花一直在洶湧著，洶湧著，洶湧著。

（全書完）

一九七四年三月十日夜初稿脫稿
一九七四年四月五日晚修正完畢

國家圖書館出版品預行編目資料

浪花 / 瓊瑤著. -- 初版. -- 臺北市：春光出版：家庭傳媒城邦分公司發行, 民107.12
面； 公分. --（瓊瑤經典作品全集）
ISBN 978-986-96119-1-6（平裝）

857.7 107000765

瓊瑤經典作品全集㉝浪花

作　　者／瓊瑤
企劃選書人／王雪莉
責任編輯／王雪莉

版權行政暨數位業務專員／陳玉鈴
資深版權專員／許儀盈
資深行銷企劃／周丹蘋
業務主任／范光杰
行銷業務經理／李振東
副總編輯／王雪莉
發 行 人／何飛鵬
法律顧問／元禾法律事務所　王子文律師
出　　版／春光出版
臺北市 104 中山區民生東路二段 141 號 8 樓
電話：(02) 2500-7008　傳真：(02) 2502-7676
部落格：http://stareast.pixnet.net/blog　E-mail：stareast_service@cite.com.tw
發　　行／英屬蓋曼群島商家庭傳媒股份有限公司城邦分公司
臺北市中山區民生東路二段 141 號 11 樓
書虫客服服務專線：(02) 2500-7718 / (02) 2500-7719
24小時傳真服務：(02) 2500-1990 / (02) 2500-1991
服務時間：週一至週五上午9:30～12:00，下午13:30～17:00
郵撥帳號：19863813　戶名：書虫股份有限公司
讀者服務信箱E-mail: service@readingclub.com.tw
歡迎光臨城邦讀書花園　網址：www.cite.com.tw
香港發行所／城邦（香港）出版集團有限公司
香港灣仔駱克道 193 號東超商業中心 1 樓
電話：(852) 2508-6231　傳真：(852) 2578-9337
E-mail : hkcite@biznetvigator.com
馬新發行所／城邦（馬新）出版集團　Cite(M)Sdn. Bhd
41, Jalan Radin Anum, Bandar Baru Sri Petaling,
57000 Kuala Lumpur, Malaysia.
Tel: (603) 90578822　Fax:(603) 90576622　E-mail:cite@cite.com.my

文字校對／范琇茹
版型設計／小題大作
封面設計／黃聖文
內頁排版／極翔企業有限公司
印　　刷／高典印刷有限公司

■ 2018 年（民 107）9 月 27 日初版　Printed in Taiwan

售價／320元

城邦讀書花園
www.cite.com.tw

ISBN　978-986-96119-1-6

廣告回函
北區郵政管理登記證
臺北廣字第000791號
郵資已付，免貼郵票

104 臺北市民生東路二段 141 號 11 樓

英屬蓋曼群島商家庭傳媒股份有限公司

城邦分公司

請沿虛線對折，謝謝！

愛情 · 生活 · 心靈

閱讀春光，生命從此神采飛揚

春光出版

書號： OR1033	書名：瓊瑤經典作品全集 ㉝ 浪花

請於此處用膠水黏貼

讀者回函卡

謝您購買我們出版的書籍！請費心填寫此回函卡，我們將不定期寄上城邦集
最新的出版訊息。

姓名：________________

性別：□男　□女

生日：西元________年________月________日

地址：________________

聯絡電話：________________　傳真：________________

E-mail：________________

職業：□ 1. 學生 □ 2. 軍公教 □ 3. 服務 □ 4. 金融 □ 5. 製造 □ 6. 資訊

□ 7. 傳播 □ 8. 自由業 □ 9. 農漁牧 □ 10. 家管 □ 11. 退休

□ 12. 其他 ________________

您從何種方式得知本書消息？

□ 1. 書店 □ 2. 網路 □ 3. 報紙 □ 4. 雜誌 □ 5. 廣播 □ 6. 電視

□ 7. 親友推薦 □ 8. 其他 ________________

您通常以何種方式購書？

□ 1. 書店 □ 2. 網路 □ 3. 傳真訂購 □ 4. 郵局劃撥 □ 5. 其他 ______

您喜歡閱讀哪些類別的書籍？

□ 1. 財經商業 □ 2. 自然科學 □ 3. 歷史 □ 4. 法律 □ 5. 文學

□ 6. 休閒旅遊 □ 7. 小說 □ 8. 人物傳記 □ 9. 生活、勵志

□ 10. 其他 ________________

請於此處用膠水黏貼